Sándor Márai

Die Gräfin von Parma

Sándor Márai

Die Gräfin von Parma

Roman

Aus dem Ungarischen von
Renée von Stipsicz-Gariboldi

Piper
München Zürich

Die Originalausgabe erschien 1940 unter dem Titel
»Vendégjáték Bolzánóban« in Budapest.
Die vorliegende Übersetzung, erstmals 1943 unter dem Titel
»Ein Herr aus Venedig«, 1950 unter dem Titel
»Begegnung in Bolzano« erschienen,
wurde überarbeitet von Hanna Siehr.

Von Sándor Márai liegen im Piper Verlag außerdem vor:
Die Glut
Das Vermächtnis der Eszter
Bekenntnisse eines Bürgers
Himmel und Erde
Land, Land
Die jungen Rebellen
Der Wind kommt von Westen
Tagebücher 1984–1989
Lieber Tibor: Briefwechsel Sándor Márai / Tibor Simányi
Wandlungen einer Ehe
Die Nacht vor der Scheidung
Das Wunder des San Gennaro

Über Sándor Márai:
Ernő Zeltner, Sándor Márai. Ein Leben in Bildern

ISBN 3-492-04660-6
Sonderausgabe 2004

Umschlagkonzeption und Gestaltung: R·M·E
Roland Eschlbeck und Rosemarie Kreuzer
Umschlagfoto: Esther Haase / Modell: Sophie Rois
Satz: Uwe Steffen
Druck und Bindung: Clausen & Bosse, Leck
Printed in Germany

www.piper. de

Der Gast aus Venedig

In Mestre verabschiedete er sich von den Gondolieri. Balbi, der verlotterte Klosterbruder, hätte ihn hier fast noch einmal der Polizei in die Hände geliefert, war er doch im Augenblick der Abfahrt der Postkutsche nirgends zu sehen. Schließlich fand er ihn in einem Kaffeehaus, wo er, sorglos eine Tasse Schokolade schlürfend, mit der Kellnerin schäkerte. In Treviso ging ihnen das Geld aus. Durch die Porta San Tomaso stahlen sie sich ins Freie und erreichten im Schutz von Gartenmauern und Gehölzen in der Dämmerung die ersten Häuser von Valdepiadene. Hier zog er seinen Dolch und bedrohte den unbequemen Reisegefährten. Sie verabredeten ein Stelldichein in Bozen und trennten sich. Balbi schlich übelgelaunt zwischen den kahlen Stämmen des Ölbaumwäldchens dahin; hungrig und struppig, mit finsterem, geducktem Blick, immer wieder zurückschauend, glich er einem von seinem Herrn verjagten räudigen Hund.

Als der Mönch endlich verschwunden war, ging er in die Gemeinde und bat dort mit sicherem Instinkt im Haus des Polizeihauptmanns um Unterkunft. Eine freundliche Frau, die Gattin des Hauptmanns, nahm ihn auf; er bekam ein Nachtessen, man wusch seine Wunden – auf seinen Knien und Knöcheln klebte geronnenes Blut. Bei seiner Flucht über die Dächer der Bleikammern hatte er sich Ellbogen und Knie aufgeschlagen. Bevor er einschlief, erfuhr er noch, daß der Hauptmann eben unterwegs war, um ihn, den Flüchtigen, zu suchen. In der Morgendämmerung schlich er davon. Er schlief in Pergine und erreichte am dritten Tage Bozen, diesmal im Wagen, denn er hatte unterwegs von einem seiner Bekannten sechs Dukaten erpreßt.

Balbi erwartete ihn schon. Im Gasthof »Zum Hirschen« verlangte er Unterkunft. Gepäck besaß er nicht; er war in Lumpen gekommen, in einem Frack aus bunter Seide, der nur noch aus Fransen bestand, und ohne Mantel. Durch die engen Straßen von Bozen pfiff schon der Novemberwind.

Der Wirt musterte betroffen den abgerissenen Gast. »Wie, die schönsten Zimmer?« stotterte er.

»Jawohl, die schönsten Zimmer«, sagte er ruhig, aber streng. »Und hab ein Auge auf die Küche! Bei euch hier kocht man mit allerhand ranzigem Fett statt mit Öl; seit ich den Boden der Republik verlassen habe, bekam ich noch keinen anständigen Bissen. Brate mir Kapaun zum Abendessen, aber nicht einen, sondern drei, und mit Kastanien gefüllt. Und sorge für Zypernwein! Mein Kleid gefällt dir nicht? Du suchst nach meinem Gepäck? Und wunderst dich, daß wir mit leeren Händen kommen? Gibt es hier keine Zeitungen? Liest du nicht die Leidener Gazette? ... Dummkopf!« rief er heiser; er hatte sich auf dem Weg erkältet, und ein quälender Husten plagte ihn. »Hast du nicht davon gehört, daß ein Edelmann aus Venedig mit seinem Sekretär und der Dienerschaft an der Grenze ausgeraubt wurde? Hat sich die Polizei noch nicht nach mir erkundigt?«

»Nein, Herr«, stotterte der Wirt erschrocken.

Balbi lachte sich ins Fäustchen. Schließlich bekamen sie tatsächlich die schönsten Zimmer: einen Gesellschaftsraum mit zwei großen Flügelfenstern auf den Hauptplatz, mit vergoldeten Möbeln und einem venezianischen Spiegel über dem Kamin, dazu ein Schlafzimmer mit französischem Himmelbett. Balbi wohnte am Ende des Korridors, nahe der engen und steilen Treppe, die zu den Mägdekammern führte; diese Lage des Zimmers erfüllte ihn mit besonderer Befriedigung.

»Mein Sekretär!« hatte er Balbi dem Wirt vorgestellt.

»Die Polizei«, sagte dieser entschuldigend, »ist auch bei uns sehr streng. Sie wird gleich dasein. Jeder Fremde steht unter Kontrolle.«

»Sag ihnen«, versetzte er nachlässig, »daß ein vornehmer Gast bei dir eingekehrt ist. Ein Herr ...«

»Ja, aber ich bitte«, drängte der Wirt und verbeugte sich, die Troddelmütze in der Hand, untertänig und voller Neugierde.

»Ein Herr aus Venedig«, ergänzte er in einem Ton, als wäre dies ein außerordentlicher Titel oder eine besondere Würde. Bei der Betonung dieser Worte hatte sogar Balbi aufgehorcht.

Dann schrieb er mit spitzen Buchstaben und geübter Hand seinen Namen ins Gästebuch. Der Wirt wurde rot vor Aufregung; er rieb sich die Schläfe mit seinen dicken Fingern und wußte nicht, ob er die Polizei holen oder auf die Knie fallen und ihm die Hände küssen sollte. Er war in großer Verlegenheit und schwieg.

Endlich zündete er die Lampe an und geleitete seine Gäste ins Stockwerk hinauf. Die Mägde machten schon die Zimmer zurecht; sie brachten Kerzen in vergoldeten Leuchtern, warmes Wasser in einem silbernen Krug und Handtücher aus Limburger Leinen. Er begann sich langsam zu entkleiden, wie ein König inmitten seiner Höflinge. Die schmutzigen Kleidungsstücke reichte er einzeln dem Wirt und den Mägden; die von geronnenem Blut befleckte, an der Haut klebende Seidenhose mußte mit der Schere an den Nähten aufgetrennt werden. In einen Lehnstuhl hingesunken, stellte er seine Füße in die silberne Waschschüssel, halbtot vor Erschöpfung. Zuweilen nickte er für einige Minuten ein, murmelte vor sich hin und schrie im Traum auf. Balbi, der Wirt und die Mägde standen mit offenem Mund um ihn herum; sie bereiteten das Bett, zogen die Vorhänge zu und löschten fast alle Kerzen. Zur Essenszeit pochten sie lange an seine Tür.

Als er gegessen hatte, schlief er sofort wieder ein und rührte sich nicht bis zum nächsten Mittag, schlief mit entspanntem, ungerührtem Gesicht wie ein Toter.

»Ein vornehmer Herr«, sagten die Mägde und gingen kichernd und miteinander tuschelnd an ihre Arbeit in Küche und Keller; sie wuschen den Wagen, sie spülten Geschirr, spalteten Kleinholz und bedienten in der Trinkstube; sie sprachen leiser als sonst, legten den Finger an den Mund, kicherten, wurden wieder ernst und verbreiteten wichtigtuerisch die große Neuigkeit: ein Herr, jawohl, ein Herr aus Venedig.

Am Abend fanden sich zwei Geheimpolizisten ein; sein Name, dieser verdächtige, interessante und gefährliche Name, den das große Abenteuer und die Kunde von seiner Flucht aufs neue vergoldet hatte, lockte in jeder Stadt die Geheimpolizei an. »Schläft er? Hat er kein Gepäck?«

»Einen Dolch«, sagte der Wirt. »Mit einem Dolch kam er an. Das ist sein ganzes Hab und Gut.«

»Ein Dolch«, wiederholten sie mit sachverständigem Interesse, »was für ein Dolch?«

»Ein venezianischer Dolch«, betonte voll Andacht der Wirt.

»Sonst hat er nichts?« forschten sie weiter.

»Nein«, versicherte der Wirt, »sonst hat er nichts. Der Dolch ist alles, was er besitzt.«

Das überraschte die Polizisten. Sie hätten sich nicht gewundert, wenn er mit reicher Beute angekommen wäre, mit Edelsteinen und gefüllten Taschen, mit Halsketten und Ringen, die er unterwegs von den Fingern leichtgläubiger Frauen gestreift hatte.

Sein Ruf eilte ihm voraus wie ein Herold, der seinen Namen ausrief.

Der Prälat hatte schon am Morgen zum Polizeichef geschickt und um Ausweisung des berüchtigten Gastes gebeten. In Tirol und in der Lombardei sprach man schon morgens nach der Messe und abends in den Schenken von seiner abenteuerlichen Flucht.

»Beobachte ihn genau«, mahnten die Polizisten. »Jedes seiner Worte müssen wir kennen. Ob er Briefe bekommt und von wem? Ob er Briefe schreibt und an wen? Achte auf jede Bewegung. Es scheint«, sagten sie leiser und wölbten ihre Hände zu Trichtern, um es dem Wirt ins Ohr zu flüstern, »es scheint, daß er einen Gönner hat. Auch der Herr Prälat kann nichts gegen ihn ausrichten.«

»Vorläufig«, nickte verständnisvoll der Wirt.

»Vorläufig«, echoten die Schergen düster.

Sie entfernten sich auf den Fußspitzen, sorgenvoll und mit ernsten Gesichtern. Der Wirt setzte sich in die Trinkstube und seufzte. Ihm gefielen solche erlauchten Gäste nicht, die das Interesse des Prälaten und der Polizei auf sich zogen. Er dachte an die Augen des Gastes, an das dunkle Feuer, an die heimliche Glut, die in diesen Augen flackerte, und er hatte Angst. Er dachte an den Dolch, an den venezianischen Dolch, der das einzige Gepäckstück seines Gastes war, und hatte Angst. Er dachte an den üblen Ruf, der den Gast umgab, und begann leise zu fluchen.

»Therese!« rief er zornig.

Ein Mädchen, schon in Nachtkleidung, trat ein. Sie war sechzehn Jahre alt, hielt in einer Hand die brennende Kerze und raffte mit der anderen ihr Hemd über der Brust zusammen.

»Hör zu«, sagte der Wirt leise und zog das Mädchen auf seine Knie. »Ich vertraue nur dir. Wir haben einen gefährlichen Gast bekommen, Therese. Dieser Herr…«

»Aus Venedig?« fragte das Mädchen in kindlichem, singendem Ton.

»Aus Venedig, aus Venedig«, bestätigte er gereizt. »Aus dem Kerker. Aus der Gesellschaft der Ratten. Vom Fuße des Galgens. Hör zu, Therese. Achte auf jedes seiner Worte. Halte deine Ohren und Augen immer am Schlüsselloch. Du weißt, ich liebe dich wie meine Tochter, du bist ja mein Pflegekind; doch wenn er dich zu sich ins Zimmer ruft, ziere dich nicht. Du bringst ihm auch das Frühstück. Bewahre deine Tugend und sei wachsam.«

»Ja«, flüsterte das Mädchen.

Dann ging sie hinaus, schlank und schattenhaft, die brennende Kerze in der Hand.

In der Tür sagte sie klagend, mit gedehnter Stimme: »Ich habe Angst.«

»Ich auch«, sagte der Wirt. »Jetzt geh schlafen. Doch zuvor bring mir noch Rotwein.«

In dieser ersten Nacht schliefen sie alle schlecht.

Die Nachricht

Sie schliefen unruhig, stöhnten und ächzten, schreckten häufig auf und hatten das Empfinden, als drohe ihnen Unheil. Sie glaubten Schritte zu hören, als schliche jemand um das Haus. Dann wieder war es, als spräche sie jemand an und sie müßten antworten, wie sie noch nie im Leben geantwortet hatten. Die Frage, die der Fremde an sie richtete, war hochfahrend und unverschämt, über die Maßen furchterregend und doch traurig. Aber als sie am Morgen erwachten, vermochten sie sich an die Frage nicht mehr zu erinnern.

Während sie schliefen, verbreitete sich die Nachricht, daß er eingetroffen sei, den Bleikammern entronnen und am hellichten Tage aus seiner Geburtsstadt Venedig geflohen; daß er den hohen und gefürchteten Herren der Inquisition ein Schnippchen geschlagen und Lorenzo, den Kerkermeister, hinters Licht geführt habe; daß er dem ausgestoßenen Klosterbruder zur Flucht verholfen habe und aus der Zwingburg der Dogen hinausspaziert sei; man habe ihn in Mestre gesehen, als er mit dem Postkutscher feilschte, und in Treviso, wo er in einem Kaffeehaus Wermut trank; ein Bauer schwor, gesehen zu haben, wie er die Kühe auf den Feldern verzauberte. Die Kunde drang in die Paläste Venedigs und in die Schenken der Vorstädte; die Kardinäle und Senatoren, die Henker und die Schergen, die Spione und die Spieler, die Liebhaber und die Ehemänner, die Jungfern in der Kirche, die Frauen im warmen Bett, sie alle lachten laut und riefen »Hoho!« oder schrien aus vollem Halse »Haha!«, oder sie erstickten ihr Kichern in den Kopfkissen. Alle freuten sich über die gelungene Flucht. Am Abend des nächsten Tages wurde die Neuigkeit dem Papst zugetragen; er erinnerte sich an den Flüchtigen und auch daran, daß er ihn persönlich mit einem niederen päpstlichen Orden ausgezeichnet hatte. Auch er lachte. Immer weiter flog die Nachricht; in Venedig besprachen die Gondolieri, auf die langen Riemen gestützt, sachkundig jede Einzelheit der Flucht und freuten sich, daß es ihm geglückt war, zu entkommen. Sie freuten sich, weil er Venezianer war und die Mächtigen überlistet hatte, sie freuten sich, weil einer stärker war als Steine, Ketten und Bleidächer. Sie sprachen leise, spuckten ins Wasser und rieben sich zufrieden die Hände. Die Nachricht flog weiter, und den Menschen wurde warm ums Herz.

Was hatte er denn so Schweres verbrochen? fragten sie. – Er hatte Karten gespielt, du lieber Gott, vielleicht mit nicht ganz reinen Händen, hatte die Bank in Spielhöllen gehalten und sich insgeheim mit einer Maske vorm Gesicht an den Banken berufsmäßiger Spieler beteiligt! Aber wer tat das nicht in Venedig?... Und daß er des Nachts jene verprügelte, die ihn verrieten? Daß er die Frauen aus der Stadt in sein Liebesnest nach Murano lockte? Aber welcher junge Mann lebte in Venedig anders, solange es ging? – War er frech, spitzzüngig und redselig? – Doch wo waren jene, die schwiegen in Venedig?

So schwatzten sie und waren vergnügt. Es war etwas Gutes in dieser Nachricht, eine Art Genugtuung, etwas Herzerwärmendes. Denn jeder fühlte sich von der Inquisition bedroht und fürchtete die Bleikammern; jetzt hatte einer gezeigt, daß er stärker war, stärker als Bleidächer und Häscher, stärker als Messer Grande, der Bote des Henkers. Die Kunde flog weiter, und in den Polizeiämtern stürzte man sich nervös auf die Akten, die Polizeigewaltigen schrien, mit roten Ohren verhörten die Richter die Angeklagten und verhängten zornerfüllt Kerkerstrafen, Ächtung, Galeere und Strick.

In den Kirchen sprach man von ihm, nach der Messe wurde gegen ihn gepredigt, denn er vereinigte alle sieben Todsünden in seinem verruchten Körper, der nach den Worten des Predigers dereinst in der Hölle in einem besonderen Kessel, über einem besonderen Feuer sieden würde, bis ans Ende aller Zeiten. Sogar im Beichtstuhl wurde sein Name geflüstert; kniende Frauen, den Kopf tief geneigt, stammelten ihn hinter dem Gebetbuch, schlugen sich an die Brust und gelobten Buße. Jedermann freute sich, als ob sich in Venedig und überall in den

Städten und Dörfern, die er durchquert hatte, Gutes ereignet hätte.

Man schlief und lächelte im Traum; wo er hinkam, wurden die Fenster und Türen zur Nachtzeit sorgfältiger verschlossen, und hinter den verschlossenen Fensterläden warnten die Ehemänner ihre Frauen. Es war, als ob Gefühle, die gestern noch Asche und Glut waren, nun aufloderten. Die Kühe hatte er nicht verzaubert, doch die Hirten waren sich einig, daß es in diesem Jahr mehr und schönere Kälber geben würde. Die Frauen erwachten, holten in bauchigen Holzeimern Wasser vom Brunnen, machten Feuer im Herd, wärmten die Milch und legten Obst in irdene Schalen; sie stillten die Kinder, gaben den Männern das Essen, fegten die Stuben, machten die Betten und lächelten dabei. Dieses Lächeln schwand lange nicht von den Gesichtern in Venedig, in Tirol und in der Lombardei. Es verbreitete sich immer weiter, flog über die Grenzen und drang bis nach München und Paris. Man erzählte dem König im Hirschpark die Geschichte der Flucht, und auch er lächelte. Man erfuhr davon in Parma und Turin, in Wien und in Berlin. Und überall lächelte man. Die Schergen und die Richter, die Wächter und Häscher, sie alle waren in diesen Tagen voller Argwohn und strenger als sonst. Denn es gibt nichts Gefährlicheres als einen Mann, der sich der Tyrannei widersetzt.

Sie wußten, daß er nichts besaß als einen Dolch, doch sie verstärkten die Wachen an den Grenzen. Sie wußten, daß er keine Komplizen hatte, und trotzdem arbeitete der Generalsekretär der Inquisition einen ganzen Kriegsplan aus, um seiner wieder habhaft zu werden, ihn zurückzulocken, lebend oder tot, mit Gold oder Gewalt, koste es, was es wolle. Als seine Flucht dem Dogen gemeldet wurde, schlug der untersetzte Herr mit dem stechenden Blick die beringte Hand auf den Tisch und versprach den Kerkermeistern die Galeere. Die Senatoren rafften mit feingliedrigen vergilbten Fingern den Aufschlag ihres dunklen Seidenmantels über der Brust zusammen, saßen stumm in den großen Sälen, betrachteten aus zusammengekniffenen Augen mit nichtssagendem Blick die Deckengemälde und Balken des Ratssaals im Dogenpalast, stimmten den verschärften Regeln zu, zuckten die Achseln und schwiegen.

Doch das Lächeln breitete sich weiter aus wie ein Fieber; die Frau des Bäckers wurde angesteckt, die Schwester des Goldschmieds und sogar die Tochter des Dogen. Waren die Leute unter sich in sorgsam verschlossener Stube, so schlugen sie sich vor Freude auf den Bauch und lachten von einem Ohr zum anderen. Es lag ein grimmiger Trost darin, daß ein Venezianer trotz meterdicker Mauern, trotz der Wachsamkeit der Wächter, trotz armdicker Ketten hatte entfliehen können. Die Leute gingen ihren Geschäften nach, standen auf dem Markt herum und tranken Veroneser Wein in den Kneipen; die Wucherer wogen Goldstaub auf haarfeinen Waagen, die Apotheker pantschten ihre Abführmittel und Liebestränke und brauten schnell wirkende Gifte, die man, zu trockenem Pulver zerrieben, hinter dem Stein des Siegelrings verbergen konnte; dickbäuchige Marktweiber standen breitspurig hinter den mit Fischen, Obst, Fleisch und wohlriechenden Kräutern beladenen Verkaufstischen, Weißwarenhändler stellten in parfümierten Saffiankassetten die eben eingetroffenen Lyoner Strümpfe und die in Brügge gehäkelten Busenleibchen aus, und zwischen Arbeit und Schwatz, Geschäft und Amt wandte sich jeder für einen Augenblick ab und lachte verstohlen hinter der vorgehaltenen Hand.

Die Frauen fühlten, daß diese Flucht und alles, was damit zusammenhing, ein wenig auch in ihrem Interesse geschehen war; sie hatten keine bestimmte Erklärung hierfür, sie waren eben Frauen, vor allem Venezianerinnen, die nicht gegen ihr Gefühl angingen, sondern die stumme Beweisführung anerkannten, die ihnen das Herz, das Blut und die Leidenschaft in die Ohren raunten. Es war, als wäre aus Märchen und Sagen, aus Büchern und Erinnerungen, aus Träumen und aus jener Leidenschaft, die bei Mann und Frau der geheime, unschickliche und doch so wahre zweite Inhalt des Lebens ist, jemand ohne Maske, Perücke und Puder in unverhüllter Nacktheit hervorgetreten: Die Frauen blickten ihm nach, hoben den Fächer vor Mund und Augen, neigten ein wenig den Kopf und blieben stumm; doch ihre Augen, die dem Flüchtigen mit verschleiertem Blick folgten, sagten: »Ja, ja.« Und ein paar Tage lang war ihnen, als wäre die kleine Welt, in der sie lebten, von Zärtlichkeit erfüllt. Des Abends standen sie an den Fenstern und auf den Balkonen über den Kanälen, den Spitzenschleier über dem Haar, den Seidenschal auf den Schultern, und sahen auf das öligtrübe Wasser hinab, auf dem die Gondeln leicht und gleichmütig dahinglitten; sie erwiderten Blicke, auf die sie gestern noch nicht reagiert hätten, ließen ein Taschentuch fallen, das unten über dem Wasserspiegel von einer flinken braunen Hand aufgefangen wurde, drückten eine Blume an ihre Lippen und lächelten. Dann schlossen sie die Fenster, und in den Zimmern erloschen die Lichter. Doch in den Herzen und Mienen, in den Augen der Frauen und in den Blicken der Männer strahlte etwas in diesen Tagen, als hätte jemand ein geheimes Zeichen gegeben, daß ihr Leben schrankenloser und leidenschaftlicher sei, als sie bisher geglaubt hatten. Und für einen Augenblick verstanden sie dieses Zeichen und lächelten einander zu.

Aber diese geheime Verbundenheit war nicht von Dauer: Die geschriebenen und ungeschriebenen Gesetze des Lebens sorgten dafür, daß die Erinnerung an den Flüchtling bald aus den Herzen der Menschen getilgt wurde. Schon nach wenigen Wochen hatte man ihn in Venedig wieder vergessen. Nur Messer Bragadin, sein gütiger und milder Schirmherr, und einige Frauen, denen er ewige Treue geschworen hatte, sowie etliche Wucherer und Pächter von Spielbanken, denen er Geld schuldete, erinnerten sich seiner weiterhin.

»Ein Mann«

So war seine Flucht, und so sprach man in Venedig noch eine Zeitlang von ihm. Bald aber hatte die Stadt wieder andere Sorgen und vergaß ihren rebellischen Sohn. Zur Faschingszeit befaßte man sich nur mehr mit einem Grafen B., der eines Morgens, in Maske und schwarzem Domino, erhängt vor dem Haus des französischen Botschafters aufgefunden wurde. Denn Venedig war undankbar.

Der Flüchtling aber schlief noch in Bozen, in einem der Zimmer des Gasthofs »Zum Hirschen« hinter geschlossenen Fensterläden; und da er nach sechzehn Monaten zum erstenmal in einem richtigen Bett lag, bequem und sorglos, hatte er sich ganz der tiefen Seligkeit des Schlafes hingegeben. Quer über das breite Bett hingestreckt, schlief er leidenschaftlich, mit wirrem Haar und gespreizten Armen und Beinen, ein verächtliches, müdes Lächeln auf den Lippen, als fühlte er, daß man ihn durch das Schlüsselloch beobachtete.

Denn man belauschte ihn, und das kam so: Zuerst sah Therese, die Pflegetochter des Wirtes, die als entfernte Verwandte den Dienst einer Magd im Haus versah, durch das Schlüsselloch. Sie war schon erwachsen und, wie die Verwandten meinten, von guter Statur, aber etwas einfältig. Doch darüber sprach man nicht viel. Auch Therese selbst sprach nicht viel. Man nannte sie einfältig und hielt es nicht für nötig, diese Ansicht zu begründen; sie galt weniger im »Hirschen« als der kleine weiße Esel, der jeden Morgen mit dem Wagen zum Markt fuhr; sie war die arme Verwandte im Haus, die für jeden da war, um die sich niemand kümmerte und die auch keine Entlohnung erhielt. Sie ist beschränkt, sagten die Leute; und in den dunklen Gängen wurde sie von den einquartierten Soldaten und durchreisenden Kaufleuten in Wangen und Arme gekniffen. Sie hatte ein sanftes Gesicht, um ihren Mund lag ein herber Zug; die vom Geschirrspülen geröteten Hände waren schön geformt, und in ihren Augen schimmerte eine stille Frage, die zugleich andachtsvoll war, auf die man keine Antwort wußte, der man aber auch nicht ausweichen konnte; alles in allem war sie mit ihrem schmalen Gesicht und den fragenden Augen recht unbedeutend. Es lohnte sich nicht, viel von ihr zu sprechen.

Nun kniete sie vor dem Schlüsselloch und betrachtete den Schlafenden. Die Hände hatte sie, um besser zu sehen, an die Schläfen gelegt, auch der Rücken und die starken Hüften waren angespannt, als ob sie mit dem ganzen Körper durchs Schlüsselloch spähte. Was sie sah, war nicht sonderlich interessant. Sie hatte schon vieles durch das Schlüsselloch gesehen. Seit ihrem zwölften Jahr diente sie im »Hirschen«; sie trug das Frühstück auf die Zimmer und machte morgens und abends die Betten zurecht, in denen fremde Männer und Frauen, zusammen oder getrennt, geschlafen hatten. Sie hatte viel gesehen und sich über nichts gewundert. Sie begriff, daß die Menschen nun einmal so waren: Die Frauen saßen lange vor dem Spiegel, die Männer, selbst die Soldaten, puderten ihre Perücken oder kürzten und polierten ihre Nägel; sie seufzten oder lachten, sie weinten und schlugen mit der Faust gegen die Wand, sie kramten Kleidungsstücke und Briefe hervor und benetzten diese sinnlosen Dinge mit ihren Tränen.

So zeigten sich die Menschen durchs Schlüsselloch, wenn sie allein im Zimmer waren. Doch dieser hier war anders. Da schlief er jetzt in dem großen Bett, mit ausgebreiteten Armen, als hätte man ihn ermordet. Sein Gesicht war ernst und häßlich. Es war ein Gesicht bar jeder Schönheit und Gefälligkeit, die Nase groß und fleischig, die Lippen schmal und streng, das Kinn spitz und brutal. Er war klein, und nach den sechzehn langen Monaten der Bewegungslosigkeit im Kerker hatte er einen Ansatz von Bauch. Ganz unbegreiflich, dachte Therese aufgeregt und mit roten Ohren.

Was mögen die Frauen wohl an ihm lieben? Denn nachts in der Trinkstube und morgens auf dem Markt, in den Läden und Schenken und überall in der Stadt sprach man von ihm; daß er gekommen sei, abgerissen und blutig, mit einem Dolch, ohne Geld und mit einem Sekretär, der in der Nebenzelle eingelocht gewesen war. Es sei besser, gar nicht davon zu sprechen. Aber man sprach von ihm. Man sprach sogar auffallend viel von ihm und wollte alles wissen. Wie alt er wäre, ob blond oder braun, und wie seine Stimme? Man sprach von ihm, als wäre ein berühmter Sänger angekommen oder ein Athlet.

Was der da wohl kann? dachte Therese und drückte die Nase an die Tür und das Auge ans Schlüsselloch. Der Mann, der dort mit ausgestreckten Armen und Beinen im Bett lag, war wirklich nicht schön. Therese dachte an Giuseppe, den Barbier; der hatte ein rosiges Gesicht, einen weichen Mund und blaue Augen wie ein Mädchen. Der war schön. Er kam oft in den »Hirschen«, und wenn Therese ihn ansprach, wurde er rot und schlug die Augen nieder. Und der Hauptmann aus Wien, der während des Sommers hier gewohnt hatte, der war schön; sein pomadisiertes Haar war gelockt und der Schnurrbart spitz aufgezwirbelt; er trug Stiefel und einen breiten Säbel, an dem eine Tasche hing, und sprach eine ganz fremde, wilde Sprache, die sie nicht verstehen konnte. Später hatte ihr jemand gesagt, daß es Ungarisch sei, vielleicht aber auch Türkisch. Sie wußte es nicht mehr. Auch der Herr Prälat war schön, mit dem weißen Haar und den feinen Händen, mit seiner roten Schärpe und dem lila Käppchen. Von Männerschönheit meinte Therese doch etwas zu verstehen. Dieser Mann da aber war ganz bestimmt nicht schön; er war eher häßlich und durchaus anders als die Männer, die den Frauen gefielen. Auf dem unrasierten Gesicht des Fremden trat jetzt, während er schlief, der harte und gleichgültige Zug um den Mund, der ihr schon gestern aufgefallen war, noch deutlicher hervor; als hätte der Kampf der Leidenschaft die Muskeln um seinen Mund verhärtet. Jetzt stöhnte er im Schlaf. Therese erhob sich rasch, eilte zum Fenster, stieß die Fensterläden auf und gab mit ihrem Wischlappen ein Zeichen.

Denn die Frauen vom Obstmarkt vor dem »Hirschen« wollten ihn sehen; Therese hatte Lucia und Gretl, den Blumenverkäuferinnen, und der alten Helene, der Gemüsehändlerin, und Nannette, der traurigen Witwe, die gestrickte Strümpfe verkaufte, versprochen, sie heraufzurufen und ihnen, wenn es anging, den Schläfer durch das Schlüsselloch zu zeigen. Sie wollten ihn um jeden Preis sehen. Auf dem Obstmarkt ging es diesen Morgen besonders lebhaft zu; der Apotheker stand gegenüber in seiner Tür und unterhielt sich lange mit Balbi, dem Sekretär; er bewirtete ihn mit Branntwein und wollte immer neue Einzelheiten der Flucht von ihm hören. Der Bürgermeister und der Arzt, der Steuereinnehmer und der Stadthauptmann, alle kehrten an diesem Vormittag in der Apotheke ein, lauschten den Erzählungen Balbis, schielten nach den Fenstern des ersten Stocks im »Hirschen« und benahmen sich aufgeregt und unsicher, da sie nicht wußten, ob sie den Fremden mit einem nächtlichen Fackelzug und Musik feiern oder ihn kurzerhand aus der Stadt weisen sollten, wie es der Schinder mit den räudigen und tollwutverdächtigen Hunden machte. Darüber konnten sie sich weder an diesem Vormittag noch während der folgenden Tage schlüssig werden. Darum schwatzten sie bloß in der Apotheke und hörten Balbi zu, der, aufgebläht von Eitelkeit und Stolz, die berühmte Flucht, aus der inzwischen ein Heldenepos geworden war, jede halbe Stunde auf andere Art erzählte; sie schielten zu den geschlossenen Fensterläden des »Hirschen« hinauf und spazierten vor den Zelten des Obstmarktes und den vornehmen Verkaufsständen der benachbarten Gebäude auf und ab. Sie waren unruhig und besorgt, wie es gewissenhaften Bürgern geziemt, die für Ordnung in den Häusern, Straßen und Seelen verantwortlich sind und die Stadt vor Wasser, Feuersgefahr und feindlichem Angriff zu schützen haben. Doch jetzt wußten sie nicht, ob sie lachen oder die Polizei in Bewegung setzen sollten. Darüber wurde es Mittag, die Marktweiber packten ihre Waren zusammen, und die Bürger gingen zum Mittagessen.

Zu dieser Stunde erwachte der Fremde. Therese ließ die Frauen in den halbdunklen Salon eintreten. »Nun, wie sieht er aus?« flüsterten sie, zerknüllten den Saum ihrer Schürzen und preßten die Faust vor den Mund. So standen sie im Halbkreis vor der Tür, die zum Schlafraum führte. Es gruselte sie angenehm, und sie unterdrückten ein Quieken, als hätte man sie in die Seite gekniffen. Therese hob den Zeigefinger an den Mund. Als erste nahm sie Lucia, die braunäugige dicke Marktschönheit, an der Hand und führte sie vor die Tür. Lucia hockte sich nieder – ihr Rock blähte sich wie eine Glocke über dem

Boden – und preßte das linke Auge an das Schlüsselloch; dann erhob sie sich mit rotem Kopf und einem leisen Schrei und machte das Zeichen des Kreuzes.

»Was hast du gesehen?« fragten die anderen flüsternd und rückten zusammen wie Krähen, die sich auf einem Ast niederlassen.

Die Braunäugige besann sich: »Einen Mann«, sagte sie dann leise und erregt.

Diese Antwort ließ die Frauen für einen Augenblick verstummen. Sie erschien töricht, aber dennoch lag etwas Außergewöhnliches und Beängstigendes darin. Mein Gott, einen Mann, dachten sie, hoben den Blick zur Decke und wußten nicht, ob sie lachen oder davonlaufen sollten. »Einen Mann, na und?« sagte Gretl. Und die alte Helene schlug mit fast andachtsvoller Gebärde die Hände zusammen, und ihr zahnloser Mund stammelte voller Anerkennung und Demut: »Einen Mann!« Nannette, die Witwe, sah zu Boden und wiederholte ernst mit leiser Stimme, in der die Erinnerung mitschwang: »Einen Mann!« So sannen sie einen Augenblick vor sich hin, dann kicherten sie, knieten der Reihe nach vor dem Schlüsselloch, spähten in das Zimmer und fühlten sich unsagbar wohl dabei. Am liebsten hätten sie Kaffee gekocht, sich mit den Kaffeeschalen in der Hand um den Tisch mit den vergoldeten Beinen gesetzt und so in Feiertagsstimmung den fremden Mann erwartet.

Sie waren stolz, und ihr Herz pochte heftig, denn sie hatten den Fremden gesehen, und nun konnten sie von ihm auf dem Markt und in der Stadt, daheim und am Brunnen erzählen. Sie waren stolz und zugleich unruhig, besonders Nannette, die Witwe, und Lucia, die Neugierige, und auch Gretl, die Dummdreiste, als wäre es etwas Außergewöhnliches und Wunderbares, daß ein Mann in diese Stadt gekommen war. Sie wußten wohl, daß ihre Aufregung einfältig und sinnlos war, fühlten aber gleichzeitig, daß sie nicht nur unschicklicher Neugier entsprang. Es war, als hätten sie nun wahrhaftig einen Mann durch das Schlüsselloch gesehen und als würden im gleichen Augenblick, als sie den schlafenden Fremden sahen, ihre Gatten und Liebhaber und alle Männer, die sie kannten, einer besonderen Prüfung unterworfen. Es schien fast, als ob ein Mann, der weder schön noch stattlich war und von dem man nichts wußte, als daß er ein berüchtigter Spieler und Glücksritter war, der vielleicht auch einen falschen Namen trug und der wie die meisten Schürzenjäger im Ruf stand, im Verkehr mit Frauen frech und selbstsicher zu sein – daß eine solche Erscheinung dennoch eine Seltenheit wäre.

Sie waren Frauen und fühlten das. Ist denn ein Mann etwas so Seltenes? fragten sich die Frauen von Bozen. Und der Schlag ihres Herzens, den man nicht mißverstehen konnte, gab die Antwort: Ja, etwas ganz Seltenes.

Denn die Männer, das fühlten sie in diesem Augenblick undeutlich, waren Väter, Ehegatten oder Liebhaber, und gern betonten sie ihre Männlichkeit, rasselten mit dem Säbel, renommierten mit ihrem Adel, ihrer Würde oder ihrem Vermögen und liefen jedem Rock nach. So waren sie in Bozen und auch anderswo, wenn man den Leuten glauben mochte. Doch von diesem hier sprach man anders. Die Männer taten gern wichtig, sie schwadronierten, und manchmal krähten sie vor Hochmut wie die Hähne; es war oft lächerlich. Dabei waren die meisten zu Hause grämlich und kindisch oder einfältig und gierig.

Nun wußten sie, daß Lucia die Wahrheit gesprochen hatte; der, den sie gesehen hatten, war wirklich ein Mann. Einer, der ganz und gar Mann war, nur das und nichts anderes, wie die Eiche nur Eiche ist und ein Felsen nur Fels. Dies fühlten sie und staunten einander mit runden Augen und halbgeöffnetem Mund an und sannen aufgescheucht darüber nach. Sie fühlten es, weil sie ihn mit eigenen Augen gesehen hatten, weil das Zimmer, das Haus und die Stadt erfüllt waren von der Spannung und Erregung, welche die Gegenwart des Fremden ausströmte; sie begriffen, daß ein echter Mann eine ebenso seltene Erscheinung war wie eine echte Frau. Er war ein Mann, der nicht mit lauten Worten und Säbelgerassel daherkam, der nicht wie ein Gockel krähte und keine Zärtlichkeit begehrte, die er nicht selbst geben konnte; der in der Frau nicht die Mutter und Freundin suchte, der sich nicht in die Arme der Liebe flüchtete und sich nicht hinter Weiberröcken verkroch; ein Mann, der nur geben und nehmen wollte, ohne Eile und Hast, weil sein ganzes Leben, jeder Funke seines Bewußtseins, jeder Nerv und jeder Muskel seines Körpers dem Genuß des Lebens hingegeben war: Ein solcher Mann ist etwas ganz Seltenes.

Es gab Muttersöhnchen und Weichlinge, großmäulige und gefallsüchtige Männer, die Gefühle heuchelten und Komödie spielten, und es gab Gleichgültige und Tölpel. Sie alle waren keine echten Männer. Dann gab es Schönlinge, die sich nicht um die Frauen, sondern nur um die eigene Schönheit und ihre Erfolge sorgten, und Unbarmherzige, die sich der Frau wie einem Feind näherten, wie Mörder, mit einem honigsüßen Lächeln auf den Lippen, den Dolch unter dem Mantel. Und nur ganz selten traf man einen richtigen Mann. Nun verstanden sie den Ruf, der ihm vorausgeeilt war, und die Unruhe in der Stadt; sie seufzten, atmeten schwer und preßten die Hände an die Brust.

Da schrie Lucia plötzlich auf, und alle wichen zurück. Die Tür war aufgegangen, und zwischen den großen weißen Türflügeln stand – gedrungen, zerrauft und unrasiert, mit entzündeten Augen ins Licht blinzelnd, gebeugt, als wäre er sehr ermüdet, dann sich streckend wie zum Sprung – der fremde Mann.

Das Erwachen

Die Frauen wichen gegen die Wand und zur Tür des Zimmers zurück. Der Mann neigte den zerzausten Kopf zur Seite; in seinen Haaren hingen noch Kissenfedern, als sei er eben von einem höllischen Maskenball heimgekehrt, wo Hexen den Teufelstänzer in Pech getaucht und in Federn gewälzt hatten. Blinzelnd musterte er mit durchdringendem Blick das Zimmer und die Möbel, wendete langsam und gemächlich den Kopf, wie jemand, der keine Eile hat und weiß, daß alles gleichermaßen wichtig ist, weil jedes Ding seine Wichtigkeit nur durch das Gefühl erhält, mit dem wir die Welt betrachten.

Jetzt bemerkte er die Neugierigen und kniff die halbgeschlossenen Lider noch fester zusammen. So verharrte er einen Augenblick. Dann sah er mit fragendem Blick auf die Frauen, stolz und herrisch, wie ein Gebieter seine Dienerinnen betrachtet, die sich ihm freiwillig unterworfen haben. Er hob den Kopf, und es schien, als wäre er gewachsen. Mit einer heftigen Bewegung des Arms und einer knochigen gelben Hand warf er seinen Umhang über die linke Schulter. Es war eine großtuerische und theatralische Geste. Die Frauen fühlten dies, und es schien, als wäre der Zauber des ersten Augenblicks gebrochen, denn der Mann hatte mit dieser Bewegung verraten, daß seine vornehme Sicherheit gespielt war. Erleichtert begannen sie zu hüsteln und sich zu räuspern. Doch niemand sprach ein Wort. Lange standen sie so, stumm und bewegungslos, und sahen einander in die Augen.

Plötzlich aber, ohne jeden Übergang, lachte der Mann auf. Er lachte fast nur mit den Augen, die sich weit öffneten und einen hellen Glanz bekamen, als würden in einem dunklen Zimmer plötzlich die Fenster aufgestoßen. Dieses Leuchten, in dem gute Laune und Derbheit, Neugierde und freche Vertraulichkeit lagen, faszinierte die Frauen. Sie kicherten nicht mehr, sondern schwiegen und sahen ihn an. Lucia verdrehte ein wenig die Augen, hob den Blick zur Decke, als ob sie um Hilfe flehte, und stöhnte leise: »Mamma mia!« Nannette faltete die Hände mit bittender Gebärde. Der Mann schwieg und lachte. Er zeigte seine Zähne, die gelblich, etwas vorstehend und stark und gesund waren wie die eines Raubtiers. Die Augen, der Mund, sein ganzes Gesicht lachten lautlos, behaglich und frohgelaunt, als gäbe es nichts Unterhaltenderes als dieses Erlebnis hier in Bozen, in einem Zimmer des »Hirschen«, zu mittäglicher Stunde, mit den aufgeregten Frauen, die sich hergeschlichen hatten, um sein Erwachen zu belauern und in der Stadt darüber zu klatschen.

Er schüttelte sich vor Lachen; es war, als würde ein lange verhaltenes Gefühl nun frei werden und den ganzen Körper mit seinem heißen Strom durchfluten; ein Gefühl, das nicht tief, nicht überschwenglich oder tragisch war, sondern nur heiß und angenehm wie das Leben selbst. Das Lachen hatte langsam in seiner Kehle begonnen, schwoll an und brach mit einem heiseren Laut ab, um dann wie die große Arie aus dem Mund eines Sängers mit einemmal voll herauszuströmen. Und nun lachte er mit zurückgeworfenem Oberkörper, die Hände an den Hüften, aus vollem Halse.

Dieses schallende, durchdringende Gelächter erfüllte das Zimmer und die Gänge, man hörte es bis auf den Marktplatz. Er lachte wie einer, der nun verstanden hat, was geschehen ist, und den die menschlichen Schwächen unwiderstehlich zum Lachen reizten; wie einer, der einen ungeheuren Schelmenstreich vorbereitete, mit dem er die Welt erschüttern wollte; wie ein Lausejunge, der sich anschickte, allen Mächtigen, Vornehmen und Bedeutenden dieser Erde Juckpulver in die Nachthemden und den Frauen ins Mieder zu streuen; wie einer, der einen kapitalen Spaß ersonnen hat und vor Übermut die Welt in die Luft sprengen wollte. Er lachte, stemmte die Hände in die Hüften, der Bauch wackelte; aber schließlich erstickte das Lachen in einem Hustenanfall, denn er hatte sich auf der Reise erkältet, und das rauhe Novemberklima in den Bergen bekam ihm schlecht.

Als der Husten aufgehört hatte, verschwand auch die gute Laune, und kalte Wut bemächtigte sich seiner. »Oh, die Damen«, sagte er leise, mit heiserer Stimme hinter zusammengebissenen Zähnen. Er verschränkte die Arme über der Brust. »Welche Ehre, meine Damen!« Er verbeugte sich tief und spielte den Ehrerbietigen, als spräche er des Morgens zu französischen Hofdamen auf den Gängen zu Versailles, während der König mit gedunsenem Bauch und bläulichem Gesicht noch schläft und die herumlungernden Tagediebe das höfische Zeremoniell einüben. »Welch eine Ehre«, wiederholte er, »für mich, den Flüchtling, der aus dem feuchten Rattenloch des Kerkers entflohen ist und anderthalb Jahre lang kein freundliches Gesicht gesehen hat! Welche Ehre und welches Glück«, flötete er spottend. Die Frauen fühlten die Drohung in seinem Ton, drückten sich enger aneinander wie Hennen im Gewitter und wichen langsam gegen die Tür zurück; Lucia schob sich mit dem Hinterteil an der Wand entlang dem Ausgang zu. Der Mann näherte sich ihnen langsam, nach jedem Schritt innehaltend. »Wem verdanke ich die Ehre«, fuhr er fort, noch immer heiser, doch etwas lauter, »daß ich die Schönen von Bozen beim Erwachen hier vor meinem Schlafzimmer begrüßen darf? Was haben die Frauen von Bozen dem Flüchtigen, Geächteten, von Spürhunden über die Grenzen Gehetzten, von Lanzenträgern Verfolgten und von den Schergen der Inquisition in allen Winkeln Gesuchten zu sagen? Fürchten die Damen nicht, daß der arme Flüchtling am ersten Morgen, da er in einem menschenwürdigen Bett und nicht auf einem Lager von Stroh erwachte, durch die Erinnerung übel gelaunt sein könnte? Was wollen die Schönen von Bozen?« fragte er nun laut und zornig.

Er richtete sich hoch auf und schien für einen Augenblick verschönt; sein Gesicht war von Leidenschaft überflammt, gleich einer kahlen Landschaft, die vom Blitz erleuchtet wird. »Wofür hält man mich, daß die Frauen von Bozen sich in mein Zimmer stehlen und im vergänglichen Heim des Heimatlosen Gastrecht erheischen?« Er genoß sichtlich die Wirkung seiner Worte, seine Überlegenheit und die Angst der Frauen. Er spielte mit ihnen wie ein Fechter mit seinem schwächeren Gegner und rückte ihnen Schritt für Schritt näher, während jedes seiner Worte sie traf wie eine schwirrende Degenklinge.

»Ihr Schönen von Bozen! Du stolze Braune! Und du mit dem frommen Blick und dem Rosenkranz über dem Mantel! Du mit den vollen Brüsten dort in der Ecke! Und du, altes Mütterchen, was guckst du so neugierig? Ist vielleicht ein Säbelschlucker und Feuerfresser mit seinem Bären in die Stadt gekommen, und ihr wollt das Raubtier unentgeltlich begaffen? Aber es fehlt der vergitterte Käfig, und das Raubtier ist wach und hungrig!«

Er lachte wieder, doch das Lachen klang bitter und gereizt. »Woher kommt ihr?« fragte er mit verändertem Stimme, ruhiger und mit leiser Verachtung. »Vom Markt? Aus der Schenke? Schwatzt man schon in der Stadt, daß ich hier bin, schnüffelt die Geheimpolizei, klatschen die Frauen in den Salons und Theaterlogen und ihr da unten am Markt? Sagt man schon: Er ist da, er ist angekommen, das wird ein Spaß? Welche Ehre für mich«, widerholte er grimmig. – »Ja, gafft mich nur an, so sehe ich aus! So bin ich in Wirklichkeit, und nicht wie am Abend, mit Perücke, im lila Frack, den Degen an der Seite, mit Ringen an den Fingern. So sehe ich aus, um kein Haar schöner und jünger! Gefalle ich euch so? Was wollt ihr von mir? Soll ich eine Postkutsche mieten und mit euch in die Welt hinausfahren, weil ich Giacomo bin, der umherziehende Liebhaber, der ergebene Diener der Frauen, wann und wo es ihnen beliebt? – Packt euch, ihr Gluckhennen!« schrie er erbost, und in seinen finsteren Augen flackerte ein grünliches Licht.

So behauptete es Lucia später, als sie eines Nachts im Ehebett ihrem Mann die Sache weinend gestand.

»Sechzehn Monate lang hat man mich im Namen der Tugend und Moral gefangengehalten. Wißt ihr, was das bedeutet? Sechzehn Monate, das heißt vierhundertachtzig Tage und Nächte auf einem elenden Strohsack liegen, als Beute von Läusen und Flöhen und in der Gesellschaft von Ratten. Das heißt vierhundertachtzig Tage im Dunkeln leben, ohne Sonnen- und Lampenlicht, wie ein Maulwurf; allein mit seiner Jugend, mit den Wünschen und der Sehnsucht des Mannesalters, allein mit den Erinnerungen an das Leben, an den Glanz des Erwachens und die Süße des Zubettgehens; allein und aus der Welt verstoßen, im Namen der Tugend und Moral, deren Feind ich bin, so sagte wenigstens Messer Grande, als er mich verhaften ließ! Vierhundertachtzig dem Leben gestohlene und ausgelöschte

Tage, vierhundertachtzig Nächte, da du den Mond, das Meer und den Hafen hättest sehen können und Menschengesichter im Lampenschein und das Antlitz der Frauen, wenn das Licht verlöscht und nur der Widerschein in den Augen der Geliebten das Gesicht erhellt.«

Er war wie trunken und sprach überlaut wie einer, der lange Zeit geschwiegen hat. »Warum weicht ihr zurück?« rief er und breitete die Arme aus. »Ich bin da, ich bin angekommen. Du, altes Mütterchen, was duckst du dich dort an der Tür, und du, Dummerchen mit den braunen Augen, warum kommst du nicht näher? Sieh diesen Arm, der schon viele Frauen umschlungen hat, und diese Hände, die du sehen wolltest. Fürchtest du dich nicht vor diesen Händen? Sie wissen den Degen zu führen und die Karten zu mischen, doch sie verstehen auch zu streicheln. Du Blonde, du Mollige, kennst du diese Finger? Sie wissen im Dunkeln das Karo und Treff herauszutasten, doch sie kennen auch Zärtlichkeiten, daß du erschauerst und noch im Alter den Augenblick nicht vergißt, da sie deinen Nakken umklammert hielten. Frauen von Bozen! Geht in die Stadt zurück und erzählt, daß ich hier bin, daß die Vorstellung beginnt! Der Schürzenjäger ist angekommen, der Tröster der Frauen, der Heilkünstler, der ein Mittel gegen Herzeleid weiß und das geheime Pulver kennt, das man dem ermatteten Liebhaber in die Speisen mischt, damit er nachts im Bett wieder munter und unternehmend sei. Erzählt, daß es euch gelungen ist, bei mir einzudringen, daß ihr mich mit eigenen Augen gesehen habt, daß ich im Kerker nicht schwach geworden bin und daß mein Arm, mein Herz, die Schultern und alles übrige noch am rechten Fleck sind. Schafft mir eine gute Nachrede, meine Damen! Und sprecht mit euren Männern, im vertraulichen Augenblick, wenn ihr die Gürtel löst und die Röcke sinken laßt; sagt ihnen, daß Giacomo, der im Namen der Tugend und Moral zu Kerker und Dunkelheit verurteilt war, angekommen sei, daß er sich bekehrt und gebessert habe und auf ihre gütige Nachsicht rechne. Und bittet um Gnade für mich bei den Mächtigen und Tugendhaften, die so fehlerlos sind, daß sie über die Schuldigen ein Urteil fällen dürfen. Denn ich bin schuldig, weil ich von allem weiß, was Männer und Frauen zueinander führt, und weil ich das Leben über alles liebe! Geht hin und sagt ihnen, daß ich da bin!«

Er trat zum Fenster und stieß mit beiden Händen die Flügel auf. Das Licht des Novembertages flutete voll und kalt wie ein Sturzbach in das Zimmer.

So stand er, mit ausgebreiteten Armen die Fensterflügel festhaltend, badete sein blasses Gesicht im strömenden Licht, schloß die Augen und lächelte. »Nun geht«, sagte er zu den in der Ecke des Zimmers zusammengedrängten Frauen. »Geht und sagt allen, daß ich da bin. Mit der Unterwelt ist es aus, die Sonne scheint wieder.«

Er atmete tief. Dann sagte er ruhig, mit froher Stimme, als hätte er der Welt eine freudige Botschaft zu verkünden: »Ich bin erwacht!«

Er stand mit noch immer geschlossenen Augen und wandte den Kopf nicht zur Tür, über deren Schwelle die neugierigen Frauen des Marktes von Bozen auf den Fußspitzen hinausschlichen. Ihre Füße eilten mit flinkem Gepolter die Treppe hinab. Er hörte den Lärm, doch er rührte sich nicht und hielt die Augen geschlossen, als wisse und sähe er auch so, was geschah.

Dann rief er dem Mädchen Therese, die als letzte im Zimmer geblieben war und deren gerötete, aber nicht unschöne Hand schon auf der Klinke lag, zu: »Du bleibst hier!«

Er sagte es so nebenbei, doch in bestimmtem Ton, wie jemand, der gewohnt ist, daß sein Befehl befolgt wird. Er blickte auf den Marktplatz und auf die im Lichtmeer scharf umrissenen Häusergruppen und seufzte leicht auf wie einer, der sich nach dem Erwachen dehnt und streckt und sich zudem bewußt wird, daß es noch einiges in der Welt zu tun gibt und daß man sich den Pflichten des Tages nicht entziehen kann.

Zerstreut und freundlich sagte er: »Komm näher!«

Stimmübungen und Kunstgriffe

Er wandte sich um und ging mit raschen Schritten zum Lehnstuhl, der mit seinen goldenen Beinen und dem geblümten Seidenbezug vor dem großen Spiegel und dem Kamin stand. Er setzte sich, schlug das rechte Bein über das linke, stützte die Arme auf die Seitenlehnen und blickte das Mädchen ernst und aufmerksam an. »Noch näher«, sagte er leise, aber in befehlendem Ton, »ganz her zu mir.« Und als sie langsam näher kam und nun vor ihm stand, ergriff er ihre gerötete kleine Hand, hob sie leicht empor und drehte das Mädchen mit einem sanften Druck im Halbkreis wie ein Schneider sein Probierfräulein, wenn er seine neueste Schöpfung, ein Ballkleid, fachmännisch mustern will. »Wie heißt du?« fragte er, und als Therese ihren Namen genannt hatte: »Wie alt bist du?«

Er dachte ein wenig nach und nickte: »Warum hast du die Frauen in mein Zimmer gelassen?« Ohne die Antwort abzuwarten, setzte er schnell hinzu: »Die Menschen halten mich für einen Tunichtgut und glauben, daß ich wirklich so verderbt bin wie mein Ruf. Das Reisen wird mir schon zur Pein. Man wird rasch bekannt, denn die Welt ist klein, der Verkehr hat sich in letzter Zeit in beängstigender Weise verstärkt, der Nachrichtendienst ist schon fast vollkommen. Die Menschen wissen alles durch den Zeitungsklatsch und dank der Eingeweihten in den Wandelgängen des Theaters; es gibt kein Geheimnis mehr, ja, manchmal glaube ich, daß es auch kein Privatleben mehr gibt.

In meiner Jugend war das anders. Venedig ist heute wie ein Glaskasten, jedermann sitzt im Schaufenster, wo er öffentlich betrügt, stiehlt, sich den Wanst vollschlägt und Liebschaften anzettelt. Warst du schon in Venedig? Ich führe dich einmal hin, von Sonnabend bis Montag«, sagte er nebenbei. »Nein, mein Kind, glaub den Venezianern nicht! Schau mir in die Augen! Siehst du, wie traurig ich bin? Eine lächerliche Jahrmarktsfigur haben die Nachrichtenträger aus mir gemacht. Wohin ich komme, in jeder Stadt, beginnen sogleich die müßigen jungen Leute und die Schergen aufzuhorchen, und auch die Spielhöllenbesitzer und die Frauen, die davon leben, daß es auch jüngere und unerfahrene Frauen gibt; auf den Promenaden flüstern die Leute meinen Namen, von den Erkern der Häuser und aus dem Innern der Kutschen folgen mir spähende Blicke, Frauen heben mit kurzsichtigem Zwinkern ihr Lorgnon mit dem vergoldeten Stiel an die Augen und lispeln, den Kopf zur Seite geneigt: ›Ah, da ist er? Welch ein Skandal! Warum duldet man ihn in der Stadt? ... Stellt ihn mir doch vor!‹ – So sprechen die Frauen. Komm näher, Kleine, und sieh mich an. Fürchtest du dich vor mir?«

»Ich fürchte mich nicht«, sagte das Mädchen.

Der Fremde dachte nach: »Das ist nicht gut«, bekannte er, etwas gereizt.

Doch Therese, die im »Hirschen« Dienstmagd und zugleich Verwandte ist, fürchtet sich wirklich nicht. Nun, da sie hier steht und ihre Hand dem bald schmeichelnden, bald umklammernden Händedruck des fremden Mannes überläßt, soll etwas über sie gesagt werden. Das Mädchen war einfach und unreif, doch manchmal wurde ein Zug um ihren Mund lebendig, der den Männern verheißungsvoll schien. Sie war sechzehn Jahre alt und kannte die unsauberen Geheimnisse der Zimmer und schwülen Alkoven im »Hirschen«, sie brachte die Betten in Ordnung und goß das Waschwasser der Gäste aus; sie besaß einen dunkelblauen Tuchrock, das Geschenk eines Kaufmanns aus Turin, ein ausgeschnittenes hellgrünes Miederleibchen, das eine durchreisende Schauspielerin im Schrank des Gastzimmers vergessen hatte, und ein in weißes Leder gebundenes Gebetbuch mit Bildern des Heiligen von Padua. Sonst nannte sie nichts auf der Welt ihr eigen. Doch ja, ein venezianischer Kamm gehörte noch ihr. Sie schlief in der Mansarde über den Gastzimmern, in der Nähe der Schlafkammer Balbis, und sie war in Südtirol zu Hause, in einem Dorf, das dicht am Fuß eines hohen Berges lag und von der Landschaft und der Armut fast erdrückt wurde. Ihr Vater hatte sich eines Tages als Söldner in die Armee des Königs von Neapel anwerben lassen und war von dort nie mehr zurückgekehrt.

Therese sah den Fremden an und empfand keine Furcht.

Die Angst, die sie erfaßt hatte, als sie ihn am ersten Abend im Halbschlaf stöhnen und murmeln hörte, war jetzt, da er ihre Hand hielt, geschwunden. Sie schämte sich ein wenig, weil ihre Hand vom Spülen und Holztragen rot und vom Wind rauh geworden war; denn in Bozen blies ständig der Wind, und sie glaubte, sie würde sich nie daran gewöhnen können. Deshalb hatte sie ihre Hand nur zögernd in die starke und dennoch weiche Männerhand gelegt, die sich glatt wie kühles Leder anfühlte und sie beruhigte. Der Druck dieser Hand war so, als könnte sie zu gleicher Zeit nehmen und geben. Und aus dieser kühlen, glatten Handfläche strömte langsam eine sonderbare Wärme in die Adern des Mädchens; es war eine andere Wärme als die eines Ofens und auch eine andere als die der Sonne. Sie pulsierte und breitete sich aus, und manchmal schien sie für Augenblicke auszusetzen, wie wenn ein Windstoß die Kerzenflamme zu löschen droht. Therese hatte keine Furcht mehr. Am liebsten unterhielt sie sich mit dem kleinen weißen Hund im »Hirschen«. Und sie liebte es, stundenlang in einem Winkel der dämmrigen Kirche unter dem Muttergottesbild bei der Kanzel zu sitzen; dann schloß sie die Augen und dachte an nichts. Manchmal dachte sie auch an die Liebe, doch nur so, wie der Fischer ans Meer denkt. Sie meinte, die Liebe zu kennen, und fürchtete sie nicht.

Jetzt, da der Mann sie berührt hatte, er hielt ihre Hand mit zwei Fingern fest, fühlte sie, daß er stärker war als sie. Er schien mächtig und vornehm zu sein, obwohl er in Lumpen gekommen war; dann war er auch älter, viel älter als sie, und zu alldem berühmt, und die Frauen wollten ihn um jeden Preis sehen. Therese hätte allen Grund gehabt, sich zu fürchten. Er hatte ihr auch versprochen, sie nach Venedig mitzunehmen; doch sie scheute Versprechungen, denn wer versprach, der log auch schon; nur die gaben wirklich, die vorher kein Wort davon sagten. Und dann wußte sie auch nicht, was der Mann von ihr wollte. Denn andere kniffen sie und klopften ihr auf die Hüften oder wollten sie küssen; oder sie flüsterten ihr heiße Worte ins Ohr, derbe Anzüglichkeiten und unsaubere Angebote; oder sie riefen sie nach Mitternacht, wenn alles schlief, in ihr Zimmer. Oh, Therese kannte die Männer. Doch dieser hier kniff sie nicht, machte ihr kein Anerbieten und sprach keine Anzüglichkeiten. Er sah sie nur aufmerksam an, schien aber gleichzeitig angestrengt nachzudenken und sich zu grämen, weil ihm etwas nicht einfallen wollte: vielleicht ein Name oder eine Erinnerung, jedenfalls etwas, was für ihn von großer Wichtigkeit war.

»Du fürchtest dich nicht«, sagte der Mann leise und zog sie mit einer sanften, aber entschiedenen Bewegung auf seine Knie. Therese widersetzte sich nicht. Sie saß artig auf seinem Schoß, ein wenig so, als ob sie irgendwo auf Besuch wäre, stets bereit, im nächsten Augenblick aufzuspringen, wenn man läutete oder sie rief.

Beide waren ernst und sahen einander aufmerksam an, der Mann mit zwinkernden Lidern, um sie besser zu sehen; er hatte ihr Gesicht mit zwei Fingern zum Licht gedreht. Das Mädchen ließ alles geschehen, so, als säße sie beim Arzt und befolgte dessen wohlmeinende Anordnungen. »Seit siebzehn Monaten«, sagte der Fremde ruhig, »habe ich keiner Frau mehr in die Augen geschaut. Deine Augen sind schön, Therese, sie haben die Farbe des Himmels über Venedig. Aus dem Fenster des Gefängnisses habe ich manchmal den Himmel gesehen, wenn man mich auf dem Gang spazierenführte. Der Himmel war so graublau und ein wenig kalt, als spiegelte sich auch die Farbe des Meeres darin. Deine Augen haben die Farbe der ewigen Dinge. Doch das verstehst du nicht, und es ist auch nicht nötig. Mann und Frau können einander nie ganz verstehen, und ich schäme mich noch nachträglich, wenn ich mit einer Frau zuviel gesprochen habe. Küß mich«, sagte er dann, einfach und freundlich.

Und als das Mädchen sich nicht rührte und ihn mit den graublauen Augen anstarrte, wiederholte er: »Küß mich! – Verstehst du nicht?« Er sagte es etwas verwundert, doch noch immer freundlich. Später erinnerte sich Therese, daß er in diesem Ton von ihr auch ein Glas Wasser hätte verlangen können. So einfach und gleichgültig sagte er: »Küß mich!« Doch sie hatte noch nie einen Mann geküßt, und ihr Gesichtsausdruck war eher einfältig als klug. Er legte nun seinen Arm um ihren Leib, doch auch dies so kühl und gelassen, als ob er nach einem Buch langen würde.

Dabei fragte er freundlich und interessiert: »Was fühlst du jetzt?«

»Gar nichts«, erwiderte das Mädchen.

»Du verstehst meine Frage nicht«, sagte er etwas ärgerlich. »Ich will nicht wissen, was du im allgemeinen in bezug auf Liebe und Männer fühlst, sondern hör mich an, Kleine, ich frage, was du fühlst, wenn ich dich berühre, wenn ich mit zwei Fingern deinen Arm über dem Ellbogen umspanne, wenn ich meine Hand auf dein Herz lege – siehst du, so, was fühlst du jetzt, in diesem Augenblick?«

»Ich fühle wirklich nichts«, sagte sie artig, stand auf, verbeugte sich und hob dabei, wie sie es in der Gaststube gesehen hatte, ein wenig den Saum ihres Rockes.

Auch er erhob sich. Mit gespreizten Beinen und verschränkten Armen stand er da, finster vor sich hin blickend. »Unmöglich«, sagte er erregt und hustete verlegen. »Es ist unmöglich, daß du nichts fühlst, wenn ich ... Warte mal!«

Mit einer raschen Bewegung umschlang er sie, beugte sich über das frische, junge Gesicht und senkte den Blick seiner dunklen Augen in das helle Blaugrau der schimmernden Mädchenaugen. »Fühlst du auch jetzt nichts, wenn ich dich umschlungen halte? Fühlst du den heißen Hauch meines Atems und wie meine Hand sich um deine Rippen preßt? ... Fühlst du, wie nah ich dir bin und daß ich dir etwas Wunderbares bringen will, das Geschenk des Lebens und der Liebe? Nicht wahr, nun erzitterst du, von den Fußspitzen bis zur Stirn durchläuft dich ein seltsames Beben, wie du es bisher nicht gefühlt hast – als wüßtest du jetzt, daß du nur deshalb gelebt hast und deshalb geboren wurdest.« Therese schwieg. »Nun?« fragte er unsicher. Er ließ sie los, legte die Hand an die Stirn und blickte ratlos um sich.

Denn dieses Mädchen, das hier vor ihm stand, dieses ungepflegte, ärmlich gekleidete Mädchen mit den bloßen Füßen – dieses Gaststubenkätzchen, deren er so viele kannte und die, wenn er aufrichtig sein wollte, die einzigen waren, die er wirklich kannte, dieses Mädchen fühlte gegenwärtig wirklich nichts. Dieser junge, frische Körper war bei seiner Berührung nicht erschauert, auch nicht, als er, der vielerfahrene Meister, sie umschlungen hielt; diese glasklaren Augen hatten sich nicht verschleiert wie Bergseen beim drohenden Gewitter, und ihr Herz, dessen Schlag er durch das Mieder hindurch fühlte, war nicht schneller gegangen, als seine heiße Hand auf ihrer Brust lag. Sie atmete ruhig – da stand sie vor ihm, er brauchte nur die Hand nach ihr auszustrecken. Der Widerstand, dem er bei Frauen manchmal begegnet war, hatte ihn stets zum Angriff gereizt. Gab es ein schöneres Spiel und einen erregenderen Kampf als den mit einer Frau, die sich wehrte, die seinen Händen entglitt und den verliebten Kämpfer ängstlich oder hoheitsvoll zurückwies? In solchen Augenblicken fühlte er seine wahre Kraft, dann strömten die Worte leicht von seinen Lippen, dann konnte er zu gleicher Zeit verwegen und unterwürfig, fordernd und huldigend, rührselig und vermessen sein. Denn der Widerstand war schon das Vorspiel der Hingabe, wer Widerstand leistete, wußte, warum er sich wehrte, und wer sich wehrte, wollte im Grunde das, wovor er flüchtete…

Doch dieses Mädchen, diese schmächtige und ungepflegte Magd, das erste Weib, nach dem er die Arme ausstreckte, jetzt, nach sechzehn Monaten Kerkerhaft, Einsamkeit und Elend, dieses Mädchen wehrte sich gar nicht. Sie leistete keinen Widerstand und war vollkommen ruhig, als ob sie nicht ihm gegenüberstände, ihm, der vor nicht einmal zwei Jahren Venedigs schönster Nonne ein Palais in Murano gemietet und dem eine Markgräfin, im Palast seines Gönners in Rom, das Schreiben von Liebesgedichten beigebracht hatte… Sie stand da, und man konnte mit ihr nichts beginnen, denn sie verteidigte sich nicht, kam aber auch seinen Wünschen nicht nach, und ihr weiblicher Instinkt gab ihr den Gedanken an Flucht nicht ein. Er seufzte tief und trocknete sich die Stirn, auf die kalter Schweiß getreten war.

Was war geschehen? Etwas, was sich noch nie ereignet hatte. Er sah sich suchend im Zimmer um; seine Augen blieben an dem Dolch haften, den er am Vorabend auf dem Kamin vergessen hatte. Er griff mit beiden Händen danach und bog spielerisch die Klinge. Er kümmerte sich nicht mehr um das Mädchen, ging im Zimmer auf und ab, mit dem Dolch in der Hand und leise vor sich hin sprechend. »Unmöglich!« rief er dann plötzlich. Es war ihm verdammt elend zumute. Er fühlte sich wie ein großer Schauspieler, der schon lange nicht mehr auf der Bühne gestanden hatte und beim ersten Auftreten von eisigem Schweigen im Zuschauerraum empfangen wird. Man pfiff ihn nicht aus, und er war nicht durchgefallen, doch diese eisige Stille, diese tödliche Gleichgültigkeit war schrecklicher als selbst das Fiasko. Es war ihm zumute wie dem Sänger, der angstvoll bemerkt, daß mit seiner Stimme etwas geschehen ist, und der sich vergebens bemüht, die hohen Töne zu treffen; seine Stimme hatte den faszinierenden Klang verloren, der die Menschen im Zuschauerraum erbeben und einen seltsamen Schimmer in die Augen der Frauen treten ließ. Es war ihm zumute wie einem, der unersetzliche Kräfte vermißt, die nur er besaß und die das Geheimnis seiner Erfolge waren; wie einem, der nicht begreift, warum sein Spiel, das gestern noch bejubelt wurde, heute keinen Beifall mehr findet. Bestürzt hob er die Hand zum Hals, als wollte er die verlorene Stimme wiederfinden.

So stand er, mit dem Dolch in der Hand, den Blick auf das Mädchen gerichtet. »Unmöglich!« sagte er noch einmal lauter. »Fühlst du denn nichts, gar nichts? Fürchtest du dich nicht, zitterst du nicht, und möchtest du nicht vor mir fliehen?« Er fragte es fast bittend und fühlte, daß er so, mit dem Dolch in der Hand und der klagenden Stimme, einen üblen Eindruck machte. »Warum schaust du mir nicht in die Augen?« fragte er leise, heiser und sehr traurig.

Der ungewohnte Klang seiner Stimme ließ das Mädchen aufblicken, sie wandte dem Fremden langsam ihr Gesicht zu und hielt seinem forschenden Blick ernst und aufmerksam stand. »Siehst du, jetzt hast du mich verstanden«, sagte er freudig, mit einem warmen Ton in der Stimme. »Du mußt fühlen, daß ich zu dir, nur zu dir spreche. Jetzt kenne ich dich schon, auch unter tausend Frauen würde ich dich erkennen, selbst auf dem Ball, wenn du eine Maske trägst. Siehst du, nun antworten auch deine Augen. Ich wußte es ja, es kann nicht anders sein.« Er pfiff leise und sagte dann mit der warmen, dunklen und traurigen Stimme, über die er anscheinend verfügte wie ein Zauberer über seine Requisiten: »Dies ist das erste Geheimnis, Liebchen, es ist kein Kunstgriff und keine List dabei. Man muß nur davon berührt werden. Du hast mich berührt, schon als du ins Zimmer getreten bist, und das ist die geheimnisvolle Berührung; manchmal glaube ich, es ist der Grund und der Sinn des Lebens. Schlägt dein Herz schneller? ... Röten sich deine Wangen? ... Du weißt jetzt, daß du nicht mehr weggehen kannst! Komm näher, so wie vorhin.«

Und als das Mädchen langsam näher kam, fragte er ruhig: »Erinnerst du dich nicht? Ich sagte: Küß mich!«

Langsam, gelassen umschlang er ihre Schulter und beugte sich über den auf seinen Arm gesunkenen Mädchenkopf.

Der Kuß

Er küßte die Magd im Gasthof »Zum Hirschen« zu Bozen, am dritten Tag nach seiner Flucht aus den Bleikammern, wo er sechzehn Monate geschmachtet hatte. Er küßte ihre roten Lippen, die sich unter der Berührung weich und widerstandslos öffneten, ohne den Kuß zu erwidern. Lange verharrten sie so. Er sah in die Augen des Mädchens und fühlte den scheuen und reinen Blick eines anderen Lebewesens; und wie geblendet schlossen beide für einen Augenblick die Lider. Es war ihnen, als hätten sie das schon erlebt und als wäre dies der einzige natürliche Zustand im menschlichen Dasein; sie verstanden nicht, warum sie sich bisher mit anderen Dingen befaßt und ein eigenes Leben gelebt hatten, und es schien, als hätten sie sich längst schon mit all ihrem Denken und Wünschen, im Wachen und im Traum nur auf diesen Moment vorbereitet. Das Mädchen schmiegte sich in die Arme des fremden Mannes. Ihr Gesicht war ernst und ruhig, wie wenn jemand nach langem Forschen und Suchen aufseufzt und sagt: »Ach, ich verstehe, das war es also!«

Sie suchte in seinen Armen ihren Platz, mit vorsichtigen, verschämten Bewegungen, als fühlte sie, daß jede Regung des Körpers etwas bedeutet in der seit Urzeiten geübten stummen Zwiesprache zwischen Mann und Frau, die jedes Liebespaar in dem Augenblick fortsetzt, wenn der Mann die Frau in seine Arme schließt. Sie bewegte sich nicht, sie ließ es nur zu, daß ihrer beider Körper nach den Gesetzen der Anziehung und der Schwerkraft das Gleichgewicht fanden. Sie legte den Kopf auf den Arm des Mannes, bog ihren jungen Körper leicht zurück, und seine kräftigen Arme hielten die Last ohne Anstrengung; fast schien es, als wäre sie etwas emporgehoben und für Augenblicke der Schwerkraft der Erde entzogen, so lag das Mädchen, auf den Fußspitzen stehend, in den Armen des fremden Mannes. Hätte sie jemand durch das Schlüsselloch belauert, er hätte glauben können, das Mädchen wäre ohnmächtig oder man habe es soeben aus einem Fluß gezogen und es läge nun besinnungslos in den Armen des Retters. Ähnlich waren auch die Gefühle des Mädchens: wie die einer Lebensmüden, die sich ins Wasser geworfen hat und nun ans Ufer getragen wird.

Auf diese Art in den Armen des fremden Mannes zu liegen war ein unbekanntes Erlebnis, und doch schien es ihr so vertraut – zugleich beängstigend und beglückend. Es gab wohl nichts Besseres, als in den Armen eines anderen zu liegen. Therese erinnerte sich dunkel, daß ihre Mutter, sommersprossig wie das Ei einer Truthenne und rundlich wie ein

Toskaner Faß, sie einst auch in den Armen gehalten hatte. Die Lage war ihr vertraut wie das Leben dem neugeborenen Kind, es bedurfte keiner Fertigkeiten, keines Wissens, man mußte sich nur der Lage hingeben und zulassen, daß die in der Umarmung vereinten Körper ihr Gleichgewicht fanden. Es erschien ihr auch nicht verwunderlich, daß ein Mann, den sie gestern noch nicht gekannt hatte, der so viel sprach und eben noch mit seinem Dolch gespielt hatte, der mit Bettfedern im zerwühlten Haar aus dem Alkoven gestiegen war, daß dieser Mann sie jetzt in seinen Armen hielt. Das alles schien ihr in Ordnung und natürlich, und es mußte wohl so sein, daß sie den Mund leicht geöffnet hielt, die Augen niederschlug, den Kopf bequem bettete und im übrigen gar nichts tat. Und nun, da sie alles wußte und alles begriffen hatte, lächelte sie mit geschlossenen Augen.

Sie standen vor dem Fenster, der Mann mit dem Rücken zum Licht, das dem Mädchen voll ins Gesicht strahlte. Er war beruhigt, denn nun fürchtete er nicht mehr, in der feuchten Einsamkeit des Gefängnisses seine Stimme verloren zu haben. Jetzt wußte er, daß jedes Wort und jede Bewegung bei seinem Publikum Beifall fanden. Dieses herzförmige Gesicht, dessen Züge und Farbtöne im Sonnenlicht übermäßig deutlich wurden, war das Gesicht eines Mädchens, nichts weiter; aber er hatte nicht gelogen, als er ihr sagte, er würde sie unter tausend Frauen wiedererkennen. Es war ein weibliches Gesicht – wie hundert andere, über die er sich schon mit ähnlicher zärtlicher Neugier gebeugt hatte, als wollte er ein geheimnisvolles Zeichen enträtseln, ein Wort, das dem Leben Sinn gab. Lange blickte er ernst und prüfend in dieses Gesicht. Die von feinen Sommersprossen übersäte kleine Nase, der Mund, der noch unfertig schien wie eine frühzeitig aufgebrochene Frucht, die goldblonden Härchen auf der Oberlippe und dem kindlichen runden Kinn, die schön gezeichneten Linien der sanften Augen, die blonde Welle der Brauen, die zwei harten Linien zu beiden Seiten des Mundes, die Argwohn und Furcht eingezeichnet hatten und die jetzt durch das Sonnenlicht gemildert schienen: das war die Geheimschrift, deren Sinn er enträtseln mußte. Die beiden Gesichter, das prüfende, ernste Männergesicht und das ruhige, erwartungsvolle, sanft lächelnde Antlitz des Mädchens mit den geschlossenen Augen, schwebten nebeneinander wie zwei Himmelskörper, die eine unwiderstehliche Anziehungskraft aneinanderkettet. Warum eilen? dachte der Mann. Und etwas Ähnliches fühlte das Mädchen.

War das Liebe? ... Ganz sicher nicht. Jetzt, da er sich dem Gesicht des jungen Mädchens zuneigte und den warmen Hauch ihres Atems fühlte, da eine heftige Regung ihn zwang, sich über ihre Lippen zu beugen, so wie der von Durst gepeinigte Wanderer sich langsam und andächtig über die sprudelnde Quelle beugt, jetzt dachte er: »Könnte sie es sein?« Doch er wußte schon, sie würde es nicht sein; auch sie würde es nicht sein. Er hätte ihr Gesicht unter tausend Frauen wiedererkannt, sein Erinnerungsvermögen war von unheimlicher Schärfe und Sicherheit, wenn es um eine Frau ging, so wie das Raubtier unfehlbar eine Fährte im Urwald aufspürt. Doch zugleich wußte er, daß sich auch in dieser Begegnung sein Schicksal nicht erfüllte, so wie in keiner bisher, wie stark auch in mancher Frau die geheimnisvolle Stimme erklungen war, die ihm zurief: »Da bin ich, ich gehöre zu dir!«

Beim Klang einer solchen Stimme hatte er stets aufgehorcht und war ihr mit angespannten Sinnen und sicherem Instinkt gefolgt. So riefen die Jungen und Schönen, die Reifen und Verblühenden, die Herzoginnen, Nonnen und Wanderkomödiantinnen, die kleinen Nähmädchen, die Frauen, die man mit einem Goldstück bezahlen konnte, und auch die Vornehmen, die in Palästen wohnten und am Ende einen noch höheren Preis hatten; so rief die Tochter des jüdischen Händlers, so die Geliebte des französischen Gesandten und das sittenlose Klosterpflänzchen; so rief die unsaubere und verseuchte Dirne, die später der Allerchristlichste König, Ludwig von Bourbon, in die Arme schloß und seinem Harem zuführte; und so riefen die junge Frau des französischen Kapitäns und die alte Herzogin mit dem knochigen Rücken… Jedem Ruf war er gefolgt, fühlte stets diese witternde Neugier und fragte sein Herz: Sollte sie es sein? Doch während er fragte, wußte er schon, daß nicht sie und auch keine andere es war. Und dann trieb es ihn weiter.

Überall gab es Trinkstuben, überall wurde in den Theatern gespielt, und das Leben beschenkte jeden verschwenderisch, der ohne Furcht war. Nein, ich habe mich nie gefürchtet, dachte er mit Genugtuung und zog den Mädchenkörper enger an sich. Wenn sie es sein könnte! Schön wäre es, auszuruhen und zu wissen, daß man keine Berechnungen und gefährlichen Pläne mehr nötig hatte, dann wäre die Formel ganz einfach: Man lebt, und es gibt eine Frau, die man liebt. Doch gleich darauf schien ihm, als wäre das lockende Gebilde in tausend Stücke zersprungen: Überall lagen nur Scherben, und nach jeder bückte er sich.

Das Mädchen hier hatte schön geformte Ohren, rosig und kindlich; die Wölbung der Ohrmuschel, die feine Verästelung der Knorpel und die Einfalt der vollen Ohrläppchen: ja, es war ein niedliches Ohr, zum Anbeißen. Was sollte er da hineinflüstern? »Nur du...?« Wie oft hatte er das schon gesagt! Doch als fürchtete er, aus der Übung zu kommen, gab er der alten Gewohnheit nach und flüsterte dem Mädchen mit heißem Atem ins Ohr: »Nur du!«

Das hübsche kleine Ohr wurde rot bei diesen Worten. Auch das Gesicht des Mädchens errötete, als schämte sie sich nun zum erstenmal. Denn es lag etwas Freches und Gewaltsames in diesen Worten, wie in jeder Lüge, die in einem großen Augenblick ausgesprochen wird. Doch es war auch etwas Vertrautes und Erhebendes darin, wie in den patriotischen Liedern und in den geheiligten Gemeinplätzen, die von den Menschen seit Jahrhunderten nachgesprochen werden. Sie war errötet, weil sie die Lüge fühlte, und der Mann schwieg, befriedigt und ein wenig verwundert, wußte er doch, daß er kaum ärger lügen konnte. Und beide fühlten, daß diese Lüge insgeheim etwas Wahres hatte. Wie alle ewigen Dinge, wie wenn jemand sagt: »Vaterland« oder »Schicksal« und pflichtgemäß zu weinen beginnt; und wie schamlos auch seine Absicht ist, so fühlt er doch, daß der Gemeinplatz und die Lüge auch wahr sind, er fühlt es wirklich, das Vaterland, das Schicksal und das »Nur du«.

Ihre Lippen hafteten aufeinander, und nun fühlten sie, daß eine geheimnisvolle Kraft sie zu wiegen begann; wie wenn eine Amme das Kind in die Arme nimmt und, während sie es in Schlaf wiegt, leise zu ihm spricht: »Nun hast du genug gespielt, Liebling, ruh dich jetzt aus. Denk an nichts und schließ die Augen. Wie heiß du bist, wie schnell dein Herz schlägt!« Und dann küßten sie sich wieder. Das Wiegen, dieses traumhafte, seltsame Wiegen, trug sie langsam unbekannten Ufern entgegen, so wie das Meer, dessen Wellenschlag Wiegenlied und Gefahr, Schicksal und Abenteuer zugleich ist; wie wenn jemand die Gestade der Wirklichkeit verläßt und mit Verwunderung gewahr wird, daß er im neuen Element, im unbekannten Element des Schicksals auch leben und sich bewegen kann und daß es gar nicht so schlimm ist, durch den sanften Wellenschlag vom Ufer fortgetragen zu werden, jede Verbindung mit der Wirklichkeit zu verlieren und ohne Willen und Absicht dem Vergehen entgegenzutreiben. Hin und wieder, zwischen zwei Küssen, sahen sie verloren um sich, wie jemand, der den Kopf aus den Wellen hebt und dann wieder in das gefährliche, beglückende, wiegende Element zurücksinkt und dabei denkt: Vielleicht ist das Vergehen nicht das Schlimmste, vielleicht ist es das Beste, was das Leben uns schenken kann, dieses Wiegen und Vergessen, wenn man die Erinnerung verliert und alles dunkel wird. Und sie umschlangen sich noch fester und küßten einander immer wieder.

In diesem Augenblick trat Balbi ein, blieb an der Tür stehen und sagte erschrocken: »Giacomo, tu ihr nichts!«

Sie lösten sich langsam aus der Umarmung und sahen mit unsicheren Blicken um sich. Der Mann bemerkte erst jetzt, als er das Mädchen freigab, daß er den Dolch noch immer in der Hand hielt, in der linken Hand, mit der er den Rücken des Mädchens umschlungen hatte.

Ein venezianischer Dichter

Als das Mädchen mit gesenktem Kopf und mit dem lautlosen Schritt der Menschen, die viel barfuß gehen, das Zimmer verlassen hatte, sagte Balbi: »Ich bin wirklich erschrocken. Du hast dort mit dem Dolch in der Hand wie ein Mörder gestanden, der eben dabei ist, sein Opfer niederzustechen.«

»Ich bin kein Mörder«, antwortete er, noch etwas außer Atem, und legte den Dolch wieder auf den Kaminsims. »Ich bin nur Schriftsteller.«

»Schriftsteller?« Balbi blieb der Mund offen. »Was hast du denn geschrieben?« fragte er ungläubig.

»Was ich geschrieben habe?« wiederholte der Fremde ärgerlich und in einem Ton, als hielte er den Fragesteller nicht für wert, eine Antwort zu bekommen. »Allerhand, auch Verse«, sagte er dann.

»Für Geld?« fragte Balbi.

»Auch für Geld. Ein richtiger Schriftsteller schreibt immer für Geld, Dummkopf. Ich wußte ja, daß du das nicht verstehst, und ich bedaure nur, daß ich dir diesen Dolch damals vor Valdepiadene nicht zwischen die Rippen gestoßen habe, als du unverschämt wurdest und unsere Flucht fast vereitelt hättest. Dann wäre ich zwar, wie du eben sagtest, zum Mörder geworden, doch es gäbe einen Idioten und Lümmel weniger auf dieser Erde, und alle Welt wäre mir dankbar dafür. Schade, daß ich dich aus dem Rattenloch gerettet habe.«

»Ohne mich hättest du auch nicht fliehen können«, sagte der Mönch gelassen. Die Beleidigungen ließen ihn kalt. Er setzte sich in den Lehnstuhl, schloß die Augen, streckte die Beine von sich, verschränkte die Hände über dem umfangreichen Bauch und drehte die Daumen.

»Da hast du recht«, gab der andere zurück. »In der Gefahr klammert man sich sogar an den Strick des Galgens.«

Sie maßen einander mit feindseligen Blicken. »Du kannst es freilich nicht verstehen, daß ich Schriftsteller bin, du Fettwanst. Was hast du denn in deinem Leben geschrieben? Vielleicht für fünf Groschen Liebesbriefe für Dienstmägde, gefälschte Verträge für Händler und Roßtäuscher, Bettelbriefe an deine Vorgesetzten, die so leichtsinnig waren, dich nicht rechtzeitig auf die Galeere zu schicken.«

»Trotz allem«, sagte der Mönch freundlich, »trotz allem war das Schreiben meine Rettung, erinnere dich nur, Giacomo. Wir haben uns lange Briefe geschrieben, wie ein Liebespaar, und Lorenzo, der Kerkermeister, war unser Bote. So lernten wir uns kennen, denn in diesen Briefen sprachen wir über alles, über Vergangenes und Gegenwärtiges. Hätte ich dir nicht schreiben können, so wäre die Flucht unmöglich gewesen. Du verachtest mich, und am liebsten würdest du mich töten! Du bist nicht gerecht. Auch ich weiß, daß es eine große Sache ist, schreiben zu können, und daß es so etwas wie Macht verleiht.«

»So etwas wie Macht?« wiederholte der andere und maß den Mönch mißtrauisch unter halbgeschlossenen Lidern. »Es ist viel mehr als das. Es ist die einzige wahre Macht! Und du hast recht, das Schreiben hat auch dir die Freiheit wiedergegeben, daran habe ich gar nicht gedacht. Und die Schrift hat recht, wenn sie sagt: Auch der Einfältige kann der Gnade teilhaftig werden. Im Schreiben liegt die gewaltigste Kraft, und das geschriebene Wort ist stärker als der Papst und der König, stärker als der Doge. Auch unser Fall beweist das. Mit Hilfe der Schrift besprachen wir unsere Flucht, die Buchstaben brachen die Ketten entzwei, aus Buchstaben flochten wir die Strickleiter, und die Buchstaben führten uns aus der Hölle zurück zur Erde. Angeblich«, sagte er nachdenklich, »führen die Buchstaben auch von der Erde in den Himmel, doch daran glaube ich nicht.«

»Woran glaubst du denn?« fragte der Mönch neugierig.

»Ich glaube an das Schicksal«, sagte er einfach, »an das Schicksal, das wir uns selbst bereiten. Ich glaube an die Veränderungen im Leben, die so wunderbar ineinandergreifen, daß aus den Teilen schließlich ein Ganzes wird, ein Mensch und ein Leben. Ich glaube an die Liebe und an die Flüchtigkeit des Glücks. Und ich glaube an das geschriebene

Wort, weil es das Schicksal und die Zeit überdauert. Was du tust, wonach du dich sehnst, was du liebst, was du sprichst, alles vergeht. Die Liebe und die Frauen vergehen. Auch alles Bemühen vergeht, und sogar die Spuren deiner Taten werden von Staub bedeckt. Doch das geschriebene Wort bleibt. Und ich bin ein Dichter«, setzte er begeistert hinzu.

Er fuhr sich mit den Fingern durch das wirre Haar und warf den Kopf mit einer raschen Bewegung zurück, als sei er ein Künstler, der gleich die Geige ans Kinn heben und mit dem Bogen über die Saiten rasen wird. Er hatte sich das in seiner Jugend angewöhnt, als er Geiger in einem Streichorchester in Venedig war. Dann lief er mit hastigen Schritten durchs Zimmer und sagte schließlich ruhig: »Manchmal überrascht es auch mich.«

»Was überrascht dich?« fragte Balbi mit kindlicher Neugier.

»Daß ich so hoffnungslos der Literatur verfallen bin. Sag es nicht weiter, Balbi, ich mag die Klagen nicht, die zugleich Prahlereien sind. Ich sage es nur dir, denn dich achte ich am wenigsten. Man kann auf mancherlei Art schreiben. Es gibt Leute, die im Zimmer sitzen und schreiben und nichts anderes tun. Das sind die Glücklichen. Ihr Leben verläuft vielleicht unglücklich, weil sie immer einsam sind, sie sehen die Frauen an wie der Hund den Mond; sie klagen und heulen ihre Leiden in die Welt, alles löst Schmerz in ihnen aus: die Sonne, die Sterne, der Herbst und der Tod. Ihr Leben ist unglücklich, und trotzdem gehören sie zu den glücklichen Schriftstellern, die nur dem Buchstaben leben, die ein Substantiv frühstücken und mit einem Attribut in den Armen einschlafen. Sie lächeln im Schlaf und geraten in Verzückung, wenn es ihnen gelingt, mit Attributen und Substantiven, ächzend und stöhnend, etwas auszudrücken, was selbst dem lieben Gott nur einmal gelungen ist. Das sind die glücklichen Schriftsteller, die mit unglücklichen Gesichtern unter uns wandeln. Ein solcher Dichter möchte ich nicht sein«, sagte er etwas verächtlich. »Dann gibt es andere, die ihre Feder wie einen Dolch handhaben; sie schreiben mit Blut und spritzen Galle auf das Papier; du triffst sie meist im Schlafrock in ihrem Arbeitszimmer an, während sie die Mächtigen und die Schurken, die Wucherer und Verräter beschimpfen, die Söldlinge eines Gedankens oder sonst einer menschlichen Angelegenheit sind ... Ich kannte solche. Einst war ich bei Voltaire, dem häßlichen Philosophen. Unterbrich mich nicht, auch wenn du seinen Namen nicht kennst. Er hatte zwar keine Zähne mehr, trotzdem konnte er beißen; selbst Könige und Königinnen buhlten um seine Gunst, und dieser zahnlose Krüppel mit der Feder zwischen den gichtgeschwollenen Fingern verstand es, die Welt am Gängelband zu führen. Verstehst du das? ... Ich verstehe es. Es sind die Schriftsteller, denen das Schreiben nur ein Mittel ist, denn sie wollen die Welt verändern; sie sind wohl mächtig, weil sie Geist und Kraft besitzen, doch es fehlen ihnen Ruhe und Andacht, und also sind sie unglücklich. Sie können zwar mit einem

Wort Könige und Weltordnungen stürzen, vermögen aber nicht auszudrücken, was den geheimsten Sinn des Daseins ausmacht: die Freude, daß wir leben, das Glück, daß wir nicht einsam sind und von Sternen, Frauen und Dämonen behütet werden, und die Verwunderung darüber, daß wir sterben müssen. Das alles können die nicht ausdrücken, denen die Feder nur Schwert und Dolch ist, so mächtig sie hier auf Erden auch sein mögen. Und schließlich gibt es Schriftsteller von der Art, wie ich einer bin. Doch die sind selten«, setzte er selbstzufrieden hinzu.

»Und warum sind sie selten, mein Herr und Meister?« fragte Balbi andächtig.

Aus seiner Stimme, die von der Kerkerhaft, vom Wein und von Ausschweifungen rauh und heiser geworden war, klangen achtungsvolle Neugierde und vorsichtiger Zweifel. Er saß mit offenem Mund da und drehte die Daumen, als hätte er sich in ein Theater verirrt und lauschte einer Sprache, die er nicht ganz verstand.

»Weil ich mit meinem Glück bezahle«, rief Giacomo zornig, »du plattfüßiger Fettwanst, verstehst du endlich? Ich bin der Dichter, der dem Glück entsagt. Du fragtest, was ich geschrieben habe? Ich gestehe, bis jetzt nicht viel. Einige Verse, ja... und einige Studien über Magie... doch das ist alles nicht von Belang. Ich war schon Gesandter, Priester, Soldat, Geiger und auch Doktor der weltlichen und kirchlichen Wissenschaften. Dank sei Bettina, die vierzehn Jahre alt war und mich in das weltliche Wissen einführte, und Dank sei Doktor Gozzi in Padua, der im Nebenzimmer saß und nichts von Bettinas Unterricht wußte und mich in die Geheimnisse der schönen Künste einweihte. Doch nicht davon ist die Rede, und es ist nicht wichtig, was ich geschrieben habe. Nur ich bin wichtig, der Schriftsteller, ich, die Person; denn es ist schwerer, etwas zu sein, als etwas zu tun. Gozzi leugnet dies. Gozzi behauptet, nur der schlechte Schriftsteller wolle erleben, der wahre begnüge sich damit, zu schreiben. Ich aber leugne das. Nur ich bin wichtig, wenn ich auch nach Gozzis Meinung kein wahrer Dichter bin; nur ich selbst, weil ich leben will. Ich kann nicht schreiben, bevor ich die Welt nicht erlebt habe. Und ich stehe noch am Anfang«, sagte er leiser, fast andächtig. »Ich bin keine vierzig Jahre alt. Ich habe kaum gelebt. Man kann nicht genug leben. Ich habe mich noch nicht sattgesehen am Aufgang und Untergang der Sonne. Ich kenne noch nicht alle menschlichen Regungen und Leidenschaften; ich habe über den Dünkel der Bürokraten, Vorgesetzten und Autoritäten noch nicht genug gespottet und den feisten Pfaffen, die das Seelenheil für Geld verkaufen, nicht oft genug den Mund gestopft. Ich habe noch zuwenig über die menschliche Dummheit, Eitelkeit und Habgier gelacht. Ich bin noch nicht so oft in den Armen von Frauen erwacht, daß ich etwas Wahres über sie wüßte, eine Wahrheit, die mehr sagt als das trübe und alltägliche Geheimnis, das sie unter den Röcken verbergen und das nur die Einbildung der Schüler und der Dichter erregt...

Ich habe noch zuwenig gelebt, Balbi«, wiederholte er hartnäckig, aufrichtig bewegt. »Ich will nichts versäumen, verstehst du. Ich entsage dem Ruhm, dem Reichtum, dem glücklichen Heim, ich werde noch Zeit genug finden, in Pantoffeln unter einem Laubengang zu lustwandeln, dem Gesang der Vögel zu lauschen, mich in *De consolatione philosophiae* von Boethius, dem Heiden, zu vertiefen, oder in das Werk des weisen Horaz. Ich will leben, damit ich einst schreiben kann. Das muß teuer bezahlt werden. Ich muß alles sehen und hören, verstehst du, ich muß die Menschen in ihren Behausungen aufsuchen, muß sie klagen hören, wenn sie zu altern beginnen und die Gunst der Frauen nur mehr mit Gold erkaufen können; ich muß die Mütter und Töchter, die Liebhaber und Eheleute kennenlernen, damit ich von jedem eine Wahrheit über das Leben erfahre, und sei es nur durch einen Händedruck. Ich bin Dichter, und also muß ich leben. Gozzi behauptet, nur der schlechte Dichter wolle leben. Doch Gozzi ist kein Mann, er ist nur ein feiger und träger Bücherwurm, der nie etwas von bleibendem Wert erschaffen wird.«

»Und wann willst du anfangen zu schreiben, Giacomo«, fragte Balbi, »ich meine, wann wirst du Zeit zum Schreiben finden, wenn du dies alles sehen, hören und riechen willst? – Du hast ja recht, ich verstehe nichts davon, ich kann nur eben die Buchstaben aufs Papier setzen, aber nach meiner Erfahrung ist schon zum Schreiben eines Briefes viel Zeit nötig. Ich glaube, daß man für die Arbeit des

Schriftstellers noch viel mehr Zeit benötigt. Vielleicht das ganze Leben.«

»Erst am Ende«, sagte der andere und sah zur Decke, während seine Lippen sich lautlos bewegten, als würde er rechnen, »erst am Ende will ich schreiben.«

Vor dem Fenster, im Hof der Herberge, lachte jemand. Es war ein junges, warmes Lachen; der Fremde eilte zum Fenster und lehnte sich über die Brüstung. Er winkte und lachte, sich mehrmals vorbeugend, hob zwei Finger an die Lippen und warf eine Kußhand hinab. »Schönste!« rief er, »Einzige! Heute abend!«

Dann wandte er sich um und sagte ernst: »Ich muß alles aufs Spiel setzen, damit ich einst schreiben kann, selbst das Leben. Ein kostspieliger Scherz, das Schreiben... Ich muß alles gesehen haben, damit ich die Menschen und ihre Gewohnheiten schildern kann und auch alle Orte, wo ich glücklich oder unglücklich oder einfach nur gleichgültig war. Jetzt habe ich noch keine Zeit zum Schreiben. Und diese Leute«, schrie er plötzlich, von Wut gepackt, »diese Leute haben es gewagt, mich in den Kerker zu werfen! Venedig hat mich verleugnet, mich, der ich selbst auf der Galeere noch ebensosehr Venezianer bin wie die vornehmste Gestalt auf Tizians Gemälden! Sie haben sich erdreistet, mich daran zu hindern, Dichter zu werden, ein wahrer Dichter, der lebt und täglich neues Erleben sammelt. Sie haben sich erfrecht, mich, einen venezianischen Dichter, abzuurteilen und mich vom Leben, vom Licht der

Sonne und vom Glanz des Mondes auszuschließen. Sie haben es gewagt, mir sechzehn Monate meines Lebens zu rauben... Die Pest und Verdammung über Venedig! Mögen Mohren und Türken die Stadt überfallen und die Senatoren in Stücke hauen, mit Ausnahme von Messer Bragadin, der wie ein Vater für mich gesorgt und mir Geld gegeben hat; gut, daß es mir einfällt, ich will ihm gleich schreiben. Fluch und Schande über Venedig, das mich, seinen treuesten Sohn, zu den Ratten gesperrt hat. Es wird das Ziel meines Lebens sein, das zu rächen!«

»Jawohl«, rief Balbi mitgerissen, und sein fettes Gesicht, das gelb und warzig war wie ein Kürbis, begann zu glänzen. »Du hast recht, Giacomo, ich verstehe dich. Ich fühle wie du. Wenn ich auch kein Venezianer bin, so bin ich doch schreibkundig. Du hast recht: die Pest über Venedig! Auch ich...«

Doch er konnte den Satz nicht vollenden. Der Fremde packte ihn am Kragen und begann ihn zu würgen.

Niemand soll Venedig schmähen

»Schmähe Venedig nicht!« stieß er heiser hervor, »ich selbst will es ihm heimzahlen!« Sein Gesicht verzerrte sich, es hatte nichts Menschliches mehr und glich den grotesken teuflischen Fratzen, die sich Venedigs Bürger im Karneval zum Scherz vors Gesicht binden. Mit der rechten Hand hielt er den Hals des Mönchs umklammert, die linke wippte wie ein Raubvogel in der Luft, nach dem Dolch suchend, den er auf den Kaminsims gelegt hatte. So zerrte er den Mönch, dessen gelbes Kürbisgesicht durch die würgende Umklammerung langsam blau wurde, zum Kamin. Hier fand seine tastende Hand den Dolch und hob ihn drohend empor: »Schmäh mir Venedig nicht!« wiederholte er mit erstickter Stimme und preßte sein Opfer gegen die Wand. »Niemand soll Venedig schmähen, niemand hat ein Recht dazu... Verstehst du – niemand!« Es war, als hätte sein Inneres mit einemmal zu sieden begonnen und würde nun brodelnd überlaufen. »Nur ich darf es«, zischte er in das Ohr des erschrockenen Mönchs. »Nur mir, einem Venezianer, ist es erlaubt! Was wißt ihr Strolche, Tagediebe und Levantiner, wo Gott wohnt und was Venedig ist? Ihr sitzt in den Kneipen der Merceria, betrinkt euch mit saurem Wein, füllt eure Wänste mit Fisch und Fleisch, Pasteten und Käse und glaubt, das sei Venedig! Ihr lungert in den Bordellen herum und liegt mit zyprischen Dirnen auf schmutzigen Betten, und weil ihr dabei die Glocken von San Marco hört, glaubt ihr, das sei Venedig! Was hast du von Venedig gesehen, was hast du davon gehört, und was weißt du davon!... Schweig über Venedig, als ob du schon im Grab lägest und Würmer sich von dem Fett nährten, das du dir bei den Pastetenbäckern angemästet hast, schweig, wenn dir dein Leben lieb ist, wenn du Venedig noch einmal sehen willst! Woher solltest du es auch kennen? Du hast nur die Pflastersteine gesehen, die Waden der Frauen und die Schenkel der Dienstmägde; und du hast das Meer gesehen, das auch dich gleichmütig getragen hat. Venedig ist nicht der Doge und der Messer Grande; auch die beleibten Domherren oder die Senatoren, die du für einen Sack Gold kaufen kannst, sind nicht Venedig; auch nicht der Glöckner von San Marco oder die Tauben auf dem weißen Pflaster. Venedig ist nicht der regennasse Glanz der engen Gäßchen und nicht das Mondlicht auf den schmalen Brücken; auch nicht die Zuhälter, Kartenspieler und Dirnen, Venedig ist nicht bloß das, was du siehst! Wer kennt Venedig?... Man muß dort geboren sein, um es zu kennen. Man muß seinen herben Modergeruch mit der Muttermilch eingesogen haben, diesen seltsamen, verdorbenen, edlen Geruch, der uns umfängt wie die

Erinnerung an eine glückliche Stunde, da wir weder das Leben noch den Tod fürchteten und jede Faser unseres Körpers und jeder Winkel unseres Denkens ausgefüllt war vom Zauber des Augenblicks, vom Rausch der Wirklichkeit und von der Wonne des Bewußtseins, hier in Venedig zu leben. Ich segne mein Schicksal, glücklich und stolz, als Venezianer geboren zu sein! Ich danke dem Himmel, daß mein erster Atemzug vom Geruch der Lagunen erfüllt war. Ich bin Venezianer, und mir ist alles geschenkt, was das Leben lebenswert macht, die Sehnsucht nach Freiheit, das Meer, die Kunst und die Schönheit. Leben bedeutet Kampf, und Kampf bedeutet, Venezianer zu sein. Nur das ist Glück!« Er löste die Hand vom Hals des Mönchs, breitete die Arme weit aus und sah entrückt in die Runde wie ein Priester, wenn er verkündet, das Wunder habe sich vollzogen und das Göttliche weile auf Erden, inmitten der Menschen. »Welches Glück, daß es ein Venedig gibt, daß sich über der flachen und öden Wirklichkeit ein steinernes Wunder erhebt, das nicht nur von Pfählen, sondern auch vom Geist meiner Väter zwischen Wasser und Himmel schwebend gehalten wird. Welches Glück, daß die Straßen und Plätze, die von allen Völkern der Erde in staunender Andacht betreten werden, die Spielplätze meiner Jugend waren, wo ich mit den Kindern der Patrizier und der Straßenfeger ›Räuber und Soldaten‹ spielte. O wunderbare Stadt, in der alles von Adel ist, selbst die Straßenkinder, die sich beim Glockenturm im Taubenmist balgen. Schon die Muttermilch, die du mit der ersten

Regung deiner hungrigen Lippen aus der Mutterbrust saugst, hat den Geruch und den Geschmack des Meeres und der Lagunen. Wo ich auch bin, stets sehe ich Venedig vor mir, Venedig und meine Mutter. Ich war drei Jahre alt, als ich lernte, auf dem Wasser zu gehen wie unser Heiland. Wir waren schmutzig und in Fetzen gehüllt, und doch gehörte alles uns: die Marmorpaläste, das steinerne Spitzengewebe der Toreingänge, der Hafen, wo von früh bis spät Schiffe aus fernen Ländern einliefen; sie brachten Gold und Elfenbein, Silber und Ambra, Perlen und Rosenöl, Stoffe, Seide, Samt und Leinen, alles, was die Basare Konstantinopels, die Werkstätten Kretas, die Modesalons Frankreichs und die Waffenfabriken Englands erzeugten, alles strömte hierher in den Hafen Venedigs, alles gehörte uns. Ich wuchs heran und stand am Rialto und sah, wie die Völker der Erde zu Füßen Venedigs landeten, Gold, Weihrauch und Myrrhe brachten und ihm huldigten. Seine Exzellenz, der Generalsekretär der Inquisition, geruhte mir vorzuwerfen, daß ich unrechtmäßig den Adelstitel führe. Wer aber kann sich mit mehr Recht adlig nennen als ich, ein Sohn Venedigs? ... Meine Mutter und mein Vater waren Venezianer, ich selbst und meine Geschwister sind dort geboren; kann es einen stolzeren Adel geben als den unseren? Verstehst du nun? Ich sage dir: Schmähe Venedig nicht!«

Er stand blaß und mit weit geöffneten Augen da und sprach wie im Fieber. Balbi betastete seinen Hals und atmete schwer nach dem ausgestandenen Schrecken.

Zwischen zusammengebissenen Zähnen brachte er mühsam hervor: »Ich verstehe schon, Giacomo, ich verstehe. Satan ist dein Bettgenosse! Ich weiß jetzt, daß du Venezianer bist! Doch wenn du noch einmal nach meinem Hals greifst, beiße ich dir die Nase ab.«

»Ich tue dir nichts zuleide«, sagte Giacomo verächtlich. »Und nun höre: Wir bleiben noch einige Tage in Bozen. Ich will einen Brief an Messer Bragadin schreiben und seine Antwort abwarten. Dann müssen wir uns ausstaffieren, denn ohne Kleider kann selbst ein venezianischer Edelmann sein Gesäß nicht bedecken. Und am Ende der Woche wollen wir uns auf den Weg machen. Dich bringe ich nach München, in deinen Orden, dem du ja leider noch immer angehörst. Mich führen mein Schicksal und meine dichterische Sendung noch weiter. Die Rache kann warten; sie wird niemals einschlafen. Man muß sie großziehen, muß sie, wie man den Löwen im Käfig täglich mit rohen Fleischbrocken füttert, mit den blutigen Fetzen der Erinnerung nähren, damit sie stark und wach bleibe. Denn einmal kehre ich noch nach Venedig zurück! Niemand soll Venedig schmähen, doch die Rache ist mein! Nur ich und die Inquisition, ich und der Generalsekretär, ich und die Venezianer haben damit zu schaffen! Ich werde mit Venedig abrechnen. Niemand kennt die Venezianer besser als ich, denn ich bin unter ihnen geboren, bin Blut von ihrem Blute! Ich habe dem Kardinal die Lustknaben zugeführt, habe dem Senator der schönen Künste aus Waisengeldern eine staatliche Anleihe verschafft; ich sah die hohen Würdenträger und Duckmäuser abends mit aufgestelltem Rockkragen und maskiert in dem berüchtigten Tor der Donna Ricci verschwinden; ich weiß, daß in Venedig ein Menschenleben fünf Dukaten wert ist, und ich kenne die Schlupfwinkel der gedungenen Mörder, die tagsüber in den Kneipen am Fischmarkt herumlungern und den hohen Herren ihre ›Arbeit‹ mit Gift und Dolch ebenso unverhüllt und bereitwillig anbieten wie die Verkäufer von Weihnachtsgeschenken ihre Heiligenbilder und Kerzen. Ich weiß, warum und auf welche Art die schöne Lucia, die Pflegetochter und heimliche Geliebte des päpstlichen Gesandten, verschwand; ich weiß, wo die Nadel, der Faden und der Sack gekauft wurden, in dem der uneheliche Sohn Seiner Eminenz, der edle Paolo, in der Nacht des heiligen Michael eingenäht wurde... Ich weiß, was in den Kellern Venedigs fault und zu welchen Köpfen die Körper gehören, die nach der Zeit des Karnevals den Canal Grande hinabtreiben. Und diese Menschen«, rief er, mit beiden Händen die Eichenplatte des Tischs erfassend, daß sie in allen Fugen krachte, »diese Menschen wagen es, über mich zu urteilen! Kindesmörder, Wucherer, Nutznießer der Tränen von Waisen und Witwen. Schlemmer und Wüstlinge erfrechen sich, mich zu richten! Mörder, Diebe, Fettwänste. Erinnere dich meiner Worte, Balbi. Ich kehre noch einmal nach Venedig zurück!«

»Ja«, sagte der Mönch und schlug ein Kreuz,

»dann möchte ich nicht dein Reisegefährte sein, Giacomo.«

Sie sahen sich mit starren Augen an und brachen schließlich in schallendes Gelächter aus.

»Schick mir den Friseur«, sagte Giacomo, »und eine Tasse Schokolade, dann auch Tinte, eine gutgeschnittene Feder und Briefpapier. Ich will Messer Bragadin schreiben, der wie ein Vater für mich gesorgt hat; vielleicht kann ich noch hundert Dukaten aus ihm herausholen. Beweg dich etwas flinker, Balbi, und vergiß nicht, daß du mein Sekretär und Diener bist. Es kann sein, daß wir einige Tage hier in Bozen verbringen müssen. Sieh dich um, tu die Augen auf, und schnüffle nicht zu sehr um die Röcke der Küchenmägde herum, denn die Bleikammern stehen für Leute deines Schlages überall in der Welt offen; und ein zweites Mal ziehe ich dich nicht hinter den Gittern hervor. Mach dich also auf die Beine. Es lebt hier in der Stadt ein Geldwechsler, ein edler Wucherer, sein Name ist Mensch. Frag nach seiner Wohnung.«

Mit einer huldvollen Handbewegung, die er dem Papst abgeschaut hatte, entließ er den Reisegefährten. Dann stellte er sich vor den Spiegel und begann, sich mit sorgfältig abgemessenen Bewegungen zu kämmen.

Francesca

Therese brachte die Schokolade und meldete, der schöne Giuseppe, der blonde Haarkünstler mit den blauen Augen, sei da und warte auf seine Befehle. Er gab dem Mädchen Geld und ließ ein Paar helle Strümpfe aus dem nächsten Modenladen bringen; dann bestellte er – auf Kredit – zwei Paar Spitzenhandschuhe und ein Paar Schnallenschuhe. Während der Friseur ihn einseifte, brachten die Dienstmägde, auf den Fußspitzen gehend, sein Bett in Ordnung, gossen warmes Wasser in die Waschschüsseln und plätteten seine Wäsche; er hatte Therese besonders ans Herz gelegt, die Krause der Hemdbrust sorgfältig zu stärken. Die weichen Hände des Friseurs hüllten sein Gesicht in Seifenschaum und brachten sein Haar in Ordnung. »Erzähl«, sagte Giacomo, mit geschlossenen Augen im Lehnstuhl ausgestreckt, »was hört man so in der Stadt?«

»In der Stadt«, lispelte mit mädchenhafter Stimme der schöne Haarkünstler, »in der Stadt seid Ihr die größte Neuigkeit, Herr. Seit Sonnenuntergang spricht man in Bozen nur noch von Euch. Mit Verlaub«, und er begann mit der Spitze seiner Schere die

Härchen in den breiten Nasenlöchern des Gastes zu stutzen.

»Was spricht man denn?« fragte dieser befriedigt. »Du kannst mir auch die unangenehmen Dinge erzählen.«

»Man spricht nur das Beste«, erwiderte der Friseur und ließ die Schere klappern; dann griff er nach dem Brenneisen, blies darauf und schwenkte es geschickt durch die Luft. »Heute war ich, wie gewöhnlich, schon frühmorgens bei Seiner Hoheit. Ihr müßt wissen, Herr, Seine Hoheit beehrt unser Geschäft mit seinem besonderen Vertrauen. Ich rasiere ihn und brenne das Haar seiner Perücke, denn Seine Hoheit ist, im Vertrauen gesagt, schon ganz kahl. Mein Chef, der berühmte Barbaruccia, ist sein Arzt und Barbier; man sagt, selbst in Florenz gebe es keinen, der es so verstehe, zur Ader zu lassen und mit einem Kräuterabsud die verlorene Manneskraft zurückzuholen. Ich rasiere Seine Hoheit, und Herrn Barbaruccias Frau massiert ihn zweimal in der Woche, wenn nötig, auch öfter.«

»Wie«, rief Giacomo, »Seine Hoheit hat Massage und Tränklein nötig?«

»Erst seit er wieder geheiratet hat, Herr«, gab Giuseppe zurück und begann mit dem heißen Eisen die gelösten Locken zu kräuseln.

Giacomo hörte die Neuigkeit mit halbem Ohr, im behaglichen Gefühl des Nichtstuns, dem man sich hingibt, während man den Kopf der weichen Hand eines Haarkünstlers überläßt. Giuseppe arbeitete flink und schwatzte viel. Er sprach leise und lebhaft, wie eine sprudelnde Quelle, mit der vertraulichen Offenheit des Barbiers, der zugleich Freund, Ratgeber, Sachverständiger ist und alle Geheimnisse der Stadt und die verborgenen Gebrechen der alternden Körper, die verkalkten Adern, kahlen Schädel, erschlafften Sehnen, zahnlosen Kiefer und runzligen Stirnen kennt. Erzähl nur, dachte der Gast mit verständnisvoller Neugier; er rekelte sich und ließ es mit Behagen geschehen, daß der Junge mit der Mädchenstimme seine Stirn mit duftendem Weingeist einrieb und sein Haar mit Reispuder bestäubte. Er liebte die halbe Stunde, wenn nach dem Erwachen der Barbier erscheint und, mit der Schere klappernd, die Geheimnisse der Stadt ausplaudert. Mit halben Worten, die er hier und da ins Gespräch warf, ermunterte er den geschwätzigen Burschen. »Wie? Ganz kahl?« fragte er überrascht, als wäre es von größter Wichtigkeit und als ahnte er, wer der hohe Herr war, den man massieren und auf besondere Art stärken mußte, weil er geheiratet hatte. »Auf seinem Hinterkopf werden doch einige Locken verblieben sein?« fragte er, vertraulich mit den Augen zwinkernd.

»O doch«, bestätigte Giuseppe bereitwillig, und sein Ton besagte, er könne noch weit größere Geheimnisse ausplaudern. »Aber sie sind schütter, sehr schütter. Seine Hoheit ist unser Gönner, Messer Barbaruccia und ich stehen bei ihm in großer Gunst. Wir bestellen für ihn aus Grado den Fischrogen, der die Liebesglut entfacht, und Messer Barbaruccias Frau bereitet ihm aus roten Rüben, Meerrettich und jungen Zwiebeln ein Mittel, das ihn vor Gehirnblutung bewahrt, wenn ihm tückische Gedanken kommen. Seine Hoheit hat auch viel von Euch gesprochen.«

»Was hat er gesagt?« fragte der Gast mit hochgezogenen Brauen.

»Daß er Euch sehen möchte. – Er sagte nur: Der Graf von Parma möchte den Fremden sehen. Sonst nichts.«

»Oh, welche Ehre«, murmelte Giacomo. »Wenn es meine Zeit erlaubt, will ich dem hohen Herrn meine Aufwartung machen.«

So schwatzten sie. Der Friseur hatte seine Arbeit beendet und ging. »Der Graf von Parma«, murmelte Giacomo, zog die perlfarbenen Strümpfe an, die ihm Therese am Rand des Bettes zurechtgelegt hatte, und trank die Schokolade; er befeuchtete zwei Finger und strich sich vor dem Spiegel über die dichten Brauen, stutzte mit dem scharfen Dolch seine Nägel, schlüpfte ins Hemd und zupfte mit den Fingerspitzen die steif gebügelte Hemdkrause zurecht. »Der Graf von Parma will mich sehen!«

Daran hatte er nicht gedacht, als er während der Flucht einen Wagen mietete und nach Bozen fuhr. Leise pfeifend entzündete er die Kerzen vor dem Spiegel, denn der Spätnachmittag schmuggelte schon seine bläulich-braunen Schatten ins Zimmer. Er setzte sich an den dünnbeinigen Tisch, rückte Papier, Tinte und Streusand zurecht, hob den Gänsekiel und betrachtete mit prüfendem Blick, aufmerksam und neugierig, sein Spiegelbild. Es war lange her, daß er sich in so erlesener Umgebung gesehen hatte, eines Dichters würdig; es war lange her, daß er, von kunstvollen Möbeln umgeben, vor einem Kamin gesessen hatte, im gestärkten Hemd, mit perlfarbenen langen Strümpfen, die Feder in der Hand, bereit zu dichterischem Schaffen in einer Stunde seelischer Vertiefung und Eingebung, die freilich im Augenblick auf nichts anderes zielte als auf den richtigen Ton bei einer Bitte um Geld an Messer Bragadins Adresse. Das soll ein Brief werden! dachte er selbstzufrieden, so wie ein Dichter an das Sonett denkt, dessen Anfangsreime schon in seiner Seele erklingen. »Der Graf von Parma«, murmelte er wieder unter dem Zwang einer Gedankenverbindung, die sich nicht abweisen ließ. – »Er lebt also noch?«... Und er begann zu zählen.

»Vier«, rechnete er, sah zur Decke empor, addierte und subtrahierte. »Fünf!« sagte er dann abschließend wie ein Kaufmann. Neugierig, mit gespitztem Mund, blickte er in den Kerzenschein. Ich sehe jetzt aus wie ein Dichter, dachte er, im Lehnstuhl zurückgelehnt, die Feder in der Hand, vor dem Kamin sitzend, gekämmt, gewaschen und gebügelt, ganz wie ein Dichter vor der Arbeit. »Fünf«, wiederholte er und hob die fünf Finger der Hand empor, als wollte er es bekräftigen. Er sah blinzelnd ins Licht und dann in die tiefen Schatten des Zimmers, seine Gedanken glitten in die Vergangenheit. Mit einemmal pfiff er leise, als hätte er etwas herausgefunden. Dann sagte er langsam: »Francesca.«

Er hob die Hand mit der Feder und schrieb den Namen in die Luft, als wollte er sagen: Teufel auch!... Es war nicht meine Schuld!... Er streckte sich wohlig im rötlichen Licht und der Wärme des Kaminfeuers, warf die Feder fort und blickte in die Glut: Das ist ja Francesca, dachte er. Der Graf von Parma! Bozen! Welch ein Zufall! Doch er wußte, daß es keinen Zufall gibt und daß auch dies kein Zufall war. Nun sah er mit einemmal alles deutlich vor sich, als hätte man hundert und aberhundert Kerzen im Zimmer entzündet. Er hörte eine Stimme und nahm den vertrauten Duft von Verbenen und gepflegter Frauenwäsche wahr. Fünf Jahre, jawohl, dachte er und erschauerte leicht. Denn diese fünf Jahre hatten mit ihren unreinen Fluten alles hinweggeschwemmt, auch Francesca.

Fünf Jahre: ob man sich in Pistoia der Sache noch erinnerte – im Schloß, wo die alte Gräfin in einer Kutsche mit schwarzem Baldachin nach Florenz fuhr, mittags, wenn vor den glänzenden Auslagen der via Tornabuoni die reichen Nichtstuer flanierten? Ob sie noch an den nächtlichen Zweikampf in Pistoia dachten, als ihn der bejahrte vornehme Freier im Schatten der Zypressen mit dem blanken Degen in der Hand erwartete, als sie dann vor den Augen des händeringenden alten Grafen und der angstvoll verstummten Francesca die im Mondlicht blitzenden Klingen kreuzten und mit verbissener Wut fochten, weil von zwei Bewerbern um Francesca einer zuviel auf der Welt war? »Gut hat sich der Alte geschlagen. Damals brauchte er noch kein

Liebestränklein von Barbaruccias Frau, um Francescas Huld zu erringen.« Er legte seine Hand auf die Augen; nun sah er alles ganz deutlich vor sich, und er ließ es geschehen.

Da stand Francesca im Morgenwind, an der brüchigen Steinmauer des gräflichen Gartens, schlank und fünfzehn Jahre alt; das dunkle Haar fiel ihr in die Stirn, die Hand hielt den weißen Seidenschal über der Brust zusammen, so blickte sie mit weit geöffneten Augen zum Himmel. Und das war vor fünf Jahren? ... Nein, nur die Maisblätter rauschten damals vor fünf Jahren; der Augenblick, in dem er Francesca zum erstenmal sah, war tiefer und geheimnisvoller in den Zeiten verborgen. Dort stand sie an der Gartenmauer, im Schatten der Zypressen, und über ihnen blaute der Himmel so weich und klar, als würde alle menschliche Leidenschaft in dieser unendlichen Bläue gelöst und besänftigt. Der Wind umspielte Francesca, und die weiche Hülle des Morgenrocks schmiegte sich um ihren Leib, als wäre das Mädchen einem Bad aus Nacht und Traum entstiegen, noch feucht vom Tau, in den Augen den schimmernden Glanz, der eine Träne sein konnte oder ein Tautropfen, der sich aus der Tiefe eines Blumenkelchs in das Auge verirrt hatte.

Und er stand ihr gegenüber und schwieg. Nur das Gefühl kann so schweigen, dachte er jetzt. Ich habe immer zuviel gesprochen. Doch damals in Pistoia habe ich geschwiegen, vor dem verfallenden Schloß, in dem Garten, wo die Ölbäume verwilderten und die Zypressen so düster in Reih und Glied standen wie die Leibwache eines verbannten Königs. Francesca war aus ihrem Bett geflohen, aus dem Schloß, aus ihrer Kindheit und Geborgenheit hinab in den Garten, an jenem Morgen, da man sie dem Grafen von Parma verlobte. Jetzt sah er, fühlte er, witterte er diesen Morgen so unmittelbar und wirklich, wie dies nur jemand vermag, der nicht mehr jung ist. Denn Francesca und jene stillen Gärten waren die Jugend. Und vielleicht waren das die letzten Minuten seiner Jugend gewesen, dort im Schloßgarten des verarmten Grafen, inmitten einer zerfallenden, von der Last der Erinnerungen erdrückten Pracht, als an einem Junimorgen vor fünf Jahren der Himmel über den toskanischen Gärten blaute und Francesca mit ihrem im Wind flatternden Haar an der Gartenmauer stand; sie schwiegen damals, trunken und verwirrt von einem Gefühl, das ihn in der Erinnerung noch schmerzlich ergriff. Welch ein Mädchen – dachte er und drückte die Hand fester an die Augen. Francesca schien wie erfüllt von einem inneren Glanz, dessen erregende Strahlen jeden berührten, der ihr gegenüberstand. Sie blickte einem ins Auge, und alles ringsum wurde heiterer, wahrer und wirklicher. Francesca stand wie verzaubert, und er schwieg; und dann trat der bejahrte Verlobte aus dem Tor des Schlosses, verneigte sich tief vor seiner Braut, bot ihr den Arm und führte sie zurück in das Haus. Das war alles. Ein Jahr später kämpften sie miteinander auf der gleichen Stelle vor dem Schloß.

Er hat sich gut geschlagen, der Alte, dachte er wieder und lächelte. Vielleicht lag in diesem Abenteuer seine Jugend beschlossen, das letzte Jahr der wirklichen Jugend, dieser rätselvollen Übergangszeit, wenn der Reisende die Zügel des Pferdes lokkert, um sich blickt, die Stirn trocknet und gewahr wird, daß der Weg vor ihm noch steil und lang ist, daß aber schon die Dämmerung beginnt. Als er Francesca begegnete, kam er eben aus Rom, und seine Taschen waren schwer von Dukaten und Empfehlungsbriefen des Kardinals.

Damals bin ich noch anders gereist, dachte er jetzt voll Wehmut. Nur wenige konnten so reisen wie ich in den schönen Zeiten vor fünf Jahren! Denn auf der Bühne des Lebens hat alles seine besondere Art und seine geheimen Regeln; und ich kannte sie. Man mußte es verstehen, ein Gespann auszuwählen, Art und Größe des Wagens zu bestimmen, die passende Livree für den Kutscher zu beschaffen, besonders aber vor dem Schloß des Gastgebers oder vor einem Gasthof von Ruf auf eindrucksvolle Art einzutreffen. Man mußte es verstehen, durch das Tor der fremden Stadt einzufahren, im lilagesäumten grauen Reisemantel, das Lorgnon mit dem vergoldeten Stiel in der behandschuhten Rechten, mit lässigem Interesse um sich blickend, so wie Phöbus zur Zeit der Morgenröte mit seinem feurigen Viergespann über die prächtige und doch ein wenig mißachtete Welt hinweggebraust war... so mußte man reisen und ankommen! Nur wenige konnten das. Wenige verstanden es, so aufzutreten, daß sich in der nächsten halben Stunde im Gasthof oder im Schloß alles nur um sie kümmerte. So war er eines Tages in Pistoia angekommen, im Haus des alten und verarmten Grafen, eines Verwandten des Kardinals, der diesem und seiner Familie, der wohlbeleibten Gräfin und Francesca, dem Patenkind, seinen Segen schickte. Er blieb einen Monat dort, trug die Kosten für die Familie und gab dem Grafen zweihundert Dukaten und einige goldene Dosen zum Geschenk. Im folgenden Jahr kehrte er noch zweimal zurück, und am Ende des Jahres kam es in einer mondhellen Nacht zum Zweikampf mit dem Grafen von Parma. Er öffnete das Hemd auf seiner Brust und besah die Narben.

Er betastete sie mit den Fingerspitzen und besann sich auf jede einzelne. Drei Narben reihten sich da aneinander, auf der linken Seite, unmittelbar über dem Herzen, als hätten seine Gegner, unbewußt ihrem Instinkt folgend, gerade das Herz treffen wollen. Die tiefe mittlere Narbe stammte vom Grafen von Parma. Er strich mit dem Zeigefinger darüber; sie schmerzte nicht mehr. Sie hatten sich mit Stoßdegen geschlagen, und die Spitze der gräflichen Waffe war über seinem Herzen tief eingedrungen; der Chirurg drückte während vieler Wochen Blut und Eiter aus dieser gefährlichen Stichwunde, die auch nach innen geblutet hatte. Mit Schüttelfrost und Bewußtlosigkeit, während deren er tobte und schrie, beschloß er dieses Abenteuer. Er lag in Florenz, im Spital der Barmherzigen Schwestern, wohin ihn der Wagen des Grafen in der Nacht der Verwundung gebracht hatte.

Seither war er Francesca nicht wieder begegnet, und auch von ihrer Hochzeit hatte er erst drei Jahre später in Venedig gehört, als der französische Gesandte auf einem Maskenball bedauernd erwähnte, daß ein Vetter seines Königs, der Graf von Parma, in greisenhaftem Leichtsinn ein toskanisches Gänschen, ein Komteßchen vom Lande, geheiratet habe, ohne Rücksicht auf seinen Rang und auf seine hohe Verwandtschaft... Damals hatte er gelächelt und geschwiegen. Die Wunde schmerzte nicht mehr, nur bei Regenwetter fühlte er sie noch. Das Leben ging weiter, und niemand sprach mehr von Francesca.

Wie kam es nur, daß er sie dennoch in all den Jahren nicht vergessen hatte? Auch später, als er die zweite Wunde erhielt, genau unter der Narbe, die der Graf von Parma über seinem Herzen eingezeichnet hatte, die lange und schwere Wunde, die ihm ein gedungener Mordbube des Falschspielers Orly eines Morgens beibrachte, als er die Spielhölle von Murano verließ, mit den schwerverdienten Dukaten in der Tasche. Wie kam es, daß er selbst in den Tagen nach dem Anschlag, zwischen Leben und Tod schwebend, immer nur dieses Bild vor sich sah: Francesca an der Gartenmauer, unter dem blauen toskanischen Himmel?

Und hier die dritte Narbe: diese vom Fingernagel einer Griechin herrührende sonderbare Kratzwunde, die ärger geschmerzt hatte als alle Hieb- und Stichwunden von Männerhand, diese geheimnisvolle Verletzung, durch die ein tödliches Gift in seinen Körper gedrungen war und die, kaum größer als ein Nadelstich, doch so gefährlich wurde, daß Messer Bragadin und die besten Ärzte des Hohen Rates sich wochenlang an seinem Krankenbett mühten, bis er, des endlosen Siechtums überdrüssig, eines Tages nach Orangensaft und Gemüsesuppe verlangte und plötzlich wieder gesund war – wie kam es, daß er auch damals im Fieber stets Francesca vor sich sah und ihren Namen rief? »Ist es möglich, daß ich sie geliebt habe?« fragte er mit tiefem, aufrichtigem, fast kindlichem Staunen und starrte in den Spiegel über dem Kamin. – »Weiß Gott, vielleicht liebte ich sie!« dachte er betroffen.

Doch das Leben war sogar stärker als die Erinnerung an Francesca; jeder Tag brachte Neues und Wunderbares, wenn man ihm furchtlos entgegentrat. Und was war ihm Francesca in all den Jahren, als das Gold klingend durch seine Finger auf die Spieltische, in die Hände der Frauen, in die Taschen der Modenhändler und in die Fäuste seiner müßigen Freunde rollte, überallhin und zu jedem, der ein Mittel gegen das furchtbare Übel der Langeweile kannte? Ich bin Dichter, dachte er, doch ich kann nicht allein sein; und er begann über diese eigenartige Tatsache nachzudenken. Vielleicht hatte ihm das Schicksal deshalb die grausame Strafe der Einsamkeit auferlegt, vielleicht wußten die erfahrenen Foltermeister der Inquisition, daß Alleinsein und Langeweile für ihn ähnlich unerträglich waren wie für andere der spanische Stiefel, die glühende Zange und das Rad? Was galt es ihm, am Leben zu sein, wenn ihm die Welt verschlossen war? Traum und Phantasie, Gedanken und Erinnerungen, Gefühle, die in sich selbst zusammensanken wie eine Flamme und zu Asche wurden, das alles war kein Ersatz für die geringste Einzelheit des wirklichen Lebens. Nur nicht allein sein! dachte er und schauderte. Lieber arm und elend, verspottet und verachtet sein, aber sich dorthin schleichen können, wo Licht und Glanz ist, wo Lampen brennen, wo Musik erklingt und wo sich Menschen drängen, in dieser anrüchigen und doch beglückenden Gemeinschaft aufgehen, die das menschliche Dasein ist. Für ihn bedeutete das Leben nur dies: Stets mit anderen sein, entschlossen die Haut zu Markte tragen, denn der Markt, der Lärm, das Abenteuer, das Spiel mit den Menschen und der Kampf mit dem Schicksal waren sein Element. Nur das bedeutete Leben, wie er und der Dichter in ihm es begehrten.

Deshalb hatten ihn die grausamen Richter mit Einsamkeit und Alleinsein bestraft. Es war schlimmer als der Tod. Vierhundertachtzig Tage! Und die Erinnerungen, diese ruhelosen Geister. Manchmal tauchte das Bild vor ihm auf, der blaue Himmel über dem toskanischen Garten und Francesca. Es schien ihm, als wäre diese Frau, über deren Gesicht er sich nie mit begehrlicher Neugier gebeugt hatte, dort im dunklen Grab des Gefängnisses noch deutlicher und lebendiger vor ihn hingetreten als in der Wirklichkeit. Die Begegnung, bei der ihre Lebenswege sich kreuzten, war unter ganz alltäglichen Umständen erfolgt. Der Verwandte des Kardinals, ärmlich gekleidet mit Löchern an den Ellbogen, hatte ihn zwischen blinden Spiegeln und schadhaften Florentiner Möbeln empfangen; durch die zerbrochenen Fensterscheiben pfiff der Apenninenwind. Der Diener war, wie in jedem Haus, in dem der Mörtel und das Ansehen abzubröckeln beginnen, dreist-vertraulich und geschwätzig. Die Gräfin interessierte sich für nichts anderes als für ihre Spazierfahrten, die sie hin und wieder in der schäbigen Glaskutsche nach Florenz unternahm, zur Messe und auf den Korso, wo sie die Schattenbilder der Triumphe ihrer Jugend zu sehen glaubte. Der Graf züchtete Tauben und erwartete sorgenvoll und aufgeregt den Kurier aus Rom, der ihm am dritten eines jeden Monats in einem lila Geldbeutel die bescheidene Unterstützung des Kardinals in päpstlichen Dukaten überbrachte. Das Schloß war wie von Träumen umwoben, Spinnen und Fledermäuse hausten darin. Francescas erste Worte waren: »Ihr habt Rom gesehen?« Mit glänzenden Augen starrte sie auf den Fremden und sprach lange kein Wort.

Diese Liebe war langsam gereift wie edle Früchte; sie brauchte Zeit, den Wechsel der Jahreszeiten, Sonnenlicht, erfrischende Regengüsse, Morgenspaziergänge im tauigen Garten zwischen blühenden Hagedornbüschen, und sie brauchte Gespräche, die durch ein zufälliges Wort Licht in die verschlossenen Bezirke dieser zarten Seele brachten; man glaubte dann, in die Vergangenheit zu schauen, Burgruinen zu sehen oder ein Fest aus alter Zeit mit Karossen, deren vergoldete Räder über die Kieswege kunstvoll gestutzter Gartenanlagen rollten, man sah farbige Kostüme und die Profile starker, harter und leidenschaftlicher Menschen. In Francesca war etwas aus diesen Zeiten. Man konnte glauben, sie sei aus dem vergangenen Jahrhundert hervorgetreten, der Sonnenkönig habe sie eines Morgens auf der Promenade von Marly angesprochen, und sie habe in ihren Kindertagen mit bunten Reifen auf dem Rasen von Versailles gespielt. In ihren Augen strahlte mit ruhigem Glanz etwas vom Blick der Frauen, die in einer vergangenen Zeit für eine Leidenschaft zu leben und zu sterben bereit waren. Doch der Tod hatte nur ihn bedroht, als der Degen des steinreichen und vornehmen alten Bräutigams über dem Herzen in seine entblößte Brust gedrungen war. Francesca hatte den Zweikampf aus einem Fenster des ersten Stockwerks mit angesehen. Sie stand dort mit gelöstem Haar, das in schwarzen Locken auf ihre zarten und kindlichen Schultern herabfiel, im Nachtgewand, das ihr der Graf von Parma aus Lyon mitgebracht hatte, denn er sorgte persönlich für ihre Ausstattung.

Sie stand im Mondlicht und blickte angstvoll auf die beiden Männer, den alten und den jungen, die im Begriff waren, ihr Blut für sie zu vergießen. ›Warum nur?‹ hätte sie in diesem Augenblick fragen können. Keiner hatte etwas erhalten, und keiner hatte dem anderen etwas genommen. Sie kämpften mit bloßem Oberkörper, die Waffen blitzten im Mondlicht, und die Degen klangen wie kristallene Becher; die Perücke des Grafen hatte sich in der Hitze des

Gefechts verschoben, so daß Francesca fürchtete, er werde sie verlieren. Später bemerkte sie, daß einer der Kämpfenden, der jüngere, zu Boden sank. Sie blickte gespannt hinab, ob er in der Lage wäre, sich wieder zu erheben, und zog den seidenen Schal enger um die Schultern. Bald darauf wurde sie die Frau des Grafen von Parma.

»Er will mich sehen«, murmelte Giacomo. »Was will er von mir?« Er erinnerte sich dunkel, in Venedig gehört zu haben, der Graf habe in der Umgebung von Bozen einen Besitz geerbt, ein Gut mit einem Schloß inmitten der Berge. Er dachte ohne Groll an den Grafen. Er war ein ritterlicher Gegner, und in der Art, wie er Francesca aus dem verfallenden Schloß, aus der Umgebung von Fledermäusen und Spinnen befreit hatte, lag eine vornehme Unbekümmertheit, der er auch jetzt, da er sich kaum noch der Augenfarbe Francescas erinnerte, seine Anerkennung nicht versagen konnte.

Es war eine Niederlage, dachte er, und zugleich der einzige Sieg über mich selbst: Francesca wurde nicht meine Geliebte, ich scheute davor zurück; ich war dumm und empfindsam. Sie war die erste und letzte, die ich aus Mitleid verschont habe. Ich weiß, es war ein großer Fehler, den ich mir nie verzeihen und den ich vielleicht nie verwinden werde. Es war etwas Edles, etwas Besonderes in Francesca. Man konnte sich vorstellen, mit ihr das Leben zu verbringen, des Morgens im Bett mit ihr Schokolade zu trinken, sie nach Paris zu führen und ihr dort am Markt von Saint-Germain das Flohtheater und den König zu zeigen, Schmuck und Hüte für sie zu kaufen, sogar mit ihr alt zu werden, wenn es einmal über Stadt und Land und über dem Dasein zu dämmern begann. Darum bin ich vor ihr geflohen, dachte er jetzt wie einer, der die nüchterne Wirklichkeit erkannt und das Gesetz des Lebens begriffen hat.

Er warf die Feder von sich und stand auf. Sein Herz begann ungeduldig zu schlagen. Denn jetzt, da ihn die Erinnerung an Francesca und an den Grafen von Parma erfüllte und er zudem wußte, daß sie in der Nähe, vielleicht sogar in einem der Paläste am Hauptplatz wohnten, weil sie den rauhen Winter gewiß hier in der Stadt verbrachten, jetzt, da ihn die beschämende Erinnerung an seine Niederlage bedrückte, wußte er auch, daß damals, als er auf dem Rasen vor den Augen Francescas niedersank, die Sache noch nicht zum Abschluß gekommen war. Der Graf hatte sich nach seinem Sieg großherzig und ritterlich erwiesen: Er hob ihn – mit erstaunlicher Kraft, wie er, der Geschlagene, noch festzustellen in der Lage war – persönlich in den Wagen, führte selbst die Zügel und brachte ihn, vorsichtig im Schrittempo fahrend, nach Florenz, wobei er mit seinem Seidentuch das aus der Wunde sickernde Blut zu stillen suchte; und dies alles wortlos, mit der Haltung eines Mannes, der weiß, daß ernste Vorfälle niemals durch Worte, sondern nur durch Taten zu meistern sind. Es war eine lange Fahrt in der Nacht von Pistoia nach Florenz. Die Wunde blutete heftig, und am Himmel strahlten die Sterne in ungewöhnlichem Glanz. Halb lag, halb saß er auf der rückwärtigen Bank und sah mit seinen vom Fieber getrübten Augen nur die Sterne am dunklen Firmament und die aufrechte hagere Gestalt des Grafen, der die Zügel in Händen hielt. »So!« sagte der Graf, als sie im Morgengrauen an den Toren von Florenz hielten. »Ich bringe Euch jetzt zum besten Wundarzt; Ihr sollt aller ärztlichen Kunst teilhaftig werden. Sobald Ihr genesen seid, werdet Ihr abreisen. Und wenn Ihr noch einmal zu ihr zurückkehrt«, sagte er lauter, »töte ich Euch, oder ich lasse Euch töten.« Er hatte freundlich und ohne Erregung gesprochen.

Dann fuhren sie durch das Tor in die Stadt; der Graf von Parma hatte nicht einmal auf die Antwort gewartet.

Die Requisiten

Er schrieb nun an Messer Bragadin. Es war ein schöner Brief, eines Dichters würdig; er begann mit: »Mein Vater« und endete mit: »Ich küsse Eure Füße.« Sechs Seiten lang erzählte er ausführlich von der Flucht, von Bozen, vom Grafen von Parma, von seinen Plänen, und er erwähnte auch den Geldwechsler und Wucherer namens Mensch, an dessen Adresse man Geld senden könne. Er bat um eine größere Summe, wenn möglich um einen Kreditbrief für München und Paris, denn sein Weg führe ihn nun weit weg, Abenteuern und Gefahren entgegen, und vielleicht nehme er mit diesem Brief für immer Abschied von seinem väterlichen Freund, denn wer könne wissen, ob sich die Herzen der Machthaber in Venedig ihm, dem Flüchtigen, jemals wieder öffnen würden. Das war mit dichterischem Schwung ausgedrückt, und deshalb wollte er den nun folgenden Sätzen einen realeren Inhalt geben. Was könnte wohl er, der Flüchtige und Geächtete, dem mächtigen, stolzen und mitleidlosen Venedig bieten? fragte er und gab auch gleich die Antwort: meine Feder und meinen Degen, mein Blut und mein Leben. Doch da er fühlte, daß dies recht wenig war, empfahl er außerdem seine genaue Kenntnis der Menschen und Verhältnisse, die es ihm ermöglichen würde, die Inquisition über alles aufzuklären, was sie zu wissen wünschte.

Als geborener Venezianer wußte er, daß die Republik weder seine Feder noch seinen Degen benötigte, dagegen sehr wohl hellhörige Ohren, glatte Zungen und scharfe Augen, geschickte Spürhunde, die die Geheimnisse der Stadt beobachteten und verrieten.

Zunächst wollte er jedoch nicht nach Venedig zurückkehren. Die Kränkung, die in seinem Herzen brannte, verdunkelte mit ihrem Qualm jede süße Erinnerung und erstickte jede zärtliche Regung für seine Vaterstadt. Messer Bragadin, der Weise, Gütige und Edle, würde dies sicher verstehen. Der würdige Senator, der immer noch fest daran glaubte, daß der dunkeläugige venezianische Geiger, den er einst bei Morgengrauen halb bewußtlos aus den Lagunen in sein Boot gehoben hatte, ihm später mit Hilfe der Magie das Leben gerettet und seinen erkaltenden Körper den Krallen des Todes und der Ärzte entrissen hatte: Messer Bragadin, der Edle von Venedig und Mitglied des Hohen Rates, war vielleicht sein einziger Freund auf Erden, sicherlich aber sein einziger Freund in Venedig. Diese Freundschaft konnte man, wie überhaupt die menschlichen Gefühle, nicht erklären. Eigentlich hatte er den edlen Mann vom ersten Augenblick an betrogen, ausgenutzt und verlacht. Messer Bragadin war gütig und selbstlos, wie es niemand zuvor und wie es niemand danach in seinem wechselvollen Leben sein würde. Diese Güte wurde niemals müde, sie war stumm und geduldig. Lange Zeit hindurch betrachtete Giacomo argwöhnisch dieses menschliche Phänomen, für das er kein Verständnis und keinen Sinn besaß, so wie der Farbenblinde gewisse Schönheiten nicht wahrnehmen kann. Wann würde diese unwahrscheinliche Güte ihr Ende finden, wann würde sie ihre wahren Absichten verraten und Tribut für die väterliche Zuneigung fordern? Wann würde der Greis die Maske fallenlassen und sein wahres Gesicht zeigen?

Doch die Monate und Jahre vergingen, und Messer Bragadins Güte ließ nicht nach. Zeitweise ermahnte er ihn wegen der verschleuderten Summen, mochte auch manchmal die Erfüllung einer unsinnigen Forderung verweigern und ihn auf den Wert des Geldes und die Freuden der Arbeit hinweisen, dies alles aber ohne Groll und Bitterkeit, mit dem Feingefühl und der Langmut einer vornehmen Seele, die keinen Dank begehrt. Dieser Greis mit der Hakennase, den schütteren grauen Locken, der elfenbeinglatten Stirn und dem ruhigen Blick der blauen Augen hätte auch auf einem venezianischen Altarbild als vornehme Nebengestalt Platz finden können, in eine Toga gehüllt, als Märtyrer, als tragfeste Säule im Erdbeben des Lebens. Manchmal haßte er diese grundlose Güte und übermenschliche Geduld. »Kann man denn lieben – ohne Sehnsucht und Leidenschaft?« Er konnte es nicht begreifen.

Ein Mann dieser Art war eine seltene Erscheinung, viel seltener als ein von heftigen Gefühlen beherrschter Freund oder eine Geliebte. Messer Bragadin lebte in einer anderen Welt, zu der er, Giacomo, niemals Zutritt haben würde. Er stand nur an der Schwelle und sah von dort staunend in die edle und ruhige Welt seines Gönners. Was denkt er von mir? grübelte er manchmal, wenn er im Morgengrauen heimkehrte und zwischen schlafenden Häusern in seiner Gondel durch das bleischwere Wasser der Kanäle glitt, in der düsteren Stille des grauenden Morgens, die nur durch das Aufklatschen der Ruder unterbrochen wurde, als wäre es die Reise auf dem Strom der Unterwelt ins unbekannte Land.

Bragadins Palast lag noch im Schlaf, nur hinter dem Erkerfenster des Greises schimmerte Kerzenlicht. Auf den Fußspitzen huschte er dann über die Marmortreppen in sein Zimmer, er, der verschwenderische Schützling dieses edlen Hauses, öffnete die Fenster, warf sich aufs Bett und fühlte, wie ihn die Scham beschlich. Er hatte wieder gespielt in der Nacht, hatte auf Ehrenwort und auf den Kredit seines Gönners alles verloren; dann war er in Gesellschaft liederlicher Freunde und lachender, seidenrauschender Halbwelt durch die Spelunken des Hafens gezogen und schließlich in dieses stille Haus heimgekehrt, wo eine einsame Seele die Nacht hindurch ohne Groll auf seine Rückkehr gewartet hatte.

Warum duldet er es? fragte er sich, warum verzeiht er immer wieder und übergibt mich nicht den Schergen, er, der alles von mir weiß, selbst das Schlimmste, dessen Bekanntwerden genügen würde, daß mich Venedigs scheinheilige Richter auf die Galeere schickten? Messer Bragadin gehörte zu jenen Menschen, die zu opfern wissen und weder Dank noch Belohnung erwarten. Er war einer der Mächtigen in Venedig und bediente sich seiner Macht mit weiser Vorsicht, wußte er doch, daß die wahre Kraft, die das Leben der Staaten und der Menschen bestimmt, nicht der Befehl ist, sondern das Verstehen.

Er schrieb den Brief an Messer Bragadin und lächelte. Vielleicht, dachte er und sah in die flakkernde Kerzenflamme, vielleicht hält er seine schützende Hand über mich, weil mir alles fehlt, was die göttlichen und menschlichen Gesetze fordern, mit Ausnahme des Gesetzes der Leidenschaft. Er überlas aufmerksam, was er geschrieben hatte, und verbesserte sorgfältig ein Attribut. Messer Bragadins Weisheit war so abgeklärt und edel, daß er fast schon als Komplize alles Menschlichen, aller Leidenschaft und aller Irrtümer gelten konnte. Auch der Papst ist so, dachte er mit Befriedigung, und auch Voltaire und der Kardinal. Es gibt einige Menschen dieser Art in Italien und im Reich des Allerchristlichsten Königs, doch es sind ihrer nicht viele.

Was ich durch meinen Instinkt, mein Wesen und mein Schicksal weiß, das wissen diese durch ihren Verstand und ihr Herz; sie wissen auch, daß das Gesetz, in dessen Zeichen ich geboren wurde und das ich um den Preis von Wunden und Narben kennenlernte, nicht das Gesetz der Tugend ist. Es gibt noch ein anderes Gesetz, das die Tugendwächter bekämpfen, das der Allmächtige jedoch verzeiht: die unbedingte Treue zum eigenen Wesen, zu unserem Schicksal und unseren Neigungen. Vielleicht hat Messer Bragadin mich deshalb beschützt, dachte er. Er saß im Hohen Rat, hörte mit seinen Kollegen die geheimen Meldungen, bestrafte und verteilte Belohnungen; doch in seinem Innern wußte er, daß es außer dem geschriebenen Gesetz ein ungeschriebenes gibt, dem man ebenfalls Geltung zubilligen muß. Er sah angeregt, mit glänzenden Augen ins Licht. »Das Geld erbitte ich hierher nach Bozen, an die Adresse des Signor Mensch«, fügte er noch mit fester Schrift hinzu.

Den Smaragdring hätte ich besser nicht verkauft, dachte er dann zerstreut. Den Ring, den sein väterlicher Freund aus dem Familienschatz ausgewählt und mit dem er seinen Schützling geschmückt hatte, als dieser im Begriff war, ein glänzendes Fest zu besuchen, um sich dort dem gefährlichen Wirbel des venezianischen Karnevals hinzugeben. Der Smaragdring war der Lieblingsschmuck der verstorbenen Frau seines Gönners gewesen. Schade, daß ich ihn noch in derselben Nacht im Kartenspiel als Pfand verschleuderte, dann nicht mehr auslösen konnte und selbst den Versatzschein weitergeben mußte ... Man begeht oft Fehler, dachte er nachsichtig. Und der Wechsel, der später, als er schon in den Bleikammern saß, seinem Beschützer zur Einlösung vorgelegt wurde und dessen Unterschrift dem väterlichen Freund gewiß fremd erschien, der Wechsel, von dem er nie mehr etwas gehört hatte? ... Er hat ihn eingelöst, dachte er und zuckte die Achseln.

Er war auch der einzige, der ihm zur Weihnachtszeit ein Päckchen ins Gefängnis geschickt hatte; offenbar muß man jemanden lieben, um leben zu können, auch wenn man schon alt und der Gegenstand unserer Liebe unwürdig ist; auch dann, wenn er Smaragdringe verkauft, die eine teure Erinnerung sind, und Unterschriften fälscht. Das alles zählt nicht, wenn man liebt. Manchmal beneidete er Messer Bragadin fast um diese selbstlose Opferfreudigkeit, deren wahren Gehalt er wohl mit dem Verstand begreifen, niemals aber gefühlsmäßig nachvollziehen konnte.

Eine Zeitlang hegte er den Verdacht, die Zuneigung seines Gönners entspringe krankhaften Trieben, die er sich vielleicht selbst nicht eingestand; denn das Leben dieses Greises war ein offenes Buch, er hatte seine Vaterstadt niemals verlassen und war im Morast Venedigs aufgewachsen wie eine reine, edle Pflanze im Gifthauch der Sümpfe. Es war ihm unverständlich, daß jemand ohne Berechnung und Leidenschaft lieben konnte. Die menschlichen Gefühle waren so verworren, und jenseits der Liebe zwischen Mann und Weib gab es noch mancherlei geheime Bindungen; man konnte sie im Hafenviertel von Venedig kennenlernen, wo alle Begierden des Orients und des Südens aus den Blicken der Menschen sprachen. Er verabscheute die unnatürliche, andersartige Liebe; er sah ohne Scheu in die Tiefen der menschlichen Gefühle und Leidenschaften, doch diese strömten für ihn stets nur zwischen den Ufern der beiden Geschlechter, zwischen Mann und Weib, ewig und unabänderlich. Und selbst in Venedig, dem Markt der Eunuchen, Orientalen und Sklaven der Liebe, war er niemals wankend geworden. Mit verächtlichem Lächeln, mit einem Gemisch von Hohn und Ekel sah er stets auf die Entarteten herab, die noch jenseits der Welt des Weiblichen dem Gott Eros huldigten.

Gerade weil er hier lebte, hatte er eine Zeitlang nicht ohne gewissen Argwohn an Messer Bragadin gedacht. Das Menschengetriebe in Venedig war allzu bunt und gefährlich. Doch dem untadeligen Ruf des Senators konnten selbst die schmutzigen Zungen der Kuppler nichts anhaben. Auch er war Venezianer von Geburt, doch entstammte er nicht den engen und schmutzigen Theatergäßchen der Stadt wie sein Schützling, sondern war der Sproß eines vornehmen Adelsgeschlechts. Er hatte sein Leben in Venedig verbracht, hatte auch hier geheiratet und trauerte noch im Greisenalter um die in jungen Jahren verstorbene Gattin. Er lebte einsam, ohne Verwandte, in Gesellschaft weniger hochgebildeter Freunde und einiger alter Diener. Sein Haus, das zu den am meisten geachteten der Republik zählte, öffnete sich nur wenigen Auserwählten, eine Einladung galt als Auszeichnung, deren sich nicht viele rühmen konnten. Und dieser vornehme und verschlossene Mann, dieser reine und edle Mensch, hatte ihn aus seinem dunklen Dasein emporgehoben und aus dem Sumpf der Lagune herausgeholt, gerade in dem Augenblick, als der Stern über dem Haupt des Glücksritters zu verblassen begann. Warum? Ohne geheime Leidenschaft, aus Mitgefühl und Güte, die niemals erlahmten.

Aus den Bleikammern freilich hatte selbst Messer Bragadin ihn nicht retten können; auch vor der Verbannung konnte der Ratsherr seinen Schützling nicht bewahren. Die Anklage, die der Hohe Rat gegen ihn erhoben hatte, war lächerlich. Er wußte, sein Vergehen war nicht die Magie, nicht das liederliche Leben und nicht der leidenschaftliche Eifer, mit dem er den Frauen und Mädchen die Köpfe verdrehte. Auch bei dieser Anklage logen die Menschen, wie bei allen Dingen, die der eigentliche Inhalt des Lebens sind. Er war der geborene Verführer, Tunichtgut und Schürzenjäger, den die Behörden zur »öffentlichen Gefahr« erklärten... Ach, wenn sie wüßten! Er konnte ihnen nicht sagen, daß er niemals der Wählende, sondern stets der Erwählte war und daß die Frauen anders über die Tugend und die Geheimnisse der Liebeswahl dachten, als dies in Ämtern und von den Kanzeln verkündet wurde. Und auch sich selbst gestand er es nur in den seltenen Augenblicken der Einkehr, daß er im Zweikampf der Liebe stets der Übervorteilte, Ausgeplünderte und das Opfer war... Der Wechsel, der Smaragdring, die Orgien, die Kartenschlachten, die gebrochenen Versprechen, sein freches Auftreten, das alles war nicht der wahre Grund für die Anklage, die man gegen ihn erhob. Was man ihm nicht verzieh, weshalb man ihn in den Kerker warf und was in den Augen der Mächtigen als gefährlichstes Verbrechen galt, das waren nicht seine Taten und Verirrungen, sondern das waren seine Haltung und die Gesinnung, die er bekundete. Denn die Staatsgewalt fordert Zucht und Ordnung, zähneknirschende Unterwerfung und unbedingten Gehorsam gegenüber den göttlichen und menschlichen Gesetzen. In ihm aber loderte weithin sichtbar die Brandfackel des Aufruhrs und der Rebellion, und so mußte er fallen.

Darum konnte niemand ihn retten, und selbst Messer Bragadin war machtlos. Als Weihnachtsgabe sandte er ihm einen Pelzrock, Geld und ein Buch ins Gefängnis. Mehr konnte auch er nicht tun. Man kann einen Menschen nicht gegen eine Welt verteidigen; eines Tages wird er doch gefaßt und niedergezwungen. Dieser Tag, der Tag der endgültigen Abrechnung, war noch nicht gekommen. Es war ihm noch einmal gelungen, auszubrechen und zu entfliehen.

Nun aber mußte er sich zum Kampf rüsten. Er beendete den Brief, kleidete sich an und ging, um alles Nötige zu beschaffen. In der Stadt fand er sich bald zurecht. Er schlug den Mantelkragen hoch; es dunkelte schon, und körniger Schnee rieselte auf die Straßen. Niemand erkannte ihn. Er ging rasch und überflog mit prüfenden Blicken den Platz. Die Stadt erschien ihm nicht allzu verlockend. Es war, als lasteten die hohen Berge und die Vorurteile der Menschen drückend auf ihr; die Schönheit der Häuser entzückte ihn, doch die Blicke der Vorübergehenden erfüllten ihn mit Mißtrauen. Wie alle geborenen Redner und Verführer fühlte auch er sich nur im Kreis geistig verwandter und empfänglicher Menschen sicher. Hier werde ich keinen Erfolg haben, dachte er mit starkem Unbehagen, als er zum erstenmal über den Hauptplatz ging und sich dann lieber in die Nebengassen schlug. Hier war alles Durchschnitt, keine Erhabenheit und keine Abgründe. Ganz und gar nicht sein Lebenskreis, in dem das Nüchterne und Ordentliche nur am Rande vorkamen. Er ging durch die Straßen und hielt das Taschentuch vor dem Mund, weil er sich in dieser rauhen Luft vor einer Halsentzündung fürchtete. Die Hutkrempe zog er tief ins Gesicht, denn er scheute die Neugier der Menschen. Er blickte prüfend auf die Portale und die erleuchteten Fenster, um unter den spitzgiebeligen Häusern den Palast des Grafen von Parma herauszufinden. Unter seinen halbgeschlossenen Lidern flammte es manchmal auf, wenn er in die Augen der Frauen und Männer sah.

Eine schöne Stadt, dachte er verdrossen am Ende seines Rundgangs. Eine reine Stadt – aber fremd, verteufelt fremd. Sie erschien ihm fremd, denn er vermißte die ihm vertraute Atmosphäre der Lebensfreude, der Leidenschaft, des Glanzes und der Lust an Abenteuern, die er in Städten und beim Zusammentreffen mit unbekannten Menschen sofort aufspürte. Eine tugendhafte und ernste Stadt, dachte er mit Anerkennung und einem leichten Schauder; und er begann die Tage zu zählen.

In etwa fünf Tagen, so rechnete er, konnte die Antwort seines Gönners eintreffen. Er brauchte so vieles, um seinem Äußeren den alten Glanz zurückzugeben. Aus der eigenen Asche neu erstehen, wie Phönix, dachte er mit einer literarischen Wendung, sich selbst ironisierend. Was benötigt Phönix hierzu? fragte er sich und blieb an einer Straßenecke unter der flackernden Öllaterne stehen; er warf das Ende des Radmantels über die Schulter, bedeckte das Gesicht zur Hälfte damit und spähte, gegen den Wind ankämpfend, den Passanten nach. Vor allem brauchte er Kleidung, ein Dutzend Spitzenhemden, weiße Pariser Strümpfe, Spitzenmanschetten und zwei Fräcke: einen grünen mit Goldbesatz und einen lilafarbenen mit grauen Schulterspangen; außerdem Lackschuhe mit silbernen Schnallen, Spitzenhandschuhe für den Abend und dünne Lederhandschuhe für den Tag, einen Wintermantel mit Pelzkragen, eine venezianische Maske aus weißer Seide, eine Lorgnette, ohne die er sich ungeschützt fühlte, einen eckigen Hut und einen Spazierstock mit silbernem Griff. Dies alles mußte bis morgen abend beschafft werden. Ohne solche Garderobe, ohne Maske und ohne die nötigen Requisiten fühlte er sich ausgestoßen wie ein räudiger Hund. Er mußte sich so ausstaffieren, wie nur er es verstand, um wieder Erfolge zu haben. Rasch entschlossen betrat er das gegenüberliegende Lottogeschäft und setzte drei Zahlen: die Zahl des Tages seiner Geburt, die seiner Gefangennahme und die seiner geglückten Flucht. Auch kaufte er zwei

Päckchen französischer Spielkarten, die er sorgsam in seinen Taschen verbarg.

Dann ging er zum Wucherer Mensch. Er fand den Mann im Hofzimmer eines dunklen, ebenerdigen Hauses hinter der Kirche. Der kleine, magere Mann saß im Schlafrock hinter einem langen, schmalen Tisch und schien seinen Namen zu Unrecht zu tragen. Seine gelben Hände, an deren Fingerspitzen die Nägel krallenförmig nach innen gekrümmt waren, griffen nach den Gegenständen wie die Fänge eines Raubvogels. Schmutziggraue, wollige Haarsträhnen fielen ihm in die Stirn, und die kleinen, funkelnden klugen Augen blickten dem Fremden voller Neugier aus tiefen Höhlen entgegen. Er empfing den Besuch mit vielen Bücklingen, ohne sich jedoch in seinem schlafrockartigen Kaftan vom Stuhl zu erheben. Er mischte deutsche, französische und italienische Brocken in seine Rede und sprach murmelnd, mit undeutlicher Stimme, als wollte er bedeuten, wie wenig ihn der Ankömmling interessierte.

»Ah«, sagte er, als er den Namen des Besuchers vernahm, und zog die Brauen bis zu seinem wolligen Haarschopf empor; dabei zwinkerte er so rasch mit den Lidern wie ein Affe, der sich nach Flöhen absucht. »Hat der Greis recht gehört mit seinen tauben Ohren?« Er sprach von sich in der dritten Person und schien voll des Mitleids mit sich selbst zu sein. »Mensch ist sehr alt«, lispelte er, »und niemand besucht ihn mehr. Alt und arm«, setzte er für alle Fälle hinzu. »Aber dieser Fremde ist doch zu ihm gekommen«, stellte er fest.

»Mein erster Weg hat mich zu Euch geführt«, sagte der Fremde höflich.

Vom Geld sprachen sie leise, wie Liebende von ihren Gefühlen. Sie fingen sogleich damit an, ohne Übergang, mit dem Eifer von Fachleuten, die sich in einer Gesellschaft kennenlernen und, während die Hausfrau Klavier spielt, in einer Fensternische leidenschaftlich über ein Thema ihres Fachs zu debattieren beginnen, über Gesteine oder die Verdauungsorgane des Känguruhs. Sie sprachen vom Geld in knappen Fachausdrücken wie Sachverständige, die wissen, daß der andere auf diesem Gebiet ganz zu Hause ist. »Pfand«, sagte Mensch, und das Wort klang in seinem Mund, als ob er einen Eid leisten wollte. »Kredit«, sagte der Gast, so überzeugend, als gäbe es nichts Natürlicheres und als müßte der einschmeichelnde Klang dieses Wortes das Herz des Greises rühren.

Sie unterhielten sich lange und eifrig über diese Begriffe. Man hätte glauben können, daß hier zwei Stubengelehrte über abstrakte Dinge ihre Gedanken austauschten. Sie drückten mit diesen einfachen Worten ihre innerste Überzeugung und persönliche Lebensauffassung aus. Denn was dem einen das Wort »Pfand« bedeutete, das war dem anderen das Wort »Kredit«, nicht nur an jenem Abend, sondern auch in allen anderen Situationen des Lebens. Was der eine nur in der Form von Pfand und Sicherstellung akzeptieren konnte, das forderte der andere von der Welt als Kredit, leidenschaftlich und beharrlich, weit über die augenblicklichen materiellen Interessen hinaus, als eine Art Glaubensbekenntnis. Der eine sah von der Welt nur, was als Pfand dienen konnte, der andere begehrte Kredit, um die Voraussetzungen schaffen zu können für ein Leben in der Welt des glanzvollen Abenteuers.

Messer Bragadins Name verfehlte seine Wirkung auf den Geldwechsler nicht. »Ein feiner Herr«, sagte er und zwinkerte noch schneller als sonst mit den Lidern. »Ein guter Name, der Gold wert ist.« Er sagte dies von innerem Argwohn erfüllt, in der sicheren Überzeugung, daß der Fremde ihn übervorteilen und ihm etwas anbieten wollte, was von zweifelhaftem Wert war. »Habt Ihr nicht vielleicht einen Ring von ihm«, sagte er dann und hob den kleinen Finger mit dem langen, schmutzigen Nagel in die Höhe; womit er sagen wollte, daß alles andere geeigneter und wertvoller für dieses Geschäft sei als der Name eines Mannes. »Einen kleinen Ring«, wiederholte er in singendem, bittendem Ton, wie ein Kind, das um Marzipan bettelt. »Einen kleinen Ring mit einem Stein«, grinste er augenzwinkernd und rieb Zeigefinger und Daumen der rechten Hand aneinander, um auszudrücken, wie gut sich ein solcher Ring als Pfand eigne. Seine gierigen Augen füllten sich mit Tränen bei diesem Gedanken, während er seinem Besucher besorgt und vorsichtig zublinzelte, mit erkünstelter Heiterkeit, aber auch mit unwillkürlicher Achtung, wie ein Kämpfer, der endlich einen würdigen Gegner gefunden hat. Er hätte gewünscht, diesen Zweikampf schon glücklich beendet zu haben, und brannte zugleich vor

Erregung, daß nun endlich der Augenblick gekommen war, da ihm ein ebenbürtiger Gegner erwuchs, der mit allen geheimen Schlichen und Kniffen des Kampfes vertraut war; denn er hatte sich immer nach einem solchen Partner gesehnt.

Der Wucherer wußte, daß er dem Fremden Geld geben würde, weil er nicht anders konnte, und sein Besucher wußte, daß er Geld bekommen würde, auch dann, wenn Messer Bragadin, woran man besser gar nicht denken sollte, die mit so viel dichterischem Schwung erbetenen Goldstücke nicht absenden würde. Der Wucherer wird mir Geld geben, das hatte er schon lange vorher gedacht, noch in den Bleikammern, als er die Einzelheiten seiner Flucht plante und als dieser Name fast wie eine Vision vor ihm aufstieg. Jetzt, da er dem Mann gegenüberstand, konnte er befriedigt feststellen, daß die Wirklichkeit seine Träume nicht Lügen strafen würde. Eine innere Stimme, für die er keine Erklärung wußte, hatte ihm vor langer Zeit zugeflüstert, daß zwischen ihm und Mensch, dessen Namen er von einem holländischen Tuchhändler erfahren hatte, eine Verbindung bestand und daß er eines Tages vor ihn hintreten mußte. Dann würde Mensch klagen und jammern, aber im Grunde doch nichts ausrichten können. Man hatte ihm seine Adresse gegeben, doch was bedeutete eine Adresse?

Er wußte, daß sie viel, ja, alles bedeutete, denn sie war schon Person, Ereignis und Tat in einem; man mußte sie nur mit dem Hauch der Phantasie und der Kraft des Willens erwärmen, dann erwachte sie zu gefügigem Dasein, wurde Wirklichkeit und gab schließlich zähneknirschend das Geld. Er kannte solche Adressen in Lyon, Paris, Wien und Manchester. In Neapel lebte ein Wucherer, zu dem man sagen mußte: »Charon möge dich holen!« – dann begann er zu weinen und nahm den Wechsel an.

Deshalb sah der Gast jetzt beruhigt auf Mensch und freute sich, daß seine Phantasie mit der Wirklichkeit so perfekt übereinstimmte. Auch Mensch sah ihn blinzelnd an, mit dem beängstigenden Bewußtsein, einer unausweichlichen Schicksalsfügung gegenüberzustehen.

Und darum gab er ihm das Geld, nicht allzuviel, doch genug, daß er endlich in Bozen auftreten konnte, wo man ihn, so fühlte er, schon ungeduldig erwartete. Dreißig Dukaten zählte ihm Mensch mit zitternden Händen auf den lackierten Tisch, ohne Pfand, nur gegen Unterschrift, als Vorschuß für Messer Bragadins Sendung, die am Ende auch ein wenig in den Sternen stand, irgendwo in der Ferne wie alles Geld, das nicht auf dem Tisch lag. Als er die in Pergament gewickelte Dukatenrolle übergab, erhob er sich hinter dem Tisch und geleitete dann seinen Gast unter zahllosen Bücklingen zur Tür. Auf der Schwelle stehend, blickte er ihm noch lange nach und beruhigte sich, in einem Kauderwelsch aus italienischen, deutschen und französischen Ausdrücken vor sich hin brummend.

Der Mann, dem er auf Kredit Geld gegeben hatte, entfernte sich mit schnellen Schritten in der dunklen Gasse. Er eilte rasch, fast laufend dem Lichtschein des Hauptplatzes entgegen. Und kam gerade zurecht, um eine Kutsche zu sehen, auf deren Fußbrett zwei Lakaien Fackeln hielten und hinter deren Fenstern Francescas blasses Gesicht erschien.

»Francesca!« rief er unwillkürlich.

Es begann wieder zu schneien. Er stand allein in der Mitte des Platzes im Flockenwirbel, während die Kutsche an ihm vorbeifuhr. Er fühlte den Schmerz, der uns stets erfaßt, wenn unsere Träume Gestalt annehmen.

Dann ging er in seinen Gasthof, die Hände auf dem Rücken, in Gedanken versunken. Er fühlte sich plötzlich einsamer als im Kerker unter den Bleidächern von Venedig.

Die Beratung

Am Abend setzte er sich in den Speisesaal des »Hirschen«, trank Glühwein und erwartete die Kartenspieler. Sie stellten sich alsbald ein: der Apotheker, den Balbi mitbrachte, der Dechant, der schon Neapel gesehen hatte, ein ausgedienter Schauspieler und ein Offizier, der tags zuvor von seiner Truppe aus Bologna entwichen war. Sie spielten zunächst mit kleinen Einsätzen, mehr zur Übung, um sich kennenzulernen. Der Apotheker betrog, deshalb warf man ihn später hinaus. Der Offizier jagte ihn mit seinem Säbel durch die Tür auf die verschneite Straße.

Gegen Mitternacht wurde er der Sache überdrüssig. Er ging mit Balbi in sein Zimmer, sie steckten die Kerzen an und begannen, die am Nachmittag gekauften Spielkarten sorgfältig und kunstgerecht mit Zeichen zu versehen. Der Mönch entwickelte bei dieser Arbeit eine überraschende Geschicklichkeit. Sie arbeiteten geräuschlos, rieben die Ecken der wichtigen Karten mit Wachs ein und drückten mit den Nägeln geheime Zeichen hinein.

»Fürchtest du dich nicht?« fragte der Mönch nebenher, in seine Arbeit vertieft.

»Nein«, sagte der andere, hielt ein Karo-As gegen das Licht und prüfte sachverständig das bezeichnete Blatt. »Weshalb sollte ich mich fürchten? Ein Ehrenmann fürchtet sich niemals.«

»Ein Ehrenmann?« fragte Balbi. »Von wem sprichst du?«

»Ich spreche von mir«, antwortete der andere ruhig und tastete vorsichtig über die bezeichnete Karte. »Von wem denn sonst? Wenn wir zwei in einem Zimmer beisammensitzen, kann ich wahrhaftig nur von mir sprechen.«

»Weshalb betrügst du dann?« fragte der Mönch schläfrig.

»Weshalb ich betrüge?« wiederholte der Gefragte, warf die Karten auf den Tisch und streckte sich, daß die Knochen knackten. »Weil man sonst sehr schwer gewinnt. Die Karten haben die Besonderheit, sehr eigenwillig zu sein. Es gibt nur wenige Menschen, die ohne entsprechende Nachhilfe gewinnen. Im übrigen betrügt doch ein jeder: In Versailles spielen auch die vornehmsten Leute falsch, Feldherren und selbst Priester.«

»Spielt auch der König falsch?« fragte Balbi andachtsvoll.

»Nein, er ärgert sich nur, wenn er verliert.«

Sie dachten noch etwas über diese Dinge nach. In vorgerückter Nachtstunde blieb er allein und begab sich gähnend zur Ruhe.

Seit drei Tagen lebte er so, in ruhiger Zurückgezogenheit, mit Balbi, Giuseppe und der kleinen Therese. In der Schenke des »Hirschen« spielte er

Karten mit durchreisenden Kurieren und Ölhändlern und gewann dabei oft, dank des gefälligen Blattes; doch manchmal verlor er auch, weil eben jeder betrog, besonders in den Gasthäusern, wo die durchreisenden Berufsspieler »banque ouverte« gaben. Mit einem Griechen, der mit seltener Fingerfertigkeit die Asse aus dem Rockärmel zog, schlug er sich auch einmal, doch ohne Groll, nur um in der Übung zu bleiben.

Francesca sah er nicht, er bemühte sich in diesen Tagen auch nicht sonderlich darum. Es war, als wäre das Leben in Lethargie verfallen, hier in der dünneren Luft der Berge. Drei Tage lang tobte ein gewaltiger Sturm und trieb den Schnee gegen die Fenster des »Hirschen«; der Himmel war von grauen Wolkenmassen bedeckt, die ihn an die verfilzten Haare des Wucherers erinnerten. Die Lieferanten brachten in diesen Tagen die bestellten Kleider, Mäntel, Schuhe, die weiße venezianische Maske, den Spazierstock und die Lorgnette. Für Balbi bestellte er auch einen Mantel, schon um sein Ansehen zu wahren, denn der Mönch lief dermaßen abgerissen herum, als sei er mit knapper Not dem Galgen entkommen. Meist aber saß er allein in seinem Zimmer vor dem Kaminfeuer, in jenem gleichgültigen, trüben Seelenzustand, der gerade ihn, den Mann der Tat, der feinen Witterung und der Neugier in der letzten Zeit öfter befiel: als hätte für ihn alles, was er sich im Kerker an künftigen Freuden ausgemalt hatte, jetzt, da er wieder im Leben stand und nur die Hand auszustrecken brauchte, jede Anziehungskraft verloren.

An solchen Tagen dachte er ernstlich daran, nach Rom zu reisen, vor seinem großherzigen Freund, dem Kardinal, in die Knie zu sinken, um Gnade zu bitten und Priester oder Bibliothekar in päpstlichem Dienst zu werden. Er dachte an die Städte, in denen ihn nichts anderes erwartete als Gasthöfe mit kalten Betten und allenfalls Frauenarme, die er gelangweilt und ernüchtert wieder verlassen würde, an die Wandelgänge der Theater, in denen man umherschlendern und sinnloses Geschwätz anhören konnte, und an die Salons und Schenken, in denen mit den bezeichneten Karten hier und da ein paar Goldstücke zu verdienen waren.

Er gähnte und zog den Schlafrock über der Brust zusammen, denn es fröstelte ihn. Schon seit der Kinderzeit kannte er diesen Zustand, der mit Angstgefühlen und Ekel begann und mit heftigem Nasenbluten endete, das nur seine Nonna, die gute und tatkräftige Großmutter, mit ihren Kräutern und Umschlägen zu stillen wußte. Er dachte in diesen Tagen oft an die alte Frau, die drei Generationen in Venedig aufgezogen hatte und deren besonderer Liebling er war. Sie kochte für ihn Meerrettich in solchen Fällen und legte ihm Eisumschläge auf das Genick, worauf dann Blutung und Traurigkeit schwanden. »Nonna!« sagte er laut und dachte mit einer Sehnsucht an sie, wie er sie für keine andere Frau empfunden hatte.

Francesca wohnte hier in der Nähe, er kannte das Haus, vor dessen Tor der Schweizer mit dem Bärenpelz stand, und er kannte die Lakaien, Jäger und Läufer, die den Grafen in der Stadt begleiteten. Jeden Abend ging er an dem Palast vorbei, dessen Fenster in hellem Glanz erstrahlten. Der Graf führte ein offenes Haus, er gab Empfänge und Soireen, und aus der Fülle des Lichts, das sich durch die Fenster auf die Straße ergoß, konnte man auf den Glanz und die Pracht der Säle schließen. Balbi, der in näherer Beziehung zum Gesinde des Palastes stand, hatte berichtet, daß jeden Abend drei Dutzend Kerzen in die vergoldeten Arme der Kronleuchter gesteckt würden, Kerzen feinster Art, von Salzburger Wachsziehern aus Ziegentalg eigens für den Grafen hergestellt.

Francesca lebt in Glanz und Freuden, dachte er und zuckte die Achseln. Er hütete sich, Balbi in sein Geheimnis einzuweihen. Francesca wohnte in einem Palast, Lakaien begleiteten sie auf ihren Wegen, vor dem Haus stampften allabendlich die Pferde des Bischofs, an ihrer Kutsche und an den silberbeschlagenen Pferdegeschirren prangte die Fürstenkrone. Der Graf von Parma führte ein großes Haus, wie er es seinem Rang schuldig war, vielleicht aber auch zu Ehren seiner jungen Frau.

Nichts wäre leichter gewesen, als in dieses Haus Eingang zu finden und Francesca zu huldigen; der Graf hätte wohl keinen Einwand erhoben, zumal er ihn ja sehen wollte. Giuseppe, der Haarkünstler, hatte das allerdings nur einmal, am ersten Tag, erwähnt; er kam jetzt jeden Morgen, und seine weichen Finger strichen um Giacomos Kinn, rieben die Schläfen ein und kräuselten die Locken, während er über alle Einzelheiten der gräflichen Soireen, Empfänge, Gesellschaftsspiele und Tanzunterhaltungen berichtete. Jeden Abend wurde getanzt, gespielt, deklamiert, geschmaust und getrunken. »Wird der Graf nicht müde davon?« fragte er vorsichtig. »Das kann wohl sein«, sagte Giuseppe. »Seine Hoheit steht sehr früh auf und geht schon im Morgengrauen auf die Jagd, so spät er sich auch zur Ruhe begeben hat; anschließend frühstückt er im Schlafzimmer der Gräfin, wo auch die Besucher empfangen werden, die in den Vormittagsstunden zum ›Lever‹ erscheinen, um ihre Huldigung darzubringen. Das Müdesein der großen Herren«, fuhr er fort, »ist von anderer Art als das der einfachen Leute. Sie essen zuviel Fleisch, darum sind sie müde.«

Er selbst, Giuseppe, sei vom Tanz, vom Hofmachen und Kartenspielen noch niemals müde geworden; doch das Nachdenken und das Zeremoniell der vornehmen Welt habe ihn schon öfter erschöpft. »Seine Hoheit grübelt zuviel«, sagte er geheimnisvoll und wichtigtuerisch, als hätte er damit eine Leidenschaft des Grafen verraten; und er zwinkerte mit den Lidern wie einer, der noch mehr sagen könnte, aber nicht sprechen will, weil er vorsichtig und welterfahren ist. Der Fremde hörte es und nickte. »Er grübelt?« fragte er leise und vertraulich. Sie verstanden einander.

Die Sprache, in der sich Giacomo und der Haarkünstler unterhielten, war die Sprache gleichgearteter Menschen, die, auch ohne sich näher zu kennen, durch Neigungen und Gesinnung verbunden sind;

es war die Sprache der Unterwelt, welche die Menschen der Oberklasse nie ganz verstehen können. Giuseppe sprach nicht mehr davon, daß der Graf ihn sehen wolle; er hatte ihm diese Nachricht am ersten Tag überbracht, dann aber nach seiner Art geschwiegen, indem er unaufhörlich von anderem schwatzte.

»Ist die Gräfin schön?« fragte der Gast eines Tages scheinbar mehr höflich als interessiert. Giuseppe legte Brenneisen, Schere und Kamm auf den Sims des Kamins, hob die schmale weiße Hand mit den langen Fingern in die Höhe wie ein Priester, der die Gemeinde segnet, und begann mit leiser, singender Stimme zu berichten: »Die Gräfin hat schwarze Augen, auf der linken Gesichtshälfte in der Nähe des Kinns sitzt eine ganz kleine Warze, der Apotheker hat sie schon einmal mit Schwefelsäure entfernt, sie ist jedoch wieder nachgewachsen. Dieses Wärzchen verdeckt die Gräfin mit einem Schönheitspflaster.« Er sprach sachlich, wie ein Malschüler, der die Vorzüge und Schwächen eines Kunstwerks zu beurteilen hat, und gerade diese kühle Gegenständlichkeit bedeutete aus seinem Munde höchste Anerkennung. Denn Giuseppe sah die Gräfin täglich, vor dem kleinen und dem großen »Lever«, wenn die Zofen mit heißen Nußschalen die Flaumhaare vorsichtig von ihren Beinen sengten, die Zehennägel mit Sirup glänzend polierten, den gepflegten Körper mit Öl massierten und ihr Haar mit Ambradämpfen tränkten. »Die Gräfin ist schön«, sagte er streng, und diese Strenge wirkte komisch bei seinem kindlich-pausbäckigen Gesicht, das nicht ganz wirklich zu sein schien: als hätte es ein Maler der großen Welt in Versailles an die Schlafzimmerwand einer galanten Dame gemalt; in einer der einfältig-sentimentalen Schäferszenen von tief unbewußter und anmutiger Verderbtheit hätte der Hirte so aussehen können …

Der Fremde hörte aufmerksam zu; er wußte nun, daß der Graf viel nachdachte, daß die Gräfin schön war und daß auf ihrem Gesicht ein Wärzchen nicht verschwinden wollte. Er schwieg, und beide, der Haarkünstler und der Schriftsteller, wußten, daß sie, jeder in seiner Sprache, von etwas anderem redeten. Denn der Graf hatte nicht nochmals den Wunsch geäußert, den Fremden zu sehen.

Dennoch blieb er in dieser ihm wenig zusagenden Stadt, auch später, als Messer Bragadins Geldsendung in Begleitung eines gütigen und klugen Schreibens voll vergeudeter Lebensweisheit und hoffnungsloser Ratschläge eingetroffen war. Die Sendung versetzte den Geldwechsler in Entzücken, so daß er in seiner Begeisterung deutsche, französische und italienische Worte zu einem unverständlichen Kauderwelsch vermengte, während er die venezianischen Goldstücke mit zitternden, aber fest zufassenden Fingern zählte.

Die Summe war sogar größer als die erbetene, Messer Bragadins Güte war unerschöpflich. »Welch edle Seele«, dachte der Flüchtling gerührt, und der Wucherer meckerte: »Welch guter Name, welch feines Gold!« In seinem Brief sprach Messer Bragadin über alles, was sein altes, einsames Herz zu diesem seltsamen Abenteuer sagen und wünschen konnte. Er wußte wohl, daß diese Beziehung seinem makellosen Ruf nicht förderlich war. Die bösen Zungen wagten sich zwar nicht an ihn heran, doch was wußten die Venezianer von den tieferen Gründen dieser Neigung, wer konnte ermessen, daß ein Gefühl auch in einem so zweifelhaften Charakter Widerhall finden konnte, und wer wollte es verstehen, daß er gerade diesem anrüchigen und bedauernswerten Gesellen Sympathie entgegenbrachte?

»Warum?« fragten die Venezianer, nicht ohne Berechtigung, und die Böswilligen flüsterten sich augenzwinkernd zu: »Was will er von ihm?«... Doch Messer Bragadin kannte den schmerzlichen Zwiespalt der menschlichen Seele: daß wir uns unserer Gefühle auch dann nicht schämen dürfen, wenn wir sie an Unwürdige verschwenden. Deshalb hatte er Geld geschickt, sogar mehr, als erbeten worden war, und deshalb hatte er den langen Brief geschrieben.

»Du hast dich nun wieder auf den Weg gemacht«, schrieb er mit steifer, ungelenker Hand, »und kehrst sobald nicht zurück, mein Sohn. Denke mit Liebe an deine Vaterstadt.« Er schrieb darüber, daß man dem Vaterland stets verzeihen müsse, habe es doch auf eine ihm eigene, geheimnisvolle Art immer recht. Und gerade der Landflüchtige, den jetzt die Stürme aller Weltteile den großen Abenteuern des Lebens entgegentrieben, dürfe nie vergessen, daß das Vaterland, auch in seinen Irrtümern, ewig sei.

Er schrieb mit selbstsicherer Würde, wie nur gereifte Menschen von hoher Kultur zu schreiben vermögen, die den tieferen Sinn jedes Wortes kennen, die wissen, daß man den Erinnerungen nicht entfliehen und die Erfahrungen des Lebens nicht übertragen kann: Jeder lebt allein, irrt und stirbt allein; alle Erkenntnis und Erfahrung, die nicht durch eigenes Leid erworben ist, bringt wenig Nutzen. Dann sprach er vom Geld, kürzer und sachlicher. Er hatte einen Freund in München beauftragt, dem Reisenden von Zeit zu Zeit mit einer Summe zur Verfügung zu stehen. Schließlich gedachte er auch der Inquisition, die mächtiger sei als die weltlichen Autoritäten. Er schrieb: »In den Händen der Lenker dieser unvergleichlichen Institution vereinigen sich die kirchlichen und weltlichen Mächte in der glücklichsten Weise«, und der Empfänger des Schreibens wußte wohl, daß dieser Satz im Brief nicht fehlen durfte, denn auch Messer Bragadins Post ging durch die Hände des Messer Grande. Schließlich gab er ihm seinen Segen für die Reise und für sein weiteres Leben, das er, wie schon mehrmals, als abenteuerlich bezeichnete.

Giacomo las den Brief zweimal, dann zerriß er ihn und warf ihn ins Feuer. Der Wucherer übergab ihm den Rest des Geldes, und nun hätte seiner Reise nach München nichts mehr im Weg gestanden. Doch er blieb.

Seit fünf Tagen saß er jetzt in Bozen und kannte schon alle Welt. Von der Polizei war ein Hauptmann erschienen, der sich sehr höflich erkundigte, wie lange er noch zu bleiben gedenke. Er wich der Frage aus und wetterte gegen die Stadt. Er bezahlte seine Schulden und verspielte den Rest des Geldes am Abend in der Schenke des »Hirschen« und in einer Privatwohnung, wo der Grieche, den man schon einmal verprügelt und aus dem »Hirschen« geworfen hatte, die Bank hielt. Da er wieder ohne Geld war, hätte er allen Grund gehabt, nach München zu reisen und Messer Bragadins Freund aufzusuchen. Doch er hatte den Wirt und die Lieferanten bezahlt, Therese beschenkt und Giuseppe mit reichlichem Trinkgeld bedacht, und so konnte er ebensogut bleiben, solange der Abglanz des venezianischen Goldes ihn noch umgab. Er hatte Kredit, nicht nur bei dem Wucherer, den er in diesen Tagen erneut aufsuchte, nicht nur bei den Lieferanten, die pünktlich ihr Geld erhalten hatten, sondern, was das schwierigste war, auch am Kartentisch. Ein Engländer, der, wenn er nicht Karten spielte, die Gesteinsformationen der umliegenden Berge erforschte, übernahm seinen auf Paris lautenden Kreditbrief. Er hatte Kredit in Bozen, weil man ihn kannte und wußte, daß die Möglichkeit des Gewinnens und Verlierens bei ihm unberechenbar war. Die Stadt nahm ihn auf und duldete ihn zwischen ihren Mauern, weil man sich an ihn gewöhnt hatte, so wie man sich auch an die Gefahr gewöhnt.

Er blieb in der Stadt Francescas wegen; und weil der Graf gewünscht hatte, ihn zu sehen. Ihr Name weckte in ihm die schmerzliche Erinnerung an ein unerfülltes Erlebnis. Er konnte freilich auch ohne

Geld nach München reisen, wo in diesen Tagen der Kurfürst von Sachsen eingetroffen war und festliche Wochen ihn erwarteten, mit Trinkgelagen, hervorragenden Bühnenkünstlern und den berühmtesten Falschspielern Europas. Er hatte es auch nicht nötig, bei Nacht und Nebel zu verschwinden, sondern er konnte bei Tage, in prächtiger Kutsche und erhobenen Hauptes die Stadt verlassen, denn der Wirt und die Lieferanten waren bezahlt, und der Wucherer Mensch stand ihm zu Diensten.

Doch er blieb, denn er erwartete die Einladung des Grafen. Er wußte, daß er eines Tages Nachricht aus dem Schloß erhalten würde, vor dessen Tor der Schweizer stand, und daß ihn das Schicksal nicht ohne Grund nach Bozen geführt hatte. So vergingen die Tage in stummer Erwartung.

Eines Nachmittags, als er untätig und frierend mit dem Buch des Philosophen Boethius im Schoß vor dem Kamin saß und der Wind im Schornstein heulte, trat Balbi ein und sagte triumphierend: »Sie sind da!«

Er erblaßte, erhob sich rasch aus dem Lehnstuhl, glättete das gepuderte Haar und flüsterte mit heiserer Stimme: »Schnell, meinen lila Rock!«

»Überflüssig«, sagte Balbi und kam ihm schwankend entgegen. »Du kannst sie auch in Hemdärmeln empfangen. Aber verlange einen ordentlichen Preis!«

Und als Balbi in das verständnislose Gesicht seines Gefährten blickte, blieb er stehen, lehnte den Rücken gegen die Wand, verflocht die Finger über dem Bauch und begann mit schwerer Zunge und mit geheimer Freude über den gelungenen Streich zu erzählen: »Vorläufig sind nur drei gekommen, aber alle drei haben Geld im Beutel. Der eine, der Bäcker, ist schon sehr alt. Er steht da hinter der Tür. Er ist alt und taub; gib acht, daß du ihm die vertraulicheren Dinge nur in der Zeichensprache mitteilst, sonst weiß bis morgen früh ganz Bozen von seiner peinlichen Angelegenheit. Dann ist der Hauptmann Petruccio gekommen, der Stutzer. Jetzt sieht er allerdings nicht sehr stattlich aus. Er steht an das Treppengeländer gelehnt, schaut hinab, und sein Gesicht ist so finster, als dächte er an Mord oder Selbstmord. Mit ihm wirst du leichtes Spiel haben, denn er ist dumm. Auch der Sekretär des Vikars ist pünktlich erschienen. Er ist noch ganz jung und möchte am liebsten in Tränen ausbrechen. Und es werden noch andere eintreffen. Denn du mußt wissen, Meister, daß dein Ruf die Leute unwiderstehlich anlockt. Schon am Tag unserer Ankunft bestürmten sie mich in den Winkeln der Schenken und unter den Haustoren, dann auch in den Geschäften und Werkstätten und selbst auf der Straße, drückten mir Geld in die Hand, luden mich zu einem Glas Wein oder zu einer gebratenen Gans und baten inständig, bei dir eingeführt zu werden.«

»Was wollen sie?« fragte er mißgestimmt.

»Vielleicht Ratschläge?« rief Balbi. Und er hob zwei Finger empor, schielte mit verdrehten Augen darauf und schüttelte sich vor unterdrücktem Lachen.

»Ich verstehe«, sagte Giacomo und setzte sich in den Lehnstuhl.

»Hör mich an«, fuhr Balbi vorsichtig fort, »verkauf deine Ratschläge nicht zu billig! Wie lange willst du noch hierbleiben? Einen Tag? Eine Woche? Ich werde dafür sorgen, daß dieses Treppenhaus sich jeden Nachmittag mit Besuchern und Hilfesuchenden füllt, wie bei den berühmten Ärzten, zu denen man die Todgeweihten und Fallsüchtigen bringt. Verlange mindestens zwei Goldstücke für jeden Rat. Ich habe in Venedig viel gelernt. Dort in der Einsamkeit«, so bezeichnete Balbi verschämt den Kerker, »kam ich darauf, daß ein guter Einfall scharf wie ein Meißel und wertvoll wie Gold sein kann. Du bist doch so klug, Giacomo, und die Geldbeutel der Leute sind mit Dukaten gefüllt. Verkaufen wir deine Weisheit nach Pfunden, willst du? Ich schicke dir jetzt den Bäcker herein.«

So erschienen sie einer nach dem anderen an jedem Nachmittag vor der Tür seines Zimmers. Er hatte diese neuartige Kurpfuscherei in seiner wechselvollen Laufbahn bisher nicht erprobt: Die Leute kamen, zermürbt von seelischer Not, und standen in langer Reihe im Treppenhaus des »Hirschen«; statt verstauchter Arme und gebrochener Knöchel brachten sie ihre kranken Herzen und ihr verwundetes Selbstgefühl zur Untersuchung. Was erhofften sie? Es war das Wunder. Sie verlangten nach Liebe, die ihre Eitelkeit befriedigte, sie wollten die Seelen anderer besitzen, ohne selbst etwas zu geben, sie suchten Vergessen und Zärtlichkeit und verlangten

Opfer, ohne selbst mehr opfern zu müssen als ein oder zwei Goldstücke... Verwundete und Gedemütigte standen hier, Schwache und Feige, solche, die nach Rache lechzten, und andere, die um Verzeihung ihrer Sünden flehten. Diese seelische Quacksalberei war eine alte Kunst, die man nicht erlernen mußte, denn jeder Venezianer hatte sie im kleinen Finger und wußte Bescheid über die Irrwege des Herzens und der Sinne. Auch er hatte das Verständnis dafür als Erbe mitbekommen und widmete sich, nachdem er die Leiden der Kranken und die wunden Punkte in ihrer Seele erkannt hatte, mit leidenschaftlichem Eifer der Abhilfe.

Bald wußte man allerorten, daß er jeden Nachmittag Besucher empfing, und Balbi hielt strenge Ordnung unter den Klienten.

Als erster erschien der taube Bäcker, den trotz seiner siebzig Jahre die Leidenschaft erfaßt und zu Boden gezwungen hatte. Auf den Stock gestützt, trat er ins Zimmer, gebeugt und plump, sein Bauch hing bis zu den Knien. »So war die Geschichte«, schnaufte er und blieb in der Mitte des Zimmers stehen, während er mit dem kurzen, krummen Stock einen Kreis in der Luft beschrieb. Dann begann er zu erzählen. Alle wurden gesprächig, nachdem die erste Scheu und das verlegene Schweigen nach ihrem Eintritt überwunden war. Der Bäcker redete überlaut und erbost, in der leidenschaftlichen und argwöhnischen Art der Schwerhörigen, und mußte mit warnenden Handbewegungen zu ruhigerem Sprechen ermahnt werden. Er klagte mit weithin schallender Stimme, daß er Lucia nicht länger ertragen könne. Es sei jetzt nur die Frage, ob er sie der Inquisition übergeben, sie mit beiden Händen erwürgen oder im großen Backofen verbrennen solle. Auf diese einfache Art wollte der siebzigjährige Bäckermeister Grilli, Vorstand der Bäckerinnung, alle die Person Lucias betreffenden Fragen erledigen.

Der um Rat Befragte schwieg zunächst. Er verschränkte die Arme über der Brust, legte zwei Finger an das Kinn, wie es sich für einen Gelehrten geziemt, und betrachtete unter zusammengezogenen Brauen mit forschendem Blick den leidenschaftlichen Greis. »Ein schwieriger Fall!« sagte er dann mit so lauter Stimme, daß es sogar der Bäcker hören konnte. »Ein verdammt schwieriger Fall!« Mit einer raschen Bewegung ergriff er den Alten am Arm, zog den erschrockenen und widerstrebenden Mann zum Fenster, faßte mit beiden Händen das verrunzelte Gesicht, drehte es gegen das Licht und blickte prüfend in seine verklebten Augen. Sie verhandelten lange miteinander. Der Bäcker weinte, häufig aufschnupfend und hilflos; was er lange in sich verschlossen hatte, begann nun zu sprechen. Es war ihm unmöglich, die Kränkung zu überwinden, sie würde ihn bis ins Grab begleiten.

»Kauft ihr ein paar Ringe«, sagte der Fremde nach langem Überlegen. »Beim Geldwechsler Mensch sah ich einige schöne Stücke, mit Saphiren und Rubinen.« Der Bäcker seufzte. Er habe ihr schon Ringe geschenkt, auch eine goldene Kette, ein kleines Kreuz mit einem Diamanten und eine silberne Statue des Heiligen von Padua. Doch nichts habe geholfen. »Dann kauft ihr Seidenstoffe für drei Röcke, der Karneval steht vor der Tür.« Doch der Bäcker wehrte ab und wischte sich verschämt die Tränen von den Wangen. Die Schränke daheim, sagte er, sind mit Seiden, Linnen, Tuch und Brokat gefüllt. Sie schwiegen eine Weile. »Schickt sie zu mir«, entschied Giacomo dann mit raschem Entschluß.

Der Bäcker brummte etwas vor sich hin und zog sich langsam und mißtrauisch in Richtung der Tür zurück. »Zwei Dukaten!« sagte der Fremde, nahm das Geld, warf es auf den Tisch und begleitete seinen Gast höflich hinaus. »Schickt sie mir am Vormittag«, sagte er noch, als wäre dies eine große Gefälligkeit, »nach der Messe, da habe ich mehr Zeit. Ich werde sie schon ins Gebet nehmen. Vorläufig tötet sie nicht!«

Er öffnete die Tür und wartete, bis der alte Mann, bedrückt von der Unterredung und der eigenen Hilflosigkeit, die Schwelle überschritten hatte. »Ist noch jemand da?« rief er ins finstere Treppenhaus und tat, als sähe er nicht die im Dunkeln wartenden Gestalten.

»Oh, der Herr Hauptmann! Bitte hier herein!« sagte er höflich. Und er schloß die Tür hinter dem düster dreinblickenden Krieger.

So empfing er seine Patienten. Die Verschiedenartigkeit der Krankheitsbilder überraschte ihn nicht, denn er wußte, daß sich hinter der wechselnden Erscheinung stets das gleiche Grundübel verbarg. Er sann darüber nach, wenn er allein im Zimmer war, und kam zu dem Schluß, daß hinter jedem Liebesleid die Selbstsucht steht; sie fordert alles, was ein Mensch vom anderen fordern kann, nach Möglichkeit so, daß sie dafür nichts Wesentliches zu opfern braucht; die Selbstsucht, die der geliebten Person Paläste und Edelsteine kauft und glaubt, mit solchen Geschenken auch die seelischen Werte hingegeben zu haben, ohne die es keine wahre Liebe und keinen Frieden des Herzens gibt; die Selbstsucht, die Zeit und Geld, Leidenschaft und Zärtlichkeit an das geliebte Wesen verschwendet und nur das letzte Opfer nicht bringen will: sich selbst. Die Selbstsucht, die nicht willens ist, die eigene Seele dem anderen hinzugeben, ohne etwas dafür zu verlangen.

Denn das fordert der Liebende, dieser sonderbare Tyrann. Alles gibt er hin, Geld, Zeit, auch seinen Namen und seine Hand, nur mit einem geizt er, und das ist gerade er selbst. Lucia oder Giuseppe oder Petruccio, der stattliche Hauptmann, der hier in der Mitte des Zimmers stand, seinen Säbel mit beiden Händen umklammert hielt und so finster vor sich hin sah, als würde er zur Richtstätte geführt.

»Was bedrückt Euch?« fragte Giacomo freundlich. Der Hauptmann sah sich jetzt um, mit einer langsamen Drehung des Kopfes wie ein Raubtier im Käfig. Dann beugte er sich zum Ohr des anderen und flüsterte ihm sein Geheimnis zu. Der Fremde schüttelte den Kopf und zischte entrüstet. Hier wußte er keinen Rat. »Ihr solltet sie verlassen«, sagte er leise, »Ihr seid doch ein Mann, ein Soldat.« Doch der Hauptmann schwieg, so wie die Toten in ihren Gräbern schweigen, wenn sie begriffen haben, daß sie nun in alle Ewigkeit so liegen müssen. Er antwortete nicht auf diesen Rat, wie wenn seine Kränkung zu groß wäre, als daß man darüber verhandeln könnte. »Ihr müßt sie verlassen!« wiederholte Giacomo mit Wärme und Mitgefühl. »Und wenn Ihr es nicht ertragen könnt, so ist es noch immer besser als dieses Leid.«

Der Hauptmann seufzte tief; er wußte, daß es für seine Not keinen Rat und kein Heilmittel gab, und dachte im tiefsten Grunde des Herzens: »Ich will dieses Leid doch lieber ertragen, als ohne sie zu leben.« Ihm war nicht zu helfen.

So kamen viele, und jeder klagte ihm seine Not. Der junge Sekretär des Vikars war jetzt an der Reihe. Sein Gesicht war voller Pusteln, er hatte Petrarca gelesen und fand nicht den Mut, der Dame seines Herzens zu schreiben. Giacomo verfaßte den Brief für ein Goldstück, geleitete seinen Gast mit ernster Miene hinaus, kehrte ins Zimmer zurück und begann aus vollem Halse zu lachen. Er warf die Goldstücke in die Luft, gab Balbi seinen Anteil und schüttelte ihm in ausgelassener Freude die Hand.

»Du Wunderdoktor!« rief Balbi und lachte mit heiser wiehernder Stimme.

Eines Tages kam in eisiger Kälte eine Frau aus der Umgebung der Stadt, sie war nicht mehr jung, doch von stattlichem Wuchs und sicherer Haltung. Aus ihren dunklen Augen flammte das Feuer der

Leidenschaft und der verletzten Eigenliebe. »Ich bin im Schneesturm gekommen«, sagte sie mit rauher, erregter Stimme; sie blieb vor dem Kaminfeuer stehen, öffnete den Pelzmantel und wartete, bis die glitzernden Eiskristalle von Schleier und Schultertuch geschmolzen waren. »Das eine Pferd ist am Weg verendet, wir sind fast erfroren. Doch ich bin gekommen, weil die Leute sagen, daß Ihr die Herzen der Menschen durchschaut und daß Ihr Euch auch auf Magie versteht.« Er bot ihr einen Platz an und achtete sorgsam auf jede ihrer Bewegungen. Er kannte die Frauen in jedem Lebensalter, und besonders in diesem Seelenzustand. Sie war über Vierzig, kräftig und von gesundem Aussehen; eine Frau, die sicherlich in der Küche selbst zugriff, den Wäscheschrank in peinlicher Ordnung hielt und für den Mann ihrer Wahl mütterlich sorgte; eine Frau, die gewohnt war zu befehlen und deren Weisungen das Gesinde, die Gäste, die Verwandten und Freunde respektvoll befolgten. Sie war heftig in ihrem Zorn und in ihren Gefühlsausbrüchen, stets bereit, Maulschellen auszuteilen, dann aber mit einer einzigen Bewegung ihrer kräftigen Arme den Mann ihres Herzens in leidenschaftlicher Umarmung an ihren Busen zu pressen. Der Schnee, die Kälte der lombardischen Ebene, der feuchte Nebel der Etsch umflossen ihre Erscheinung. »Ich bin zu Euch gekommen«, begann sie mit erkünstelter Ruhe, »obwohl daheim die große Wäsche und vieles andere auf mich wartet und obwohl man mir sagte, daß hier in den Bergen die Reisenden oft von hungrigen Wölfen angefallen werden. Ich bin Toskanerin«, setzte sie selbstbewußt hinzu.

Der Fremde verbeugte sich: »Und ich bin Venezianer«, antwortete er und sah seinem Gast zum erstenmal in die Augen.

»Ich weiß es«, sagte sie kurz, »deshalb bin ich auch gekommen. Man sagt, Ihr kennt das Geheimnis der liebenden Herzen. Und nun urteilt selbst: Sehe ich aus wie eine Frau, die um die Liebe eines Mannes bettelt? Wer hält daheim das Haus in Ordnung, wer geht zur Erntezeit auf die Felder, wer hat in Florenz neue Möbel gekauft, als es galt, vor der Welt Rang und Wohlstand zu zeigen? Wer sieht nach den Pferden, wer flickt die Strümpfe und die Wäsche des verwöhnten Herrn? Wer denkt daran, daß Blumen auf dem Tisch stehen und daß an seinem Geburtstag die Musikanten aufspielen? Wer sorgt dafür, daß jeder Laune seiner empfindlichen Eingeweide und seines wählerischen Magens stattgegeben wird? Wer steigt auf der halsbrecherischen Stiege in den Keller hinab, um den Wein zu schwefeln; wer achtet darauf, daß das Wasser auf seinem Nachttisch gezuckert ist, weil sein von den Zechgelagen und Abenteuern geschwächtes Herz den Zucker braucht? Wer drückt die Augen zu, wenn er, von Liebesbrunst befallen, nicht einmal mit Stricken zu Hause zu halten ist, und wer schweigt, wenn sein Rock und seine Wäsche den verdorbenen Geruch fremder Frauen verströmen? Wer ertrug dies alles, wer arbeitete und schwieg? Man sagt, Ihr seid ein Kenner der Frauen und der gelehrte Doktor der Liebe. Seht, ich habe zwei Kindern das Leben geschenkt, ich habe drei andere zu früh geboren und habe vergebens vor dem Bild der Jungfrau gekniet, damit sie erhalten blieben. Ich weiß, es gibt jüngere Frauen als mich, die verheißungsvoller die Augen verdrehen und sich verlockender in den Hüften wiegen. Aber trotz allem: Bin ich eine Frau, vor deren Kuß man sich abwenden muß?... Seht her«, rief sie mit heiserer Stimme und schlug den Pelzmantel zurück.

Ein Kleid aus lila Seide wurde sichtbar, ein venezianischer Spitzenschleier bedeckte das dichte dunkelbraune Haar, eine goldene Spange hielt das Kleid über den wohlgeformten Brüsten, sie war groß und kräftig, ohne eine Spur von Fett, eine gutgebaute Frau mit vollen weißen Armen und stolz erhobenem Kopf: So stand sie vor ihm.

Er verneigte sich unwillkürlich in männlicher Huldigung. Eine leichte Röte überzog das hübsche Gesicht der Frau. »Laßt das«, sagte sie leiser und ein wenig verwirrt. »Ich bin nicht im Schneesturm nach Bozen gekommen, um von einem fremden Mann Komplimente entgegenzunehmen. Ich brauche keinen Trost. Ich weiß, daß ich noch einige Jahre einem Mann, der mich liebt, ein vollkommenes Glück schenken kann. Warum ist dann aber«, fragte sie mit zitternder Stimme und zog fröstelnd den Pelz über der Brust zusammen, »warum ist dann aber das, was ich wollte, niemals gelungen?«

Sie schluckte mehrmals während des Sprechens, als wollte sie die Tränen zurückhalten. Sie sprach in bescheidenem Ton, aus ihrer Stimme war der toskanische Stolz verschwunden. »Was hätte ich denn tun sollen? … Ich habe ihm alles gegeben, was eine Frau dem Mann geben kann: Leidenschaft und Geduld, Kinder und Abenteuer, Ruhe und Sicherheit, Zärtlichkeit und ein sorgenfreies Leben. Man sagt, daß Ihr die Liebe so kennt wie der Goldschmied die edlen Metalle, sprecht, prüfet mein Herz, urteilt und ratet mir. Was hätte ich tun sollen? Ich habe mich gedemütigt, war die Geliebte meines Mannes und hatte sogar Verständnis für seine Seitensprünge, denn so war nun einmal seine Natur. Und ich wußte, daß er dann vor der Welt, vor der Leidenschaft und vor den Abenteuern immer wieder zu mir flüchten würde, denn er ist nicht mehr jung, und er fürchtet den Tod. Manchmal wünschte ich, daß er schon alt wäre und ganz mir gehörte, daß ihn die Gicht plagen sollte und ich seine Schmerzen durch Umschläge lindern könnte, Gott verzeih mir die Sünde! Ich habe ihm alles gegeben, was hätte ich ihm noch geben sollen?« fragte sie in klagendem Ton.

Der Fremde stand schweigend, mit verschränkten Armen vor ihr. Dann sagte er höflich und bestimmt, als verkünde er ein Urteil: »Das Glück, Signora!«

Die Frau senkte den Kopf und hob das Taschentuch an die Augen. »Ihr habt recht«, seufzte sie, »nur das Glück konnte ich ihm nicht geben.«

Die Frau aus der Toskana sah zu Boden und spielte zerstreut mit der goldenen Spange an ihrer Brust. Dann sagte sie: »Glaubt Ihr nicht, daß es Männer gibt, die man nicht glücklich machen kann?

Vielleicht liebe ich ihn gerade deshalb. Es gibt Männer, die das Glück nicht verstehen und so, wie der Taube die Musik nicht hört, nichts von der Wonne des Glücks wissen. Ihr habt recht, er war bisher niemals glücklich. Denn seht, dieser Mann, der trotz allem nach weltlichen und himmlischen Gesetzen mir angehört, hat auch anderswo das Glück nicht gefunden, obgleich er es seit fünfzig Jahren so leidenschaftlich sucht wie der Goldgräber den verborgenen Schatz, dessen Versteck er vergessen hat. Er ist dem Glück nachgejagt, ich habe meinen Schmuck geopfert, damit er reisen konnte, denn glaubt mir, ich wollte nichts anderes, als ihn glücklich zu sehen: Mochte er sein Glück finden, zu Wasser oder zu Lande, in fremden Städten, in den Armen von schwarzen oder gelben Frauen, wenn dies nun einmal sein Schicksal war… Doch er kehrte immer zurück und saß neben mir, trank ein Glas Wein, las etwas, aber dann ist er wieder für eine Woche mit einem geschminkten Frauenzimmer verschwunden, am liebsten mit Schauspielerinnen. So ist er. Was soll ich tun? Soll ich ihn mit Verachtung strafen? Soll ich ihn töten? Soll ich fliehen oder meinem Leben ein Ende machen? Jeden Morgen nach der Messe knie ich in unserer kleinen Kapelle vor dem Bild des Erlösers und prüfe mein Herz; ich habe es auch jetzt getan, bevor ich Euch aufsuchte. Ich will nun wieder heimgehen und meinen Groll begraben. Ihr habt recht, ich konnte ihm das Glück nicht geben. Jetzt will ich mich damit bescheiden, ihm zu dienen. Doch glaubt Ihr nicht, sagt es mir um der Liebe Christi willen, glaubt Ihr nicht, daß es Männer gibt, die das Glück nicht zu erkennen vermögen? Sie suchen es in den Armen der Frauen, in ehrgeizigem Streben, in der weiten Welt, in gefährlichen Kämpfen oder im Klang des Goldes, überall suchen sie es und wissen doch, daß ihnen das Leben alles schenken kann – nur gerade das Glück nicht? Kennt Ihr einen solchen Mann?«

Er senkte den Blick. Dann sagte er langsam: »Ja, ich kenne einen solchen Mann. Er steht hier vor Euch.«

Er breitete die Arme aus und verbeugte sich tief, gab damit zugleich das Zeichen, daß die Aussprache beendet sei.

Die Frau sah ihn lange nachdenklich an. Sie schloß ihren Pelz mit zitternden Fingern, und als sie zur Tür gingen, sagte sie leise zum Abschied: »Ja, ich habe es gefühlt… Schon als ich ins Zimmer trat, wußte ich, daß Ihr zu diesen Männern gehört. Vielleicht habe ich es schon daheim gefühlt, als ich mich im Schneesturm zu Euch auf den Weg machte. Auch er ist so einsam und traurig… Doch Ihr wißt mehr von Euch selbst; ich höre das aus Eurer Stimme, sehe es in Euren Augen und fühle es in Eurem Wesen. Warum sind diese Menschen so? Vielleicht weil Gott sie mit Vernunft geschlagen hat und weil sie alle Gefühle statt mit dem Herzen nur mit ihrem Verstand zu erkennen vermögen? Ich habe mich das wieder und wieder gefragt, aber ich bin nur eine einfältige Frau; schüttelt nicht den Kopf, ich weiß, warum ich das sage. Ich sage es nicht aus Bescheidenheit, denn ich weiß, daß es noch eine andere Bildung gibt als das überhebliche Wissen des Verstands, nämlich das Wissen des Herzens. Seht, ich bin mit kummervollem Herzen zu Euch gekommen, und jetzt, beim Abschied, bin ich es, die Euch bedauert. Was schulde ich Euch?«

Sie zog einen langen, aus silbernem Garn gewebten Geldbeutel aus ihrem Pelz.

»Von Euch«, sagte er und verbeugte sich nochmals, so als bedanke er sich für einen Tanz, »nehme ich kein Geld an.«

»Warum?« fragte sie erstaunt, »Ihr lebt doch davon?«

Er zuckte die Achseln. »Ihr wart im Leben stets die Benachteiligte, liebe Frau. Und ich möchte, daß Ihr einst sagen könnt, Ihr seid einem Mann begegnet, der Euch etwas ohne Gegenleistung geschenkt hat.«

Er geleitete sie ins Treppenhaus, hob die Kerze in die Höhe und leuchtete ihr die Stufen hinab, denn es war dunkel geworden, und in den Gängen des »Hirschen« huschten schon die Fledermäuse.

Der Vertrag

Von der Marienkirche ertönten die Glocken, und unten im Speisezimmer des »Hirschen« klapperte man mit Tellern und Schüsseln, denn es wurde schon zum Abendessen gedeckt. Da vernahm er das Läuten der silbernen Schellen eines Schlittens und blieb horchend und gespannt noch einen Augenblick über das Treppengeländer gebeugt stehen. Der Schlitten hielt vor der Toreinfahrt, man rief hinauf, Bedienstete eilten herbei und brachten Laternen, in den Speiseräumen wurde es still, und auf den Gängen verebbte das ihm vertraute Durcheinander der Gasthöfe fremder Städte.

Wenn er am Abend aus seinem Zimmer trat, in schwarzen Halbschuhen mit goldenen Schnallen, im lila Frack und schwarzen Seidenmantel, mit gepudertem Haar, den schmalen Degen an der Seite, in den Taschen die sorgfältig in Fischblasen gewickelten Dukaten und die präparierten Karten, wenn er, so gerüstet zu nächtlichem Abenteuer, die Treppen und Gänge des fremden Gasthofs durchquerte und sich vorstellte, daß jetzt in vielen Zimmern der Stadt Frauen im Kerzenschein vor dem Spiegel saßen, ihr

Haar mit Blumen schmückten und den Körper mit Wohlgerüchen und Puder verwöhnten, während in den Theatern die Musikanten ihre Instrumente stimmten und alle Welt sich zum Abend rüstete, der Abenteuer und Freude verhieß: dann liebte er es, im Treppenhaus zu verweilen, auf das gedämpfte Geräusch des Gasthofbetriebs zu hören und dem leisen Klirren von Glas, Silber und Porzellan zu lauschen.

Denn für ihn gehörten die Vorbereitungen zum Fest, gehörte das Vorspiel, das von Erwartung getragene festliche Vorgefühl zum Schönsten im Leben. Sich am Abend ankleiden, wenn die Kirchenglocken verklungen waren, wenn weiße Hände die Fensterläden der Häuser zuzogen und das Heim von der Außenwelt abschlossen, so daß es zu einer Welt für sich wurde; sich für den Abend rüsten in Erwartung der kommenden Dinge, die Glück oder Verderben bringen konnten; dann mit sicheren und leichten Schritten zwischen den Häusern ausschreiten, den dämmernden Ufern einer im Dunkeln versinkenden Welt entgegen: diese Stunde des Tages liebte er am meisten.

Dann änderte sich sein Gang, sein Gehör wurde schärfer, seine Sehkraft verstärkte sich, und sein Auge leuchtete; dann erwachten uralte Instinkte in ihm, dann fühlte er sich wie auf freier Wildbahn im Wald, wenn nach Sonnenuntergang das arglose Wild zur Tränke zieht und die großen Räuber, mit erhobenem Kopf in die Dämmerung witternd, unbeweglich im Hinterhalt liegen. Darum lauschte er mit Vorliebe dem Treiben da unten, dem Gläserklirren und Tellerklappern, das aus den Speiseräumen zu ihm drang. Die Welt schien ihm in diesem Augenblick festlich und von Freude erfüllt. Und welches Gefühl läßt das menschliche Herz höher schlagen als die erwartungsvolle Spannung vor einem Fest?

Doch jetzt war der Lärm verstummt, eilige Schritte hasteten über die Stiegen und Gänge. »Ein vornehmer Gast«, dachte er. Auch ihn erfaßte die allgemeine Erregung, die sich im Haus verbreitete: Für sein feines Gehör besaß das Wort »Gast« einen Zauberklang, ähnlich wie Beute, Erfolg, Überraschung, Gelegenheit, kurz, das Beste, was einem beschieden sein kann.

Der Schein von Fackeln drang in das Treppenhaus, einzelne Worte einer herrischen Stimme wurden laut, der Gast stand wohl schon in der Eingangstür, und der Wirt verbeugte sich mit vielen Bücklingen, nahm Anweisungen entgegen und stellte alle erdenklichen Annehmlichkeiten in Aussicht. »Ein anspruchsvoller Gast«, dachte er mit sachkundigem Verständnis, denn er war selbst ein solcher und liebte es, lange zu verhandeln und in die Küche zu gehen, um den versprochenen Kapaun oder Rehrücken auf Güte und Ausmaß zu prüfen; oder die Flaschen eines besonders gepriesenen Jahrgangs aus dem Keller bringen zu lassen, mit strenger Miene zu kosten, das edle Naß mit einer Grimasse zurückzuweisen, neue Flaschen zu prüfen und schließlich gnädig zu genehmigen; den Wirt dann noch anzuweisen, die Kastanien für die Füllung des Truthahns in Milch und

Vanille zu kochen und den Burgunder genau vierzig Minuten vor Beginn der Mahlzeit zu wärmen: und sich erst dann an den Tisch zu setzen und den Blick erwartungsvoll schweifen zu lassen.

Es wird noch verhandelt, dachte er, weil die befehlende Stimme und auch die untertänig flüsternde des Wirtes noch nicht verstummt waren. Vielleicht ein Gast vom Lande, es fiel ihm ein, daß bei Francesca heute Maskenball war, zu dem die Vornehmsten aus der Umgebung der Stadt geladen waren. Von diesem Fest sprach man schon seit Tagen; die Schneider, Schuhmacher und Modenhändler, die Nähmamsellen und Friseure beklagten sich stolz, sie könnten die Arbeit nicht bewältigen. Die ganze Stadt war erfüllt von der aufgeregten Geschäftigkeit und gehobenen Stimmung, die einem solchen Fest vorangehen und von der auch jene ergriffen werden, die nicht daran teilnehmen. Wahrscheinlich, dachte er, werden viele Gäste nach dem Ball im »Hirschen« übernachten, denn die Herren aus der Umgebung und ihre Damen werden kaum im Morgengrauen in ihren Schlitten, mögen ihre Pelze und Fußsäcke auch warm sein, auf den tiefverschneiten Bergstraßen nach Hause fahren wollen. Auch dieser anspruchsvolle Gast geht gewiß auf das Fest, dachte er mit dem Neid des Zurückgesetzten, der plötzlich gewahr wird, daß er von etwas ausgeschlossen wurde, wonach er sich sehnt. Einen Augenblick hörte er noch den Disput der beiden mit an, dann wandte er sich seinem Zimmer zu, um einzutreten.

»Also niemand!« sagte jetzt die herrische Stimme unten im Eingang zum Treppenhaus. Die Antwort blieb aus; er glaubte den Wirt zu sehen, wie er, die Arme über der Brust gekreuzt, mit vorgebeugtem Oberkörper, alle Wünsche des Gastes zu erfüllen versprach. Doch der Klang dieser Stimme ließ ihn an der Schwelle seines Zimmers haltmachen. So bekannt schien sie ihm, so sonderbar und unauslöschlich vertraut wie nur die Stimme eines Menschen, dem man in schicksalsvoller Stunde begegnet ist. Diese Vertrautheit war für ihn im Leben stets richtunggebend gewesen, wie eine Magnetnadel. Auch jetzt hob er horchend den Kopf. Er stand in der Tür, die Hand auf die Klinke gelegt, die Züge aufs äußerste angespannt, als fühlte er das Nahen einer entscheidenden Stunde. Er wußte nun, daß diese Schritte, die langsam und bedächtig in gleichmäßigem Takt die Treppen heraufkamen, ihn selbst betrafen, daß diese Stimme ihm persönlich etwas mitzuteilen hatte, daß der Besuch des anspruchsvollen Gastes ihm galt und daß das Bild seines Sternenhimmels wieder einmal innerhalb weniger Augenblicke wechseln würde. Er holte tief Atem und lauschte. Es hatte eben acht Uhr geschlagen. Die Schritte hielten jetzt an, der Gast war wohl auf dem Treppenabsatz stehengeblieben, um auszuruhen.

In diesem Augenblick war es so still im »Hirschen«, auch im Speisesaal und im Ausschank, wo alle Geräusche verstummt waren, daß man das Fallen der Schneeflocken hätte hören können; es war, als ob die Stadt, die verschneiten Straßen, die Berge und die Sterne den Atem anhielten. Immer ist es so still, wenn sich das Schicksal eines Menschen erfüllt, dachte er in diesem Augenblick; und er lächelte befriedigt über seinen Einfall, denn er war ein Dichter.

Dem Zug voran kam der Wirt mit rückwärts gewandtem Gesicht, während des Gehens Erklärungen und Beteuerungen stammelnd, auf dem kahlen Kopf eine ländliche Mütze aus rotem Garn, wie sie neuerdings die Wirte in Paris und die Freidenker trugen, vor dem unförmigen Bauch die Lederschürze, da er eben aus dem Keller gekommen war, wo er nach alter Gewohnheit den Wein gepantscht hatte. Er ging dem Zug voraus mit der gespielten Unterwürfigkeit jener, deren Beruf es ist, vornehme Gäste zu empfangen und zu bedienen und am Morgen nach der Abreise alles wieder in Ordnung zu bringen und das zu beseitigen, was auch der höchstgestellte Gast im Zimmer zurückläßt.

Dem Wirt folgte auf dem Fuße ein ganzer Troß: Vier Menschen umgaben den fünften, zwei gingen vor ihm und zwei hinter ihm, und jeder dieser Begleiter hielt einen fünfarmigen silbernen Leuchter empor; Lakaien in schwarzseidenen Wämsen, Kniehosen, mit weißen Perücken, silbernen Halsketten und Pelzumhängen, in steifem Gleichschritt und starrer Haltung, wie Marionetten in einer Jahrmarktsbude. Zwischen den brennenden Lichtern schritt langsam der Gast. Vorsichtig sah er auf jede Treppenstufe, bevor er den Fuß darauf setzte; den mageren Körper umspielte ein lila Reisemantel, der bis an die Knöchel reichte und dessen breiter Biberkragen die schmalen Schultern bedeckte. Auf einen Stock mit silbernem Griff gestützt, kam er bedächtig die Treppe hinauf, die Spitze des Stocks sorgsam auf die nächste Stufe setzend, als müsse er jeden Schritt bedenken, nicht nur mit dem Hirn, sondern auch mit dem Herzen, besonders mit letzterem, weil ihn das Treppensteigen erschöpfte. Der Zug bewegte sich mit dem umständlichen Zeremoniell, das hochgestellte Personen umgibt, die ihre persönliche Bewegungsfreiheit fast verloren haben und zu Sklaven ihres Ranges und der mit ihrer Stellung verbundenen Pflichten geworden sind.

Er ist nicht umsonst der Vetter des Königs von Frankreich, dachte der Fremde, in der halbgeöffneten Tür seines Zimmers stehend. Er trat ein wenig in den Schatten zurück, denn der Zug hatte jetzt bei der Biegung des Ganges das Stockwerk erreicht, die Lakaien bildeten ein Spalier und warteten, bis ihr Herr wieder zu Atem kam. Giacomo hatte den Grafen von Parma schon erkannt, bevor er seine Stimme vernommen hatte, denn der Graf gehörte ja zu den »Bekannten«, zu jenen, die auf besondere Art in unser Leben eingreifen. Er hatte ihn schon gewittert, als er ihn noch gar nicht gesehen hatte, als die Toskanerin sein Zimmer verließ, um in ihr freudloses Dasein und zu ihrem reiselustigen, aber dennoch unglücklichen Gatten zurückzukehren; er hatte ihn erkannt, als der Schlitten vor dem Haus stehenblieb und der Wirt ihn ehrerbietig empfing. Nur wenige verstanden es, so ihren Einzug zu halten; er beobachtete die Ankunft mit sachverständigem Interesse, schwankend zwischen Bewunderung und Verachtung, ein wenig wie ein Wirt, Portier oder Kellner, der weiß, was der Reisende großen Stils erwartet und fordert. Dieser Einzug entsprach in allem der Stellung und dem Rang eines hohen Gastes, der sich diesen Zeremonien willig unterwarf, auch hier in diesem Gasthof, als zöge er in sein Palais in Bologna, draußen der verschneite Schlitten, an dessen Seiten die unterwegs erlegten Füchse, Wölfe und Wildeber hingen, oder als hielte er in Paris bei Monsieur Voisin oder im berühmten »Gasthof zum silbernen Turm« seinen Einzug; oder als stünde sein Wagen vor einem Seitenflügel des Versailler Schlosses, wo sein hoher Vetter residierte und sich mit den Damen des Hofes amüsierte.

Der Graf von Parma war im »Gasthof zum Hirschen« nicht angekommen, sondern hatte seinen Einzug gehalten, er war die Treppen nicht hinaufgestiegen, sondern hatte sich hinaufgeleiten lassen, und er war nicht im Stockwerk stehengeblieben, sondern hatte wie das Schicksal Gestalt angenommen.

Der Beobachter richtete sich jetzt auf und überflog mit forschenden Blicken den dunklen Gang, dessen tiefe Nischen plötzlich erhellt wurden: Das flackernde Licht der erhobenen Leuchter drang in die Winkel und Ecken und verjagte die flüchtigen Schatten.

Der Graf von Parma, Vetter Ludwigs XVI., vollendete in diesem Jahr sein zweiundsiebzigstes

Lebensjahr. Er ist gealtert, dachte Giacomo, als er den Ankommenden ins Auge faßte; er stand noch unbeweglich mit gespannter Aufmerksamkeit im Rahmen der Tür. Der feierliche Einzug soll mich wohl einschüchtern, dachte er und fühlte sich in seinem Selbstbewußtsein gestärkt. Mit scharfem Blick hatte er zu seiner Beruhigung festgestellt, daß der Graf ohne bewaffnetes Geleit und auch selbst unbewaffnet gekommen war. Sein Erscheinen, sein Auftreten schienen in der Tat eher eine Ehrung als eine Bedrohung zu bedeuten. In diesen frühen Abendstunden, da man sich im Palast schon zum Ball rüstete, zu einem großartigen Fest, das seit Tagen die ganze Stadt und ihre Umgebung in Atem hielt, konnte der Herr des Hauses nicht ohne besonderen Grund sein Heim verlassen und sich in so großartiger Begleitung auf den Weg in diese gewöhnliche Fremdenherberge machen. Er kommt natürlich zu mir! dachte Giacomo und fühlte sich geschmeichelt, daß man ihn endlich aufsuchte, noch dazu auf so feierliche Weise. Doch zu gleicher Zeit wußte er auch, daß dieser zeremonielle Aufzug nur eine herkömmliche Ehrung für ihn bedeutete, den Durchreisenden, mit dem der Graf von Parma vor Jahren an einem nebligen Morgen vor den Toren von Florenz einige Abschiedsworte gewechselt hatte; dieses Gepränge war der gewohnte und natürliche Lebensrahmen, der den Grafen ständig umgab, der zu ihm gehörte wie das farbenprächtige Gefieder zum Pfauen, der ein Rad schlägt, sobald ihn jemand erblickt. Er gab den Lakaien jetzt einen

Wink, auf die Seite zu treten. Er hatte die Gestalt im Türrahmen erkannt, hob das an goldener Halskette hängende Glas mit einer gewohnheitsmäßigen Geste an die Augen und betrachtete ihn aufmerksam prüfend, wie jemand, der nicht ganz sicher ist, ob er wirklich den Gesuchten vor sich hat.

»Er ist es«, sagte er dann kurz und befriedigt.

»Jawohl, Exzellenz!« bestätigte der Wirt untertänig.

Man sprach hier in seiner Gegenwart von ihm wie von einer Sache. Diese Unbekümmertheit belustigte ihn. Er rührte sich nicht von seinem Platz, beeilte sich nicht, den Gast zu begrüßen, und fiel auch nicht auf die Knie. Warum sollte er auch? In diesem Augenblick fühlte er eine mit leiser Verachtung gemischte tiefe Gleichgültigkeit allen Gefahren der Welt gegenüber. Wozu das alles? dachte er achselzuckend. Der Alte ist wohl gekommen, mich auszuweisen; vielleicht wird er drohen, mich nach Venedig auszuliefern, wenn ich nicht sofort abreise. Und warum? Francescas wegen?

Warum habe ich nicht längst diese Stadt verlassen, an die mich nichts bindet? Der Wucherer Mensch ist schon ausgepumpt, und von Messer Bragadin habe ich hier nichts mehr zu erwarten; die Küsse der kleinen Therese kenne ich zur Genüge, und Balbi wird nachts von eifersüchtigen Fleischergesellen mit Stöcken verfolgt. Weshalb sitze ich noch hier? Seit acht Tagen? Ich könnte längst in München sein, wo der Kurfürst von Sachsen eingetroffen ist und wo jeden Abend um große Summen gespielt wird.

Warum also bin ich noch hier? So dachte er, stumm und unbeweglich, während der Graf, der Wirt und die Lakaien ihn aufmerksam betrachteten, als ob er eine Sache wäre, die man zeitweilig verloren und nach einigem Suchen wiedergefunden hat: ein nicht gerade angenehmer, vielleicht auch nicht ganz sauberer Gegenstand, so daß man nun nachdenkt, wie man ihn anfassen soll, mit den Fingerspitzen oder mit der ganzen Hand oder vielleicht mit einem Scheuertuch, um ihn dann durch das Fenster hinauszuwerfen?

Solche Dinge gingen ihm durch den Kopf. Dann dachte er ohne Übergang: natürlich Francesca. Und in diesem Augenblick begriff er, daß alles notwendigerweise und folgerichtig so kommen mußte, daß es nicht erst gestern begonnen hatte und wohl auch nicht in dieser Nacht beendet sein würde. Einmal vor Jahren hatte diese Sache zwischen ihm, Francesca und dem Grafen ihren Anfang genommen, und nun würde die damals begonnene Zwiesprache fortgesetzt werden; deshalb war er nicht abgereist, deshalb stand er hier dem Grafen gegenüber, während die Lakaien ihre flackernden Lichter emporhielten.

»He!« rief er jetzt mit lauter Stimme und trat einen Schritt aus seinem Zimmer. »Ist jemand da?«

Diese Frage war scharf wie ein Schwerthieb, denn unverkennbar war »jemand« da – so augenscheinlich und nicht zu übersehen wie ein Berg, ein Fluß oder eine Burg. Dieser »Jemand« stand hier auf seinen Stock gestützt, mit etwas zur Seite geneigtem Kopf, der so wohlproportioniert und gepflegt über der schlanken Gestalt zwischen den Schultern saß wie eine von Meisterhand geschnitzte Elfenbeinfigur auf einem Spazierstock aus Ebenholz. Der kahle, gleichmäßig runde Schädel, der an den Schläfen und am Hinterhaupt von einem Kranz silberglänzender Haare umgeben war, sah aus wie gedrechselt.

Die Frage war beleidigend und großmäulig, denn selbst ein Blinder konnte fühlen, daß »jemand« angekommen war, den man nicht mit einem Seitenblick abtun oder dem man zurufen konnte: »He! – Ist jemand da?«, so daß die Lakaien erschrocken zusammenfuhren und der Wirt vor Entsetzen ein Kreuz schlug. Nur der Graf selbst schien nicht gekränkt zu sein. Er trat einen Schritt vor, und im hellen Licht der Kerzen konnte man sehen, wie sich sein schmaler Mund bei dem lauten Anruf zu einem Lächeln verzog. Die Frage gefiel ihm augenscheinlich. »Jawohl, ich bin es«, antwortete er mit ruhiger, trockener Stimme. Er sprach leise, wie jemand, der weiß, daß jedes seiner Worte von Gewicht und Bedeutung ist. »Ich habe mit Euch zu sprechen, Giacomo!«

Er trat vor, an dem Spalier der Lakaien vorbei, und befahl ihnen mit einer Handbewegung, sich zu entfernen. »Der Schlitten soll warten«, sagte er, »und ihr bleibt unten im Treppenhaus. Du sorgst dafür«, dies ging den Wirt an, »daß niemand uns stört. Wenn wir fertig sind, rufe ich dich.« Die Lakaien wandten sich zum Gehen und verschwanden mit ihren Lichtern im Treppenhaus. Der Wirt folgte ihnen mit eiligen, polternden Schritten.

Als sie allein geblieben waren, sagte der Graf höflich mit einer leichten Verbeugung: »Darf ich Euch bitten, mich für kurze Zeit in Euer Zimmer zu führen? Ich will Euch nicht lange stören.« Er sagte das fast bittend, in dem verbindlichen Ton eines Weltmannes, und dennoch klang es wie ein Befehl, dem man sich nicht entziehen konnte. Der also Angesprochene schämte sich nicht wenig wegen seines ersten barschen Anrufs. Er öffnete die Tür weit, verbeugte sich stumm und ließ seinen Gast in das Zimmer eintreten. Er schloß die Tür hinter sich.

»Ich danke Euch«, sagte der Gast, als er sich vor dem Kamin in den Lehnstuhl niederließ, den ihm der Hausherr wortlos zugewiesen hatte. Er hielt die schmalen weißen Hände gegen das prasselnde Feuer und wärmte sie eine Zeitlang, ohne zu sprechen. »Die Treppen, wißt Ihr«, sagte er dann in vertraulichem Ton, »die Treppen fallen mir schwer. Zweiundsiebzig ist eine hohe Zahl, man lernt langsam das Zählen. Ich freue mich, daß ich die Treppe nicht vergebens emporklettern mußte und daß ich Euch daheim angetroffen habe.«

»Ein Zufall«, murmelte der Hausherr.

»Nein, kein Zufall«, antwortete der Gast höflich und bestimmt. »Ich lasse Euch schon seit acht Tagen beobachten und weiß von jedem Eurer Schritte. Ich wußte auch, daß Ihr heute nachmittag zu Hause wart und Besucher empfangen habt, einfältige Leute, die Euch um Rat befragten. Ich aber bin nicht um Rat zu Euch gekommen.« Er sagte das in ruhigem Ton, wie ein älterer Freund, der für alle menschlichen Schwächen Verständnis hat. Trotzdem klang eine leise, kaum fühlbare Drohung aus diesen Worten.

Giacomo witterte Gefahr; sein Blick suchte instinktiv nach dem Dolch und wanderte vom Kaminsims zum Fenster. »Mit welchem Recht«, fragte er, die Arme über der Brust gekreuzt und an den Kamin gelehnt, »mit welchem Recht läßt mich der Graf von Parma überwachen?«

»Mit dem Recht der Selbstverteidigung«, sagte der Graf einfach und ohne Schärfe. »Ihr wißt vielleicht – und gerade Ihr solltet das wissen –, daß es neben der öffentlichen Gewalt noch eine andere gibt. Die Zeit, in der ich lebe, und mein Alter, das mir die Kräfte raubt, berechtigen mich dazu. Wir leben im Zeitalter der Reisen. In den Städten geben die durchreisenden Fremden einander die Klinke in die Hand, die Polizei ist mit Arbeit überbürdet, Paris meldet München, daß sich ein interessanter Gast auf den Weg gemacht hat, um dort sein Glück zu versuchen, und Venedig meldet Bozen, daß einer seiner talentvollsten Söhne auf der Durchreise in dieser Stadt Aufenthalt nehmen will. Ich kann mich nicht allein auf die Behörden verlassen. Meine Lage, mein Alter und mein Rang verpflichten mich, jeder Gefahr mit Voraussicht zu begegnen. Meine Leute sind wachsam und verläßlich; die besten Spürhunde der Umgebung arbeiten für mich und nicht für den Polizeihauptmann. Durch sie wußte ich früher von Eurer Ankunft als die Polizei. Ich hätte dies freilich auch auf anderem Weg erfahren, denn Euer Ruf war Euch vorausgeeilt und beunruhigte die Gemüter. Seit Ihr den Bereich der Stadt betreten habt, ist das Leben hier viel unruhiger geworden. Es scheint, daß Ihr die menschlichen Leidenschaften in Eurem Gepäck mitführt wie der reisende Kaufmann seine Musterkoffer. In den letzten Tagen ist ein Haus abgebrannt, ein Weingartenbesitzer hat in einem Anfall von Eifersucht seine Frau ermordet, und eine andere Frau hat ihren Gatten verlassen. Das ist freilich nicht unmittelbar Eure Schuld. Doch Ihr bringt die Unruhe mit Euch, so wie die Gewitterwolke den Blitz in sich trägt. Wohin Ihr auch geht, überall züngeln Aufregung und Leidenschaft empor. Ihr seid heute ein berühmter Mann«, setzte er in ehrlicher Anerkennung hinzu.

»Da überschätzt Ihr mich«, sagte der andere, ohne sich zu rühren.

»Durchaus nicht«, widersprach der Gast lebhaft. »Keine unangebrachte Bescheidenheit! Ihr seid ein berühmter Mann, und die Nachricht von Eurer Ankunft hat allenthalben Unruhe verbreitet; auch mir wurde darüber berichtet, ungefähr so, als ob die Pariser Oper zu einem Gastspiel eingetroffen wäre. Die Kunde von Eurer Flucht erhitzte und begeisterte die Gemüter. Auch mich hatte die Neugierde ergriffen, und ich wollte Euch sehen; am ersten Tag dachte ich daran, Euch Nachricht zu geben. Doch dann wartete ich. Weshalb ist er hierhergekommen? fragte ich mich. Unsere Vereinbarung, die wir vor den Toren von Florenz geschlossen haben, ist endgültig und unabänderlich. Denn er weiß wohl, so dachte ich, wer ich bin und daß ich an meinem Wort nicht rütteln lasse. Er weiß, daß er mit dem Leben spielt, wenn er noch einmal den Blick zu Francesca erhebt. Und jetzt ist er da. Warum kommt er trotz allem hierher? Liebt er die Gräfin noch? Hat er sie überhaupt je geliebt? ... Das ist eine schwierige Frage, die er wohl selbst nicht beantworten kann, denn er kennt die Liebe nicht, er kennt nur allerlei, was der Liebe ähnlich ist, wie die Leidenschaft und das Abenteuer. Francesca, das wissen wir beide, hat ihm nie angehört. In den Jahren, da ich mich oft einsam fühlte, habe ich das manchmal fast bedauert. Ihr wundert Euch darüber? Es überrascht mich, daß Ihr Euch wundert. Es gibt einen Zeitabschnitt im Leben, und ich stehe jetzt mitten darin, wo alles von uns abfällt, Eitelkeit, Selbstsucht, falscher Ehrgeiz, Angst; wir verlangen nichts anderes mehr als nur die Wahrheit, mag sie auch noch so teuer erkauft sein. Darum dachte ich manchmal: schade. Denn hätte Francesca ihm angehört, so hätten zwar meine Eitelkeit und Selbstsucht darunter gelitten, doch er wäre weit von hier und hätte nicht mehr an Bozen gedacht, während ihn jetzt sein erster Weg hierhergeführt hat. Ich aber hätte die Gewißheit, daß diese Sache für immer abgeschlossen ist. Denn das Alter lehrt uns, daß man die menschlichen Dinge nicht vor der Zeit erledigen kann, daß sie aber auch nicht unerledigt bleiben können. Es ist viel schwerer, einem Gefühl, dem die Erfüllung versagt blieb, vor der Zeit zu entfliehen, als sich nachts an einer Strickleiter von den Bleidächern herabzulassen! Ihr könnt das noch nicht verstehen, denn Eure Seele und Euer Geist sind von anderer Art. Ich verlange auch nicht, daß Ihr mir glaubt. Ich habe jedoch geschworen, Euch zu töten oder Euch töten zu lassen, wenn Ihr noch einmal zu Francesca zurückkehrt. Glaubt Ihr und versteht Ihr jetzt, weiser Doktor, der den Einfältigen für klingendes Gold seinen Rat erteilt, glaubt Ihr, daß ich nach allem, was zwischen uns vorgefallen oder, besser, nicht vorgefallen ist, bei der Nachricht Eurer Ankunft, die mir verkündete, daß Euch die verhängnisvolle Neigung von einst – vielleicht ungewollt – wieder in unsere Nähe geführt hat, glaubt Ihr, daß ich bei dieser Nachricht Freude empfunden habe? Jawohl, Freude und Erleichterung! Versteht Ihr das?«

»Nein, ich verstehe es nicht«, sagte der andere gespannt.

»Dann will ich alles versuchen, um es Euch verständlich zu machen«, antwortete der Graf mit auffallender Bereitwilligkeit, die wenig beruhigend wirkte. »Ich habe Freude empfunden, ist wohl zu allgemein ausgedrückt, es liegt etwas Alltägliches darin, wie wenn man sich die Hände reibt und zufrieden lacht. Ich aber habe bei der Nachricht Eurer Ankunft nicht gelacht, sondern den verstärkten Schlag meines Herzens und ein heftiges Aufwallen des Blutes verspürt, was wohl von fern an Freude erinnert und sicherlich mit ihr verwandt ist, denn die menschlichen Leidenschaften werden alle aus derselben Tiefe gespeist, wie unruhig oder wie glatt die Oberfläche auch erscheint. J'étais touché, vielleicht könnte ich es mit diesen Worten am besten ausdrücken, in einer verwandten Sprache, die uns beiden geläufig ist. Da Ihr auch Schriftsteller seid, wie Euer Sekretär in der Stadt erzählte, werdet Ihr den Ausdruck wohl richtig zu bewerten wissen. Die Nachricht also hat mich angenehm überrascht; ich habe zwar nie an Eurer Begabung gezweifelt, hielt Euch aber eher für einen Mann der Tat, der mit Leib und Seele im materiellen Leben verwurzelt ist, der mit Blut schreibt, nicht aber mit Tinte. Denn Euer künstlerisches Handwerkzeug ist eher das Blut als die Tinte, das wißt Ihr wohl.«

»Das ist vorschnell geurteilt«, widersprach der andere. »Der Künstler erkennt nur langsam, nach langer Arbeit und Mühe, den Stoff, mit dem er seine Kunst am liebsten erschafft.«

»Ihr habt recht«, entgegnete der Graf überraschend willfährig. »Verzeiht, man wird alt! Ich hatte vergessen, daß der schaffende Genius, dessen menschliche Verkörperung der Künstler ist, diesem oft willkürlich die Feder, den Meißel, den Pinsel, manchmal sogar das Schwert in die Hand drückt. Ihr denkt wohl daran, daß der große Michelangelo und der so vielseitig begabte Leonardo abwechselnd die Feder, den Meißel und den Pinsel führten. Leonardo, in seiner unheimlichen Wißbegierde, griff sogar nach dem Seziermesser, um bei Nacht im verborgenen den Geheimnissen des menschlichen Körpers nachzuspüren; er hat Freudenhäuser und Verteidigungsanlagen gebaut, war Ingenieur, Forscher und Künstler zugleich, so wie Michelangelo, der zürnende Halbgott, Sonette geschrieben, wundervolle Kuppelgemälde geschaffen, Grabdenkmäler entworfen und zwischendurch das ›Jüngste Gericht‹ gemalt hat! So ist der wahre Künstler! Und in diesem Sinne wollt auch Ihr Schriftsteller sein? ... Ja, nun verstehe ich. Ein Dichter, der seine Feder abwechselnd in Blut und in Tinte taucht. Gerade ich habe Verständnis für diese Kunst, denn meine Ahnen haben mit dem Schwert und mit Blut Meisterwerke geschaffen, und Ihr und ich standen einander mit dem Degen in der Hand gegenüber, im Mittelpunkt einer ungeschriebenen, im Aufbau jedoch meisterhaften Novelle, die wir in jener mondhellen Stunde noch vollenden zu können glaubten. Ich verstehe Euch jetzt: ein Schriftsteller, der die Welt bereist, um den Stoff für sein Schaffen zu sammeln!«

Er nickte eifrig in freudiger Zustimmung, als würde er jetzt erst die Zusammenhänge begreifen, als sei er nun wirklich davon überzeugt, einen Dichter vor sich zu haben, als sei dies für ihn eine besonders beglückende Entdeckung. »Und nun beendet Ihr Eure Wanderjahre! Ja, das ist eine große Zeit ... Auch ich war einst ... Doch ich habe kein Recht zu einem Vergleich, denn ich habe ja niemals ein Kunstwerk geschaffen, mein Werk war allein das Leben, das ich nach strengen Regeln, Vorschriften und Gesetzen führen mußte und das jetzt beinahe vollendet ist. Beinahe, so sagte ich, und ich bitte Euch, tadelt mich nicht wegen dieser übergroßen Genauigkeit, das Leben hat mich gelehrt, daß man seine Worte gewissenhaft wählen muß, wenn sie Wert haben sollen. Nichts ist schwieriger, als sich unmißverständlich auszudrücken, besonders dann, wenn der Sprecher weiß, daß seine Worte endgültig sind und daß hinter seinem Satz der Tod steht. Ich meine damit: Euer Tod oder der meine«, sagte er leise und ruhig.

Und als er keine Antwort erhielt, blickte er eine Zeitlang schweigend in die Glut des Kamins.

»Das soll keine Drohung sein«, begann er dann wieder mit etwas tieferer Stimme, den Kopf auf den mageren Schultern bewegend. »Drohungen sind zwischen uns nicht angebracht. Ich möchte nur, daß Ihr mich versteht. Deshalb sagte ich: beinahe. Ich sprach vom Tod im buchstäblichen Sinn und will mich nicht an der philosophischen Schönheit dieses Begriffs erfreuen. Ich sprach vom persönlichen Tod, der für uns unmittelbare Bedeutung erhält, wenn wir keine bindende Abmachung treffen können. Denn seht, ich habe keine Lust mehr, Euch anzugreifen, weil damit nichts entschieden oder erledigt würde. Ein solcher Angriff führt niemals zu einem wirklichen Abschluß, und auch die Verteidigung nur dann, wenn sie gerecht und vernünftig ist. Wie alt seid Ihr jetzt? Vierzig Jahre? Das schönste Alter für den Schriftsteller. Ja, das ist die große Zeit, und ich sage dies ohne Mißgunst; denn es ist nicht wahr, daß wir uns am Ende des Lebens nach der verlorenen Zeit zurücksehnen. Ist denn verloren, was einmal Wirklichkeit war und was die Menschen mit falscher Empfindsamkeit und sehr ungenau Verlust nennen:

die Jugend, die so rasch verflog, das Mannesalter, über das eines Tages die Dämmerung sank, die Zeit mit einem Wort, die mit uns verging und noch uns gehörte wie eine Sache oder ein persönlicher Besitz? Nein, die vergangene Zeit ist Wirklichkeit, und an ihrem Vergehen ist nichts zu beklagen; nur der Zukunft kann ich mit Zweifel und Sorge entgegensehen, so lächerlich das in meinem Alter auch scheinen mag. Ich sehne mich nicht nach der Jugend mit ihren falschen Vorstellungen und verworrenen Begriffen, mit ihren Irrtümern und trügerischen Hoffnungen, und ich denke mit Befriedigung an das in klarem Licht erstrahlende Mannesalter, doch ich trauere der Vergangenheit nicht nach. Nichts ist gefährlicher als das unbewußte und verlogene Selbstbedauern, die Quelle jeder Krankheit und allen menschlichen Elends. Der Zukunft aber gilt mein volles Interesse«, sagte er sehr laut. »Das müßt Ihr als Schriftsteller verstehen. Verbessert mich, wenn ich irre.«

Er erwartete anscheinend keine Antwort. Und wenn er in ständiger Wiederholung das Wort »Schriftsteller« gebrauchte, so klang in seiner Stimme kein spöttischer Unterton. Er sprach mit freundschaftlichem Verständnis davon, daß der Schriftsteller seine Wanderjahre jetzt beschließe und den Stoff zu seinem künftigen Werk durch eigenes Erleben sammle, auch hier in Bozen, wo der Graf und Francesca lebten; und es klang, als würde er dem allen in großherziger Bereitwilligkeit zustimmen.

Nach kurzem Schweigen begann er wieder: »Mein Interesse gilt der Zukunft, denn das Leben ist noch nicht ganz zu Ende. Nicht nur ihr Schriftsteller, auch ich liebe die Erzählungen mit einem richtigen Schluß: Die Welt und die menschliche Natur, Dichter und Leser verlangen, daß die Geschichte einmal ihr Ende finde, so wie die äußeren Regeln und das innere Gesetz es erfordern. Doch etwas muß noch ausgesprochen und erledigt werden, bevor diese Geschichte zu Ende geht, die ja nur eine von den unzähligen menschlichen Begebenheiten ist, eine so alltägliche Geschichte, daß sie vielleicht in Eurem künftigen Werk nicht einmal Platz findet. Uns beide aber, oder uns drei, interessiert diese Geschichte mehr als alles, was bisher von Menschen gedichtet wurde, auch mehr als die Reise des göttlichen Dichters durch das Inferno. Und es wird allein von Euch, dem Schriftsteller, abhängen, ob unsere Geschichte traurig und düster oder heiter und vernünftig ausklingen wird. Seht, ich bin zu Euch gekommen, trotz des schlechten Wetters, der Gicht die Stirn bietend, die mich plagt; ich verlasse nach Sonnenuntergang nur ungern mein Zimmer, wo die Gewohnheit und die Wärme des Ofens mich trösten. Heute aber fühlte ich, daß der Augenblick für eine endgültige Bereinigung gekommen ist. Erfahrung und Einsicht entwickeln im Alter ein feines Zeitgefühl, das uns anzeigt, wie lange man warten kann und wann man handeln muß. Deshalb bin ich gekommen, obwohl in meinem Haus die Lakaien schon die Tische dekken, die Musiker die Instrumente stimmen und die

Gäste mit der Kostümierung beginnen; und das, wie ich nicht leugne, zu meiner Freude, denn ich liebe es, dem festlichen Treiben, hinter der Maske verborgen, aus einer Ecke zuzusehen. Ich muß auch gleich nach Hause zurückkehren, um mich umzukleiden. Wenn Ihr heute abend kommt, und ich hoffe, Ihr werdet dieser verspäteten Einladung folgen, dann könnt Ihr mich leicht an meiner Maske erkennen, die von besonderer Eigenart sein wird. Der Einfall stammt nicht von mir, muß ich gestehen, ich habe ihn einem Buch entlehnt, einer Komödie in Versen, die nicht in unserer schönen Sprache, sondern in der gröberen der Briten geschrieben wurde. Ich fand das Buch in der Bibliothek meines großen Vetters in Marly, und die Geschichte hat mich entzückt, leider ist der Name des Autors meinem Gedächtnis entschwunden; ich weiß nur, daß er als Komödiant und Hungerleider zur Zeit der häßlichen Hexe Elisabeth im kleinen London gelebt hat. Um es kurz zu sagen: Ich trage heute abend einen Eselskopf; daran könnt Ihr mich erkennen, wenn Ihr kommt. Gefällt Euch der Einfall? In der Komödie trägt der Held den Eselskopf, und die Heldin, die Königin der Jugend namens Titania, drückt ihn zärtlich an ihren Busen. Sie, die Verkörperung der Jugend und Schönheit, liebkost und küßt ihn voll Leidenschaft. Deshalb trage ich diesen Kopf heute abend, und vielleicht auch aus einem anderen Grunde: Ich will unerkannt und maskiert von der Welt verlacht werden, zum erstenmal in meinem Leben, in meinem Palast, am Scheitelpunkt meines

Lebens, bevor die Geschichte ihr Ende findet und wir den Schlußpunkt setzen.«

Er sagte das mit erhobener Stimme, höflich, doch mit einem seltsamen Beiklang, wie wenn nach dem ersten Zusammenstoß die Klingen zu klirren beginnen. »Ich will hören, wie man in meinem Palast über mich lacht, den Verliebten mit dem Eselskopf. Ich habe gerade ihn gewählt, weil er mir unter allen Tierköpfen der passendste zu sein scheint. Es ist freilich möglich, daß ich bis morgen früh auch etwas anderes tragen kann, zum Beispiel ein Hirschgeweih; weshalb man betrogenen Ehemännern gerade diesen Schmuck zuerkennt, habe ich übrigens nie begriffen. Vielleicht könnt Ihr als sprachkundiger Schriftsteller mir das erklären?«

Er wartete geduldig, mit verschränkten Händen, ein wenig im Lehnstuhl vorgeneigt, als würde ihn die sprachwissenschaftliche Erklärung dieses Ausdrucks tatsächlich interessieren.

Giacomo zuckte die Achseln. »Ich weiß es nicht«, sagte er kalt. »Der Volkswitz benennt das so. Ich will Monsieur Voltaire befragen, wenn meine Reise mich nach Ferney führt, und Euch dann mit Eurer Erlaubnis darüber berichten.«

»Voltaire«, rief der Gast begeistert, »ein ausgezeichneter Einfall! Jawohl, befragt ihn und schreibt mir dann darüber! Doch glaubt Ihr, daß Voltaire, der zwar in alle Geheimnisse der Sprache eingedrungen ist, diesen Begriff auch aus der Praxis des Lebens kennt? Sein Geist ist so kalt wie das Feuer eines Karfunkels, er blendet wohl, doch er wärmt nicht. Ich gestehe, ich habe hier eher an Euch gedacht, und glaube, daß Ihr mit diesem Begriff besser vertraut seid.«

»Ihr beliebt zu scherzen«, sagte Giacomo. »Ich fühle jedoch, daß ich eine Frage beantworten muß, die Ihr noch nicht ausgesprochen habt.«

»Wie, ich hätte die Frage noch nicht ausgesprochen?« fragte der Gast erstaunt. »Solltet Ihr nach allem, was zwischen uns vorgefallen ist, noch nicht verstanden haben, weshalb ich gekommen bin? Es ist eine unaufschiebbare Sache, die mich heute zu Euch führt, und sie muß endgültig bereinigt werden! Ich bringe Euch einen Brief, sein Verfasser hat sich die Zustellung wohl anders gedacht, und ich gestehe, die Rolle ist wenig dankbar und meiner nicht würdig; ich habe nur einmal im Leben einen Liebesbrief überbracht, und den hat eine Königin an einen König geschrieben. Ich bin kein Postillon d'amour und verachte die niedrigen Künste der Kuppler. Trotzdem bringe ich Euch persönlich diesen Brief der Gräfin, sie schrieb ihn heute mittag, kurz nach dem Empfang, als ich sie verließ, um mich mit meinen Büchern zu befassen. Der Brief ist nicht lang, denn große Schriftsteller und verliebte Frauen fassen sich kurz und beschränken sich auf das Wesentliche, was Ihr als Schriftsteller und erfahrener Liebhaber sicherlich bestätigt. Nein, die Gräfin konnte nicht ahnen, daß ich ihr Bote sein würde, und sie glaubt jetzt vielleicht, der Brief, auf dessen Beantwortung sie so ungeduldig wartet, sei verlorengegangen. Sie wartet so ungeduldig, wie nur Liebende warten, die glauben, Zeit und Raum, Leben und Tod besiegen zu können. Und vielleicht glauben sie es nicht ohne Grund! Denn jetzt, da ich mein Auge von der Vergangenheit abwende und in die Zukunft richte, die nur der Zeit nach kürzer erscheint, dem Inhalt nach aber mehr fassen kann als alles, was die Vergangenheit barg, jetzt, da ich die Frage ausspreche, die zugleich eine Bitte ist, freilich eine endgültige und sehr entschiedene Bitte, kann ich mich nicht mehr über den blinden Glauben der Liebenden wundern, die überzeugt sind, ein törichtes Gefühl könne Berge versetzen, die Zeit zum Stillstand bringen und ähnliches. Jeder Liebende gleicht ein wenig dem biblischen König Josua, der über der Schlacht des Lebens die Sonne stillstehen läßt, in die Weltordnung eingreift und so den Sieg erwartet. Jetzt, wo ich in die Zukunft sehen muß – die Strecke ist nicht lang, und selbst meine schwachen Augen können sie überblicken –, verstehe ich den übermenschlichen Willen der Liebenden und glaube selbst daran, daß man mit einem duftenden Briefchen, dessen Orthographie nicht einmal einwandfrei ist, mit einem unklaren und kindlichen Gefühl und mit dem Brecheisen einer Sehnsucht die Weltordnung aus den Angeln heben und über Leben und Tod gebieten kann. Jetzt, da ich auf die Frage antworten muß, die das Schicksal an mich stellt, und da ich das Leben noch einmal, wie eine rostige Flinte, mit der scharfen Ladung meines Willens füllen und mit sicherer Hand zielen muß, beginne ich wahrhaftig zu glauben, daß es eine einzige Macht gibt, die alles, auch die Zeit und die Gesetze der Schwerkraft, überwindet, und diese Macht ist die Liebe. Nicht die Leidenschaft, nicht das, was Ihr unter Liebe versteht, wenn Ihr am Abend die von Euch betörte heißblütige Beute an Euer Lager schleppt, auch nicht der nagende Hunger, der überall auf Raub ausgeht, wo Phantasie und Sehnsucht, Kränkung und Einsamkeit den Befreier erwarten. Ich spreche von der Liebe, die jeden Sterblichen einmal erfaßt, selbst Sterbliche von Eurer Art, nicht ohne Grund seid Ihr einst nach Pistoia gekommen und nicht ohne Grund von dort geflohen, Ihr seid weder ganz unschuldig noch vollkommen schuldig, denn einmal hat auch Euch die Liebe berührt. Damals habe ich Euch mit der Waffe vertrieben, welche Torheit! Mit Recht konntet Ihr mir zurufen: Alter Narr! Verliebter Greis! Glaubst du denn, daß je ein Dolch in Glut und Eis gehärtet, daß je eine Damaszenerklinge geschmiedet wurde, mit der die Liebe getötet und ausgerottet werden kann? Deshalb bin ich ohne Dolch und Schwert gekommen und will eine andere Waffe gebrauchen: die des Verstands!«

»Im Zweikampf der Gefühle ist das eine schwache Waffe, Graf.«

»Nicht immer, und ich wundere mich, daß gerade Ihr das sagt. Es ist sogar die einzige existierende Waffe. Ich spreche vom wahren Verstand, der weder erörtern noch verhandeln, ja nicht einmal überzeugen will. Ich bin gekommen, um festzustellen und zu fragen. Ich habe in meiner Lage, die bemitleidenswert und gefährlich zugleich ist, allen Grund anzunehmen, daß der Verstand, diese kalte und blinkende Waffe, stärker ist als der überhebliche Dünkel der Gefühle. Die Gräfin und Euch hat die Liebe berührt. Ich stelle das fest, ohne eine Erklärung dafür zu suchen. Ihr wißt, wir lieben niemanden seiner Tugenden wegen; einst glaubte ich, daß wir die Unterdrückten und die Schuldigen mehr lieben könnten als die Tugendhaften, doch jetzt im Alter weiß ich, daß wir auch niemanden seiner Sünden und Fehler wegen lieben, ebensowenig wie seiner Schönheit und Güte wegen. Das ist eine harte, wenig tröstliche Lehre, und wir müssen uns damit abfinden, daß wir im Grunde einfach deshalb lieben, weil sich im Weltgeschehen ein Wille offenbart, dessen wahren Inhalt wir nicht zu erkennen vermögen und der nach unverständlichen Gesichtspunkten das Weltgetriebe in Gang hält; der unseren Seelen und Nerven mit unwiderstehlicher Macht die Richtung vorzeichnet, Drüsen in Tätigkeit setzt und die hellsten Köpfe verwirrt. Die Gräfin und Ihr liebt Euch, und diese Neigung erscheint sonderbar und unverständlich, doch nur der Unkundige wundert sich darüber, denn unter Menschen ist nichts unmöglich. Die Tiere halten die Spielregeln schon genauer ein, sie bleiben innerhalb der Grenzen ihrer Art. Die Gräfin liebt Euch, und das ist ebenso erstaunlich, wie wenn der strahlende Morgen die stürmische Nacht liebte. Und daß auch Ihr die Gräfin liebt, ist beinahe noch erstaunlicher, denn das bedeutet die Verleugnung Eures innersten Wesens.

Ihr wißt, daß dieses Gefühl eine Auflehnung gegen Euer Lebensgesetz ist; nichts fürchtet und flieht Ihr ja so sehr wie dieses Gefühl. Im Kerker habt Ihr Hunger und Durst gelitten, habt mit den Fäusten gegen die eiserne Tür gehämmert und an den Eisengittern des Fensters gerüttelt, dann habt Ihr Euch in mächtiger Verbitterung auf das Lager von verfaultem Stroh geworfen, habt die Welt verflucht, die Euch die Fülle des Erlebens geraubt hat, und wußtet doch gleichzeitig, daß dieser Kerker mit seiner furchtbaren Einsamkeit dennoch auch Rettung bedeutete, weil er Euch vor den Leiden der Sehnsucht und der Liebe bewahrte. Ihr wußtet, daß er Befreiung war von Euch selbst und von dem übermächtigen Gefühl, dem einzigen, das vernichtet und zu Boden schlägt. Die Liebe hat Euch berührt, als Ihr die Gräfin zum erstenmal saht, und die Liebe war es auch, die Euch wieder in ihre Nähe geführt hat, nicht die Erinnerung an das mißglückte Abenteuer. Ich habe viel darüber nachgedacht, welcher Art Eure Liebe ist, ich hatte ja Zeit dazu... Ihr habt lange geglaubt, daß Francesca nur ein Abenteuer unter vielen war: ein Abenteuer, das nicht ganz gelang und bei dem Ihr Barmherzigkeit walten ließet. Doch Barmherzigkeit ist immer verdächtig. Ihr gehört nicht zu den Mitleidigen: Ihr würdet ruhig schlafen, während die verlassene Frau sich aus dem Bettlaken Eures Liebeslagers einen Strick dreht und sich vor Eurer Tür erhängt. Dann würdet Ihr bedauernd den Kopf schütteln. Das ist so Eure Manier. In der Art, wie Ihr den Frauen nachstellt und wie Ihr sie anseht, liegt wenig Menschliches. Ich sah Euch vor Jahren im Theater zu Bologna, wir kannten uns damals noch nicht, auch Francesca hattet Ihr noch nicht gesehen; sie war damals zwölf Jahre alt, und kaum jemand wußte von ihr, nur ich kannte sie, so wie man von einer seltenen Treibhauspflanze weiß, die sich in künstlicher Wärme und unbemerkt entfaltet und dann eines Tages voll erblüht und die Welt in Erstaunen setzt ... Ihr kamt in das Theater, wo man schon Euren Namen flüsterte, Ihr standet in der ersten Reihe, mit dem Rücken zur Bühne, und blicktet mit dem Glas vor den Augen in die Menge. Man sprach in den Logen von Eurer Ankunft, und Euer Name war auf aller Lippen. Ihr seid kein ›schöner‹ Mann, und ich kann Euch dazu nur beglückwünschen. Ihr gehört nicht zu jenen schwer erträglichen Laffen, die ihr gefälliges Äußeres dirnenhaft zur Schau tragen, Eure Züge sind hart und absonderlich, man könnte sagen: männlich, doch nicht im gewöhnlichen Sinn des Wortes. Ich will Euch nicht kränken, doch es liegt wenig Menschliches in Eurem Gesicht. Die große Nase, der harte Mund, die gedrungene Gestalt, die breiten Hände und die eckigen Kinnladen sind sicherlich nicht die Kennzeichen eines ›schönen‹ Mannes. Ich mußte erst dieses Gesicht völlig verstehen, um Francesca und Eure Liebe zu begreifen. Mißversteht mich nicht; Euer Gesicht ist nicht eben menschlich, doch auch nicht tierisch, es ist, als wäret Ihr eine Übergangsstufe zwischen Mensch und Raubtier. In der Werkstatt, in der die Elemente des menschlichen

Wesens zu einem Ganzen verschmolzen werden, hat man mit Euch gewiß etwas Besonderes geplant. Ihr standet also im Theater, mit dem Rücken zur Bühne, besaht Euch die Frauen mit dem Glas, und auch die Frauen musterten Euch mit unverhohlener Neugier, während die Männer Eure Bewegungen verfolgten und die geheimen Blicke ihrer Frauen belauerten. Und in diese Spannung, in diese Erregtheit hinein gähntet Ihr und zeigtet dabei Euer Raubtiergebiß. In meinem Garten in Florenz hielt ich vor Jahren einen alternden Leoparden, an sein Gähnen mußte ich damals denken; nur dieses Raubtier sah ich so ohne Übergang, so furchterregend und mit solchem Gleichmut in die Welt hineingähnen. Und ich dachte schon damals, daß ich Euch töten würde, wenn ich Euch je bei einer Frau antreffen sollte, die mir gefiel. Ich war auch nicht überrascht, als ich Euch drei Jahre später in Pistoia an der verfallenden Mauer im Garten vorfand, wo Ihr Francesca mit einem Spazierstock mit vergoldeter Spitze bunte Reifen zuwarft, die sie geschickt auffing. ›Natürlich, es kann gar nicht anders sein‹, dachte ich damals. Und heute bringe ich Euch Francescas Brief.«

Er zog das Schreiben langsam aus der Innentasche des Mantels und hielt es in die Höhe: »Ich bitte Euch, habt Nachsicht mit ihrer Orthographie; sie hat erst vor kurzem in Parma von einem wandernden Poeten, einem Kastraten, das Schreiben gelernt; sie hat mit heißem Kopf und mit vor Erregung zitternden Fingern die Buchstaben auf dieses Pergament gemalt, das ihr samt dem Schreibzeug die alte Veronica, ihre Gesellschafterin, besorgte. Wir hatten sie aus Pistoia mitgebracht, doch sie wäre wohl besser dort geblieben. Jedem von uns ist eine Rolle zugeteilt, der wir uns nicht entziehen können, und alle Ammen sind Kupplerinnen, nicht nur auf der Bühne. Der Brief ist kurz, gestattet mir, daß ich ihn vorlese. Ihr könnt dem ruhig zustimmen, denn ich habe ihn schon heute nachmittag gelesen, nachdem ihn der Reitknecht zur Beförderung übernommen hatte. Oder seid Ihr der Meinung, daß es sich nicht schickt, den Brief einer Dame vorzulesen? Ihr schweigt und scheint meine Absicht zu mißbilligen? Ihr habt recht«, sagte er ruhig, »auch ich finde es nicht richtig. Ich habe ein Leben lang die Spielregeln eingehalten, die ein Kavalier zu befolgen hat, denn ich bin als solcher geboren und erzogen. Nie hätte ich gedacht, daß sich eine Lage ergeben könnte, in der ich anders handeln müßte. Ich habe grundsätzlich niemals Briefe von Frauen geöffnet – schon deshalb nicht, weil kein Brief mich so sehr interessierte, daß ich darüber den Anstand vergaß. Doch dieser Brief interessierte mich über alle Maßen«, sagte er mit fester Stimme. »Francesca hat mir niemals geschrieben, denn vor einem Jahr kannte sie das Geheimnis der Schreibkunst noch nicht. Dann erst, kurz nachdem der wandernde Kastrat erschienen war, begann sie sich dafür zu interessieren, fast gleichzeitig mit der Nachricht, die aus Venedig kam, daß Euch die Inquisition in den Kerker geworfen hatte. Sie lernte schreiben, um Euch Nachricht geben zu können. Ich ließ sie beobachten; die feinsten Ohren und schärfsten Augen horchten und spähten für mich. Sie übte die Buchstaben, um Euch schreiben zu können – und schrieb schließlich doch nicht; denn für ein reines und keusches Herz bedeutet das Schreiben die Preisgabe letzter Geheimnisse, und ich könnte mir Francesca eher als Seiltänzerin vorstellen als mit der Feder in der Hand, wenn sie dem Geliebten ihre Gefühle schildert. Francesca ist schamhaft auf ihre Art und scheute sich, ihr innerstes Fühlen in Buchstaben festzuhalten und Euch, dem Schriftsteller, zu offenbaren. Es ist auch wahr, daß ihr Dichter die verfänglichsten Dinge ohne Zögern zu Papier bringt. Der Kuß an sich ist sittlich, die Beschreibung des Kusses dagegen oft schamlos. Vielleicht hat Francesca dies mit dem feinen Instinkt gefühlt, der ihr und allen liebenden Frauen eigen ist. Und ich kann mir denken, wie erregt und erschüttert sie war, als sie Euch endlich schrieb und damit die erste schamlose Tat ihres Lebens beging. Sie schrieb einen Liebesbrief und hat so ihr Innenleben der Welt und der Ewigkeit preisgegeben; seine geheimsten Gefühle vor aller Welt bloßzustellen ist ebenso schamlos, als wollte man sich auf dem Marktplatz vor den Augen einer schaulustigen Menge der Liebe hingeben. Dies alles hat das arme Kind im innersten Herzen gefühlt. Sie schrieb nur wenige Worte, die ich Euch vorlesen will.«

Er entfaltete das Pergament und hob es, da er weitsichtig war, mit einer Hand in die Höhe, während die andere das Augenglas hielt. »Ich sehe nicht gut«, sagte er seufzend. Und als Giacomo wortlos, mit kühler Dienstbereitschaft, den Leuchter vom Rand des Kamins nahm und zu ihm trat, setzte er fort: »Ich danke. Jetzt sehe ich sehr gut. Also hört: Dies schreibt Francesca, meine Frau, die Gräfin von Parma, acht Tage nachdem Ihr dem Kerker entflohen wart: ›Sehen muß ich Dich.‹ Und darunter setzt sie den Anfangsbuchstaben ihres Namens, ein großes F, ein wenig feierlich und verschnörkelt, wie sie es gelernt hat. – Das also ist ihr Brief«, setzte er nach kurzem Schweigen fort; er ließ Pergament und Augenglas in den Schoß gleiten und lehnte sich im Armstuhl zurück. »Was sagt Ihr zu ihrem Stil? Ich bin entzückt davon. Francesca macht alles vollkommen, das liegt in ihrem Wesen, sie kann gar nicht anders. Nach langen Jahren und nach so vielen Büchern ist mir heute, da ich den Brief zum erstenmal las, klargeworden, welch ungeheure Macht im Wort liegt: Es ist die einzige wahre Macht, für Kaiser und Päpste ebenso wie für gewöhnliche Sterbliche; und dabei schärfer und unbarmherziger als Schwert und Lanze. Euer Urteil darüber würde mich sehr interessieren, das Urteil eines Schriftstellers über die Ausdrucksweise eines Anfängers. Ihr müßt wohl zugeben, daß ein Dilettant so nicht schreiben kann. Zwar sind es nur vier Wörter, dazu der Anfangsbuchstabe eines Namens – bedenkt aber, daß der Schreiber vor einem Jahr noch keine Buchstaben kannte, beachtet, wie genau sich die vier Wörter aneinanderreihen, als wären sie aus Eisen geschmiedet und Glieder einer Kette. Scheinbar wird das Talent aus sich selbst geboren, denn Francesca hat weder Dante noch Vergil gelesen, noch kennt sie den Begriff eines Subjekts oder Prädikats; und doch hat sie, allein, auf sich selbst gestellt, die Elemente eines schönen und richtigen Stils begriffen. Denn man kann sich nicht besser und genauer ausdrükken, als dieser Brief es tut. ›Sehen muß ich Dich.‹ In dieser Zeile, die man in Marmor meißeln könnte, ist kein überflüssiges Wort. Sie wählt das Zeitwort ›sehen‹, ein Urwort, so alt wie die Menschheit selbst, die Quelle jedes menschlichen Erlebens; denn mit dem Sehen beginnen Erkennen und Sehnsucht, mit dem Sehen beginnt der Mensch überhaupt, der bis dahin ein hilfloser Blinder war, mit dem Sehen erst beginnt seine Welt. Und damit auch die Liebe. Es ist ein wahres Zauberwort, in dem alles enthalten ist: die Sehnsucht, das große Geheimnis, der verborgene Sinn des Lebens; denn für uns besteht die Welt nur soweit, als wir sie sehen, und auch Ihr besteht nur im Sinne dieses Briefes, soweit Euch Francesca sieht; sobald sie Euch sieht, kehrt Ihr für sie in die Welt zurück, aus der Unterwelt, wo Ihr zwar auch vorhanden wart, doch nur wie ein Schatten, eine Erinnerung oder ein Toter. Dieses Zeitwort beweist, wie stark die Sehnsucht war, die ihr die Feder in die Hand gedrückt hat, es ist fast wie der Aufschrei eines liebenden Herzens, das die Dunkelheit nicht mehr ertragen kann und das geliebte Antlitz sehen muß. Sie sagt: Ich ›muß‹ Dich sehen und nicht ›ich möchte‹ oder ›ich sehne mich‹ oder ›ich will‹. Sie wählte das ›ich muß‹. Ein königliches Wort, mehr als ein Befehl, denn in ihm sind Gebot und Einsicht gleichzeitig enthalten; sie befiehlt, und sie gesteht zugleich ein, daß sie selbst einem geheimnisvollen Befehl gehorcht. In diesem Wort liegt etwas ergreifend Hilfloses und Menschliches; als ob nicht sie es wäre, die das alles wollte. Dann das Wort ›Dich‹. Ein Wort, das die Persönlichkeit gestaltet, beim Namen nennt und zum Leben erweckt. Mit diesem Wort hat Gott den Menschen, da er ihn schuf, zum erstenmal angesprochen. Millionen Menschen leben auf der Welt, edlere, schönere und tugendhaftere als Ihr, und auch gemeinere und herzlosere, doch sie will nur Euch sehen. Dieses Wort hebt Euch aus der namenlosen Menge heraus und schlägt Euch zum Ritter – wie das Schwert des Königs. Und wie die einzelnen Bestandteile, so verdienen auch der vollendete Bau des Ganzen, die Folgerichtigkeit des Denkens, der edle Schwung des Stils und die gedrängte und doch erschöpfende Form des Ausdrucks unsere Bewunderung. Wir sind zu Ende«, sagte er abschließend, indem er das Pergament Giacomo reichte. Und als dieser sich nicht rührte, legte er das Schreiben auf den Rand des Kamins neben den Leuchter. Dann sagte er leise: »Ich glaube, Ihr werdet den Brief noch öfter lesen, später, wenn Ihr einmal alt seid. Dann werdet Ihr ihn vielleicht verstehen.«

Er schwieg und atmete schwer wie einer, der sich zuviel zugemutet und Herz und Lunge durch das lange Sprechen überanstrengt hat.

»Wir sind zu Ende«, wiederholte er und stützte sich im Sitzen mit beiden Händen auf den Stock; als er weitersprach, blickte er in die Glut des Kamins, ohne seinen Partner zu beachten.

»Der eine Zweck meines Besuchs ist erreicht, ich übergab Euch den Brief der Gräfin von Parma und hoffe, daß Ihr ihn sorgsam bewahren werdet. Ich möchte nicht, daß er auf unsauberen Wirtshaustischen herumliegt oder auf dem Lager einer Dirne prahlerisch vorgelesen wird, wie dies im Rausch des Weins und der Leidenschaft geschehen mag. Ich könnte das nicht verhindern, doch es würde mich schmerzlich berühren, und ich will hoffen, daß es niemals geschieht. Ein solcher Brief bleibt natürlich kein Geheimnis, und es würde mich nicht wundern, wenn dieses kleine Meisterwerk in den Schulen einer späteren Zeit als Muster eines vollendeten Stils erläutert würde. Auch zweifle ich nicht, daß sich Nachahmer finden und daß Verliebte seine Worte unbewußt wie eigene Gedanken gebrauchen werden. Doch jetzt, da ich Euch den Brief übergeben habe, müssen wir darauf achten, daß seine Auslegung und Bewunderung uns nicht zu sehr von den Aufgaben der Wirklichkeit entfernt und daß wir über dem Buchstaben nicht die Person vergessen, die diesen vollendeten Satz zu Papier gebracht hat. Denn es handelt sich ja um Francesca und um ihre Absicht, Euch zu sehen. Das ist die Wirklichkeit, zu der wir zurückkehren müssen, nachdem wir die Schönheit des Textes zur Genüge gewürdigt haben. Es gilt jetzt, diese Frage entschlossen zu lösen, denn die Zeit eilt, und der Abend ist vorgerückt. Wir müssen den praktischen Sinn dieses Satzes suchen:

Francesca schreibt, sie müsse Euch sehen. Das ist ein Befehl, dem Ihr Euch nicht entziehen könnt, auch wenn Ihr es wolltet. Ich sagte es schon, ich bin nicht gekommen, um zu drohen, ich habe nur einen Brief überbracht und möchte diese Sache mit Vernunft und in Ruhe erledigen. Wir wollen uns nicht neuerlich Francescas wegen mit dem Degen in der Hand gegenübertreten wie einst in jener mondhellen Nacht! Mein Alter ist hierfür nicht mehr geeignet, und ich mußte dem Waffengebrauch entsagen. Ich könnte freilich andere finden, die den Degen flinker und sicherer führen, als ich es jemals vermochte, wenn ich auch einst im Zweikampf nicht der Ungeschickteste war. Ich könnte mir so manche blitzende Klinge verpflichten und manchen Dolch aus eiskaltem Stahl dingen, der sich mit mörderischer Sicherheit zwischen Eure Rippen bohrt, denn Euer Leben liegt in meiner Hand. Auch dies soll keine Drohung sein, ich stelle es nur fest. Ihr seid vergebens über die Grenzen der Republik geflohen, vergebens hat man über Eure Flucht gejubelt und gelacht, vergebens schützen Euch hier Gesetz, Sitte und Herkommen, die Euch Asylrecht gewähren und unverletzbar machen. Niemand weiß besser als Ihr, daß hinter dem geschriebenen und kodifizierten Recht noch ein anderes, ein eisernes, ungeschriebenes Gesetz Geltung hat, das wirksamer und mächtiger ist als jenes. Und dieses ist mein Recht, ich verfüge darüber, ich und noch einige andere auf der Welt, die verständig und mächtig genug sind, sich seiner zu bedienen, ohne es zu mißbrauchen. Vergebens seid Ihr mit der Geschicklichkeit eines Affen über die Bleidächer entkommen und wie eine flüchtende Wasserratte durch den Schlamm der Lagune geschwommen, habt bei Mestre das Land erreicht und seid nach Valdepiadene gekommen; und selbst hier, jenseits der gefährlichen Grenze, in diesem Zimmer des ›Hirschen‹ zu Bozen, glaubt Ihr vergebens, in Sicherheit zu sein: Wenn ich es will, seid Ihr morgen um diese Zeit, nach Sonnenuntergang, wieder jenseits der Grenze, in den Krallen des Messer Grande, darauf könnt Ihr Euch verlassen. Weshalb? Weil die Kräfteverhältnisse ganz andere sind, als diese Dummköpfe glauben; Ihr aber mit Eurem hellen Verstand und beweglichen Geist begreift das gewiß. Es gibt auch keinen Schlupfwinkel und kein Versteck, in dem ich Euch nicht erreichen könnte, wenn es darauf ankommt. Ich lasse Euch nicht aus Großmut und falschem Mitleid laufen, denn laufen müßt Ihr – mit den schnellsten Pferden, in geschlossener Kutsche oder im rasch dahingleitenden Schlitten, noch ehe diese Nacht zu Ende geht und sobald Francescas Wunsch erfüllt ist. In meinem Herzen ist weder Bitterkeit noch Kränkung, noch unberechtigter Hochmut. Auch Ihr seid nur Werkzeug und Träger einer Rolle; denn es spielt jemand mit uns. Und sein Spiel ist nicht immer verständlich. Ihr sollt also hierbleiben bis zum Morgen und den Wunsch der Gräfin erfüllen, einen Wunsch, der zugleich auch Befehl ist und dem wir alle nicht ausweichen können. Wenn ich Euch beseitigen ließe, würdet Ihr doch unter uns bleiben, als blutiger Schatten, als

Rivale, den kein Schwert mehr treffen kann, der sich in den Bettvorhängen meiner Frau verbergen und nach Mitternacht meinen Platz an ihrer Seite einnehmen würde. Darum will ich Euer Leben schonen. Ich könnte Euch auch befehlen, sofort in den Schlitten zu springen, der vor dem Haus wartet, und, von meinen Leuten bewacht, über Gebirgspässe und durch verschneite Wälder in fremde Länder zu fliehen, um für immer aus dem Gesichtskreis der Gräfin zu verschwinden ... Auch das könnte ich verlangen, und Ihr müßtet gehorchen, denn Ihr liebt Euer Leben, Eure dürftige Existenz; ich dagegen bange nur um ein Gefühl, das für mich wertvoller ist als selbst das Leben. Darum müßt Ihr gehorchen, und darum bin ich mächtiger als Ihr; freilich noch aus anderen Gründen, die Ihr ja kennt. Und diese Macht soll auch Euren Absichten und Interessen dienen, wenn wir uns einigen können. Ich bin gekommen, um einen Vertrag mit Euch zu schließen. Ich habe viel darüber nachgedacht. Ich sah Euer Gesicht in Bologna im Theater, als Ihr gähntet, und damals erkannte ich Euer innerstes Wesen, ich kenne auch Euer Leben und Schicksal und glaube zu wissen, wer Ihr seid. Soll ich Euch töten? Das wäre ein großer Fehler. Denn ein Mann, der geliebt wird, ist auch im Tod ein gefährlicher Rivale. Man würde um Euch trauern und Euer verklärtes Bild im Herzen bewahren. Ich aber wäre der Feige und Selbstsüchtige, der ihn, den einzigen, ihn, den Francesca sehen wollte, gemordet hat. Nein, ich töte Euch nicht. Oder soll ich Euch für immer von hier fortschaffen lassen? ... Ihr seid in meiner Macht, ich könnte Euch dem Messer Grande ausliefern. Doch ich will diesen Fehler nicht noch einmal begehen. Die Macht ist eine geheimnisvolle Kraft, deren unsichtbares Netz weithin reicht. Als an jenem Morgen in Venedig die Häscher in Euer Zimmer drangen und Ihr in ohnmächtiger Wut darauf bestandet, Eure Schuld zu erfahren, als Ihr dann durch sechzehn Monate auf verfaultem Stroh liegen mußtet, ohne daß man Euch sagte, warum: damals hätte auch ich es sein können, der durch ein geheimes Machtgebot so grausam in Euer Leben eingriff. Ich sage, ich hätte es sein können, aber nicht, daß ich es war. Ich erwähne nur diese Möglichkeit, eine unter den übrigen, denkt darüber nach, wenn diese Nacht vorbei ist. Ihr sinnt auf Rache? Wie Ihr seht, bin ich ohne Waffen gekommen, nichts hindert Euch, mich niederzustechen und dann, von den Spürhunden der halben Welt gehetzt, irgendwo zusammenzubrechen und am Galgen zu enden. Wie unsinnig wäre das! Ich fühle kein Mitleid mit Euch, ich bin den Kampf gewohnt, er war mein steter Begleiter. Nur die Schwachen und Feigen werden weich und drücken in falscher Gefühlsaufwallung den Gegner an die Brust. Ich umarme Euch nicht, und ich will Euch nicht töten oder vor der Zeit vertreiben. Was bleibt mir also zu tun? Ich glaube die einzig mögliche Lösung gefunden zu haben: Ich schließe einen Vertrag mit Euch. Ich spreche zugleich zu Eurem Verstand und zu Eurem Herzen, wenn ich Euch diesen Vertrag anbiete, der um nichts niedriger und um nichts edler ist als andere Verträge zwischen Menschen. Ich kaufe Euch! Den Preis könnt Ihr bestimmen; sollte jedoch falsche Empfindlichkeit Euch daran hindern, so werde ich den Kaufpreis nennen, den ich dafür zahlen will, daß Ihr Euren Auftrag erfüllt, Euch der Gräfin zeigt und dann endlich aus unserem Gesichtskreis verschwindet. Ich kaufe Euch – dieses Wort ist von mir, und obgleich es nicht von einem Dichter stammt, ist es doch ein klares und unzweideutiges Wort. Ich weiß, was es bedeutet, und habe es sorgsam gewählt. Ich weiß auch, daß Ihr keine billige Ware seid; ich bin reich und mächtig und werde mit Gold und durch meine Verbindungen, mit Briefen und Wechseln zahlen. Ich kaufe Euch – steigt Euch das Blut zu Kopf? Schwört Ihr Rache, die den vermeintlichen Schimpf und die Gefangenschaft in Venedig vergelten soll? Beruhigt Euch! Ich will auch für diese Beleidigung mit klingendem Gold und anderen Vorteilen bezahlen; denn man muß den Menschen mit Leib und Seele kaufen, mit allen seinen Leidenschaften, sonst ist der Handel ungültig und der Vertrag sinnlos. Ich kaufe Euch, weil Ihr ein Mensch seid. Das ist beinahe ein Kompliment, bedenkt das wohl. Zu Beginn unseres Gesprächs habe ich das Wort ›beinahe‹ schon einmal gebraucht, und ich wiederhole es jetzt, denn in den Worten liegt eine Zauberkraft, sie bringen Licht in die Vergangenheit und in die Zukunft zugleich. Es ist beinahe ein Kompliment, denn was ist schließlich der Mensch? Ein Gemenge aus Charakter und Schicksal, nichts anderes. Ich kenne Euren Charakter, habe Euer Schicksal geprüft und weiß, daß Ihr mich nicht töten noch Euch selbst ein Leid antun werdet – nicht aus Feigheit, o nein, sondern weil Ihr ganz anders geartet seid, weil Ihr Euch bereits den Kopf darüber zerbrecht, welchen Preis Ihr fordern könntet, und weil Euch dieser ganze Handel in der Tiefe des Herzens nicht unwillkommen ist. Ihr seid nun einmal so. Und vielleicht ist es das einzig Menschliche in Eurem Wesen, daß man mit Euch auch handeln kann. Denkt also nicht erst darüber nach, wieviel Ihr verlangen könnt: Ihr sollt bekommen, was Ihr begehrt. Es ist vielleicht nicht klug gehandelt, wenn ich meine Kauflust verrate, trotzdem begehe ich diesen Fehler und gestehe, daß mich der Preis, den Ihr fordern werdet, nicht interessiert. Ihr sollt noch diese Nacht tausend Dukaten bekommen… Ist es zuwenig? – dann also zweitausend. Und weitere zweitausend in Wechseln auf München und Paris. Noch immer zuwenig? Gut, ich lasse Euch zehntausend Dukaten anweisen, in einem Kreditbrief, der in Paris eingelöst wird. Und außerdem bekommt Ihr einen Begleitbrief mit auf den Weg. Ist Euch das nicht genug? Nun, dann bekommt Ihr – ich bin nicht kleinlich: Ihr bekommt einen Brief an meinen Vetter, den König von Frankreich.«

Er streckte die schmalen Hände gegen das Feuer und sah einen Augenblick schweigend in die Glut. »Seht, so viel hat noch niemand von mir bekommen«, sagte er dann, fast gerührt von der eigenen Großzügigkeit. »Allerdings ist die Lage außergewöhnlich; auch Briefbote war ich bisher nur einmal in meinem Leben. Diese Nacht ist bedeutungsvoll, denn ich trage heute zum erstenmal die ewige Maske des alternden Liebhabers, den Eselskopf. Ihr sollt Euren Brief an den König erhalten, wißt Ihr auch, was er wert ist? Und außerdem Geld, schwere Dukaten, und einen Kreditbrief, zudem könnt Ihr die Stadt und den Beauftragten selbst auswählen. Ich zahle einen hohen Preis für Euch, wie es eben sein muß, wenn das Leben beinahe zu Ende ist und wenn man der Frau, die man liebt, zum Abschied einen Wunsch erfüllen will. Der Brief an meinen königlichen Vetter wird Euch, wenn alles geschehen ist, was der Vertrag bestimmt, von meinem Vertrauensmann bei Morgengrauen übergeben werden. Es ist mein erstes und letztes Anliegen an den Allerchristlichsten König, der diese Bitte nicht abschlagen kann. Der Brief bedeutet, daß Ludwig Euch in Versailles empfangen wird. Das schulde ich nicht Euch und auch nicht mir, sondern der Frau, deren Bote ich war und die ich liebe. Ich habe den Preis nun festgesetzt und glaube, selbst Ihr könnt nicht mehr verlangen. Dieser Brief öffnet Euch die Grenzen der Länder, die Polizei wird Euch nicht mehr beunruhigen, und sollten Eure Abenteuer wieder Sturmwolken heraufbeschwören, so genügt dieser Brief, um Eure Verfolger in hilfreiche Freunde zu verwandeln. Das ist der Preis unserer Vereinbarung. Was ich als Gegenleistung fordere? Ich fordere, daß Ihr den Wunsch der Gräfin erfüllt und diese Nacht mit ihr verbringt.«

Er hob den Stock mit dem Silbergriff und klopfte mit seiner Spitze zweimal leicht auf den Marmorboden, als wollte er seine Worte bekräftigen.

»Wünscht Ihr das im Ernst?« fragte Giacomo.

»Ich wünsche es nicht«, erwiderte der Gast ruhig, »ich befehle es.«

Leiser und vertraulich fuhr er fort: »Ich sagte schon, daß ich einen Vertrag mit Eurem Herzen und Eurem Verstand zu schließen begehre. Hört mich an. Sind wir allein? Ich verpflichte Euch also für eine Nacht. Ich habe diesen Entschluß ohne falsche Empfindlichkeit, mit tapferem Herzen und klarem Kopf gefaßt. Was von meinem Leben noch bleibt, will ich mit dem einzig möglichen Inhalt erfüllen, und das ist Francesca, meine Frau. Sie soll mir für den Rest meines Lebens erhalten bleiben, nicht nur in ihrer körperlichen Erscheinung, sondern auch mit allen Gefühlen und Leidenschaften, die durch die Liebe zu Euch in Aufruhr und Verwirrung geraten sind. Diese Liebe zu Euch bedeutet eine Empörung. Vielleicht ist sie berechtigt, sie schädigt jedoch meine Interessen. Ich werde sie niederwerfen wie jede Empörung, die mir in meinem Leben begegnet ist. Ich bin nicht empfindsam und schätze vor allem die Ordnung, die sinnvoll und wichtig ist und die nicht immer tugendhaft im Sinne des Katechismus sein kann. Ich habe die Bäcker in Parma vor ihren Backstuben aufknüpfen lassen, als sie das Brot zu verteuern begannen. Ich hatte zwar nicht das Recht zu dieser Maßregel, wohl aber die Macht und die Überzeugung, richtig zu handeln; damit war die

Ordnung wiederhergestellt, wenn auch in einem anderen Sinn, als die vorsichtigen Gesetzesdeuter und Rechtsgelehrten es meinen. Und ich ließ meinen ersten Leutnant vor den Toren Veronas aufs Rad flechten, weil er einen Soldaten ohne Grund mißhandelt hatte; viele mißbilligten dies, doch die Einsichtigen und die pflichtbewußten Soldaten und Offiziere gaben mir recht, denn nur der wahre Soldat weiß, daß jede Befehlsgewalt Verpflichtungen auferlegt und daß nur der Zucht und Ordnung zu halten vermag, der schonungslos streng, dabei aber höflich und taktvoll ist. Ich schlage jede Empörung nieder, weil ich an die segensreiche Macht der Ordnung glaube. Es gibt keine Freude und kein echtes Gefühl ohne Ordnung, und ich habe stets mit Schwert und Strick jede Art von Empörung verfolgt, die sich anmaßen wollte, in die innere Ordnung der Dinge störend einzugreifen; denn ohne diese Ordnung ist keine harmonische Entwicklung denkbar, ja, ich glaube, daß ohne Ordnung auch keine wahre Revolution möglich ist. Auch Eure Liebe ist Empörung, und da ich Euch nicht hängen oder entblößt in die eisige Nacht jagen kann, so kaufe ich Euch. Den Preis habe ich genannt. Ein hoher Preis! Wohl wenige haben bisher so viel für Euch gezahlt. Zeigt nun, was Ihr könnt; es hängt von Euch ab, ob Ihr am Ende der Vorstellung Beifall erntet oder ausgepfiffen werdet … Ihr schweigt noch immer? Ist Euch der Preis zu gering, oder zu hoch? … Ihr kämpft mit Euch? … Ich sehe schon, ich muß mein Angebot noch erhöhen. Warum zögert Ihr? Nennt doch die

Summe, das Geld hat keinen Wert mehr für mich, flüstert mir ins Ohr, um welchen Preis Ihr geneigt seid, eine Nacht mit der Gräfin von Parma zu verbringen. Wie teuer oder wie billig verkauft Ihr Eure Kunst? ... So sprecht doch«, drängte er, »sprecht, denn meine Zeit ist begrenzt.«

Giacomo stand mit gekreuzten Armen vor ihm. Im Halbdunkel war sein Gesicht kaum zu erkennen. »Weder teuer noch billig, Exzellenz«, sagte er höflich und bestimmt. »Diese Nacht hat keinen Preis.«

»Keinen Preis? Wie wollt Ihr dann Euer Werk vollbringen?«

»Unentgeltlich.«

Der Gast sah nachdenklich in das Kaminfeuer. »Eine vortreffliche und schöne Antwort«, sagte er dann, »edel und geheimnisvoll. Doch es scheint, Ihr habt mich nicht verstanden. Ihr haltet mein Angebot für unmoralisch. Vielleicht ist es das wirklich – nach der feigen und engen Auffassung der Welt. Doch meine Zeit ist begrenzt, und ich kann mich nicht mehr um die Moral und das Urteil der Welt sorgen. Euch liebt eine Frau, die ich liebe. Ihr aber seid nicht imstande, eine Frau wirklich zu lieben, denn Ihr gehört zu jenen, die ewig unbefriedigt durch die Welt ziehen und immer durstig bleiben, ob sie nun aus einem Trog oder aus einem kristallenen Pokal trinken; ihnen ist nicht zu helfen. Es ist dies eine Abart des Unvermögens zu lieben, wenn Ihr's nicht wissen solltet. Ich wußte das seit dem Augenblick, als ich Euch in Bologna im Theater gähnen sah. Ich bedaure Euch, weil Ihr die wahre

Liebe nicht kennt und niemals die Stimme des Herzens vernommen habt, denn Ihr seid mit Taubheit geschlagen. Vielleicht entsagt auch Ihr hier und da einer Frau und überlaßt die Betörte ihrem Schicksal, weil Euch diese Geste gefällt, weil Ihr nur spielt oder großmütig zu sein glaubt. Doch Ihr wißt nicht, daß man aus Liebe auch sündigen kann und daß, wer wahrhaft liebt, auf eine Nacht oder für ewig zu verzichten vermag, nicht aus Selbstsucht wie Ihr, sondern dem Gebot des Dienstes und des Opfers folgend. Denn lieben heißt dienen. Auch ich diene jetzt zum erstenmal. So spielt das Schicksal selbst mit uns, den Mächtigen und Bevorzugten. Ich kann Euch Francesca nicht überlassen. Sie hätte von Euch nichts zu erwarten als Nächte, in denen sie Euch gehört, Zärtlichkeiten, die fast unpersönlich sind, und ein verzehrendes Feuer, das nicht wärmt. Eure Kunst ist das Abenteuer, darin seid Ihr Meister. Und es liegt in der Natur des Abenteuers, daß es von kurzer Dauer ist. Schafft jetzt Euer Meisterwerk, Giacomo«, sagte er etwas heiser und sah ihn mit weit geöffneten Augen an. »Im Abenteuer liegt Eure Kraft, diese Kunst meistert Ihr wie kein zweiter. Zeigt jetzt, was Ihr könnt! Ich vertraue auf Euch und weiß, daß Ihr keine Stümperarbeit verrichten werdet. Was zu einem Abenteuer gehört, steht Euch zur Verfügung: die Nacht und das Geheimnis, maskierte Gesichter und zärtliche Worte, Briefchen, geheime Botschaften, die Flucht im Schneetreiben und der große Augenblick, da die Beute in Euren Armen liegt; dann das langsame Ausklingen und das Ende, der Schwur: ›nur du‹ und ›für ewig‹, während Ihr schon mit halbem Auge nach der Morgenröte hinter dem Fenster späht, um nach vollbrachter Arbeit für neue Aufgaben bereit zu sein. Ihr sagtet, ein Mann sei nicht käuflich. Das ist ein schönes Wort, doch ich glaube nicht daran, denn ich weiß, daß man alles auf dieser Welt, vielleicht auch die Wärme einer Liebe, kaufen kann. Ich versuche jetzt, mir das zu sichern, was von Francescas Liebe noch übrigbleibt. Ich kaufe die Reste ihrer Zärtlichkeit für meine letzten Tage; sie mögen von dem edlen Licht durchglüht sein, das ihrem Körper und ihrer Seele entströmt. Francesca soll von ihrem Gefühl für Euch geheilt werden wie von einer Krankheit. Es war kein frevelhafter Einfall, der mich hierhergeführt hat, und ich komme nicht als bejahrter Liebhaber, der um Beistand bittet, weil er selbst keine Lust mehr schenken kann. Nein, Ihr seid eine Krankheit, eine Seuche, ein geheimes Fieber, das überstanden werden muß. Leeren wir also den bitteren Kelch, wenn es das Schicksal so will. Deshalb bin ich gekommen und bitte Euch: Verbringt diese Nacht mit meiner Frau; eine Bitte, die seltsam klingt, die jedoch verständlich wird, wenn man den wahren Inhalt der Gefühle mit dem Licht der Vernunft durchleuchtet. Schafft Euer Meisterwerk! Ihr könnt der armen Kranken nichts anderes geben als dieses Abenteuer, gestalten wir es also nach allen Regeln der Kunst, nach unserem besten Können und in klugem Einverständnis. Schafft ein Meisterwerk, denn ich will, daß Francesca am Morgen heimkehrt wie jemand, der von einer Krankheit genesen ist; nicht verstohlen im Schatten enger Gäßchen, sondern erhobenen Hauptes, ohne von ihrer Größe verloren zu haben. So will ich sie mir bewahren – für die kurze Spanne Zeit, die mir noch bleibt, jetzt, da ich so vieles verstehe, was mir früher verschlossen war. Ich spreche jetzt nicht mehr zum Mann, der sich in seiner Ehre gekränkt fühlt, sondern zum Künstler in Euch: Bleibt Eurer Kunst treu und schafft ein Meisterwerk! Ihr hebt den Blick und seht mir ins Auge? Ist es geglückt, das Interesse des Künstlers zu wecken? Ähnliches mag der große Papst gefühlt haben, als er Michelangelo davon überzeugt hatte, daß die herrliche Kuppel gebaut und vollendet werden müsse. Und deshalb wollen auch wir auf unsere Weise bauen und vollenden«, sagte er und lächelte melancholisch. »Ihr vergebt Eure Kunst nicht billig, doch ich bin entschlossen, den hohen Preis zu zahlen; die großen Worte von vorhin waren vergebens, denn Ihr werdet am Morgen dennoch die zehntausend Dukaten und den Geleitbrief benötigen. Ich erwähne dies nur nebenbei. Denn wichtiger ist, daß in Euren Augen schon das Verständnis leuchtet: Der Künstler in Euch ist erwacht, der Einfall beschäftigt schon Eure Gedanken. Ihr habt mein volles Vertrauen, ich weiß, daß Ihr keine Fehler begehen und ein Kunstwerk gestalten werdet. Doch Ihr müßt es in kürzester Frist vollenden: Was sonst der Monat oder das Jahr zustande brachte, muß jetzt die Minute oder die Stunde schaffen. Wer könnte dies besser als Ihr – gerade jetzt, wo die Zeit und das Leid der Gefangenschaft Euer Talent und Eure Kunst noch haben reifen lassen? Ich verlange das Schwerste von Euch: Ihr sollt den Ablauf der Dinge verkürzen und das Gesetz der Zeit für einige Stunden aufheben, Ihr sollt zaubern wie die Magier aus dem Morgenland, die in Sekunden aus dem Samen eine Knospe und eine voll erblühte Blume erstehen lassen und gleich darauf vor den Augen der Zuschauer an derselben Blume das andere große Wunder vollziehen, das des Verblühens und Vergehens. Und Euer Werk muß lebendige Wirklichkeit sein, kein Zauberspiel mit Flittergold und leeren Worten, sondern ein richtiges Abenteuer mit nächtlicher Flucht und echter Leidenschaft! Bloß eine Nacht steht zur Verfügung, und deshalb verpflichte ich Euch, da Ihr der einzige seid, der das vermag! Ich fühle fast Achtung vor Eurer Kunst, da ich weiß, was alles dazugehört: heißes Blut und kalter Verstand, Leidenschaft und Feingefühl, berechnende Schlauheit und kaltes Planen, Draufgängertum und selbstmörderische Ohnmacht. Ihr müßt, in einer Nacht zusammengedrängt, etwas vollbringen, wozu Liebende sonst viele Wochen und manchmal ein ganzes Leben brauchen. Darum seid Ihr ein Künstler, so wie jene, die es zuwege bringen, in eine kleine Steinplatte ganze Schlachtenszenen zu meißeln oder in ein handgroßes Stück Elfenbein eine Stadt mit Menschenansammlungen, Gebäuden und Kirchtürmen zu prägen. Denn nur der Künstler vermag das Gesetz der Zeit und des Raumes zu sprengen. Hört also: Ihr kommt diese Nacht zu uns, verkleidet und maskiert wie alle Gäste. Und wenn Ihr Francesca erkannt habt, entführt Ihr sie, bringt sie hierher und schafft Euer Meisterwerk. Ich bin bereit, den Preis zu zahlen, verlange aber, daß die Gräfin bei Morgengrauen in den Palast zurückkehrt. Und ich verspreche Euch, daß von dieser Nacht zwischen uns nie mehr die Rede sein soll, wie sich auch unser Schicksal gestalten möge. Heute nacht wird die Gräfin Euch sehen, wie sie es gewünscht hat, und es wird Eure Sache sein, sie bis zum Morgengrauen von ihrer Leidenschaft zu heilen. Zeigt Euer wahres Gesicht, und laßt sie erkennen, daß es für sie kein anderes Leben gibt als das ihr vom Schicksal bestimmte, laßt sie wissen, daß Ihr das Abenteuer seid, ein Sturm, der nachts über die Gefilde des Lebens hinwegbraust, und daß am Morgen die Sonne wieder scheint und das Leben, geklärt und gereinigt, von neuem beginnt. Laßt sie in diesen kurzen Stunden das Geheimnis erleben, das sie begehrt und das am Morgen nur mehr eine Erinnerung sein wird, die nicht schmerzt und allmählich verblaßt. Seid zärtlich zu ihr und seid auch grausam, so wie Ihr tatsächlich seid, tröstet sie und kränkt sie, wie Ihr es sonst auch tut, wenn Euch mehr Zeit zur Verfügung steht. Laßt sie in dieser kurzen Nacht alles Glück und alles Leid erleben, das ein liebendes Herz zu fassen vermag. Und am Morgen sendet sie mir zurück, denn ich liebe sie, und Euch ist sie nur ein flüchtiges Abenteuer.«

Er stand auf. »Sind wir nun einig?« fragte er und stützte sich schwer auf den Stock.

Der andere ging, die Arme auf dem Rücken verschränkt, durch das Zimmer. Er blieb neben der Tür stehen und sah mit gesenktem Kopf auf die Schwelle. Dann fragte er leise: »Und was geschieht, wenn der Plan nicht gelingt? Wenn es mir nicht glückt, noch in dieser Nacht ans Ziel zu gelangen? Was geschieht, wenn die Gräfin von Parma diese Nacht nur als ersten Schritt, als Anfang einer – –«

Er konnte den Satz nicht vollenden, denn sein Gast war mit überraschend flinken und jugendlichen Schritten durch das Zimmer geeilt, blieb knapp vor ihm stehen und sagte mit hochmütiger Betonung: »Dann seid Ihr ein Stümper!«

Sie sahen sich einige Sekunden lang in die Augen.

»Euer Wunsch ist mir Befehl«, erklärte der andere schließlich und zuckte die Achseln. »Ich will mein Bestes tun, um Euch zufriedenzustellen.«

Er verbeugte sich tief.

Der Graf wandte sich, schon an der Tür stehend, noch einmal zurück: »Ich sagte vorhin: Tröstet sie und kränkt sie. Ich bitte Euch zum Abschied: Kränkt sie nicht zu sehr.«

Er trat auf den Gang hinaus und ging, mit dem Stock nach den Stufen tastend, langsam die Treppe hinab, auf der ihm die Lakaien mit erhobenen Leuchtern entgegeneilten.

Die Verkleidung

Nun, worauf wartest du? Kleide dich an für den Ball, alternder Komödiant! Die Jugend ist dahin, das weißt du doch. Noch hörst du ihre Stimmen – wie die silbernen Schellen des Schlittens dort unten. Eben fährt er unter dem Fenster vorbei, dein verschrobener Gast mit seinen Lakaien und prächtigen Pferden. Den mageren Körper bis zur Nasenspitze in Pelz gehüllt, kauert er dort in der Tiefe des Schlittens, alt und zu Tode getroffen; denn was er auch redet und predigt, jetzt ist er der Verwundete, der Schwerverletzte, und nicht ich, wie damals in Pistoia im Garten und vor den Toren von Florenz. Hörst du, wie das Klingeln der Schellen sich in der Ferne verliert? Genieße jetzt deinen Triumph! Bist du zufrieden? Warum schweigst du? Steigt dir ein bitterer Geschmack in den Mund, fühlst du dich wie einer, der wahllos gegessen und getrunken hat und jetzt fasten möchte, bei saurem Hering und Bußübungen? Ach, Unsinn! Töte alles in dir ab, was Erinnerung ist, erwürge mit beiden Händen jedes Gefühl, jede Schwäche, alles, was dich an Menschen kettet, und jedes Mitleid! Die Jugend ist dahin?

Vielleicht noch nicht ganz! Es fehlen dir zwar zwei Vorderzähne, du verträgst die Kälte nicht mehr so gut und liebst den Ofen im Winter, auch sind dir nicht alle Speisen bekömmlich, und vor einem Stelldichein mußt du dir gründlich den Mund spülen, doch das alles bedeutet nicht viel. Dein Magen, dein Herz und die Nieren dienen dir noch treu, und das Haar ist nur am Scheitel ein wenig gelichtet. Das ist noch nicht das Alter, das sind allenfalls Vorboten.

Und doch: alle Vorsicht und Weisheit, alle Überlegung und Erfahrung sind keinen Groschen wert ohne die unbedachte Leidenschaft der Jugend, ohne die sonderbare Sehnsucht, die zu gleicher Zeit die Welt ausrauben und sich selbst hingeben möchte, die mit beiden Händen nach allem greift, was die Welt bietet, und mit beiden Fäusten alles von sich stößt, was das Leben uns schenkt. Aber nur sachte! Das ist kein Maskenball wie sonst, und es ist ein Stelldichein von anderer Art! Der Zeiger ist vorgerückt, es ist etwa so wie im Jahr um Mitte Oktober. Eine schöne Zeit. Die Sonne strahlt noch in hellem Glanz. Blick um dich, atme den süßen Duft und die Klarheit dieser Stunde, und bescheide dich, denn du kannst es nicht ändern. Das Jahr neigt sich...

Von irgendwo dringen Lachen und Gläserklang, eine Frauenstimme singt, regenfeuchte Erde duftet, du stehst in einem Garten, dessen Blumen verwelkt sind, unbändiges Glück im Herzen und die Sehnsucht nach Erfüllung und Tod... So ungefähr war es, oder so ähnlich. Doch laß das für später! Du mußt dich jetzt ankleiden, die Zeit vergeht, im Ballsaal stehen schon die Paare bereit, und ein unsagbar liebliches Augenpaar sucht dich: Sehen muß es dich! Wo ist der Brief? Hier liegt er. Große Buchstaben, sorgfältig hingemalt. Es ist nicht der erste und bestimmt nicht der letzte Brief, den ich von Frauen erhalten habe; und wie stolz hat ihn der verliebte Greis und gekränkte Gatte geöffnet. Welcher Spaß! Manchmal lohnt es sich zu leben. »Sehen muß ich Dich.« Was hätte die Arme auch schreiben sollen, da sie erst seit einem Jahr die Buchstaben kennt.

Er sagte, sie hätte nicht mehr und nichts Schöneres schreiben können als dies, und vielleicht hat er recht; die Marquise, das Kusinchen des Kardinals, eine Meisterin der Liebe und der Feder, hat längere und amüsantere Briefe geschrieben, mit Versen, klassischen Zitaten und Schlüpfrigkeiten gespickt, doch so schlicht und wahr konnte sie nicht schreiben, und das Entzücken des alten Narren ist verständlich.

Du wirst mich sehen, mein Täubchen, so wie du es wolltest. Ich bin zwar nicht der Jüngste und Schönste, doch auch nicht der Verworfenste auf der Welt, wie der Alte meint. Ihr beide werdet sehen, wie ihr es gewollt habt, du, zartes Täubchen, und du, zerzauster und verliebter alter Sperber. Wie viele Worte, und welch schlauer Plan! Auch Drohungen mit Dolch und Tod! Sollte wirklich er mich in Venedig den Häschern ausgeliefert haben?... Der Hohe Rat erweist sich gern den einflußreichen Männern fremder Mächte gefällig, und Messer

Grande ist ein höflicher Mann, der dem Verwandten des Königs von Frankreich kleine Dienste nicht verweigert.

Deine Bitte wird erfüllt, Graf von Parma! Du batest voller Arglist, du batest wie einer, der ein Geschenk macht; du wähltest große Worte und willst Spielleiter und Ordner, Herr und Gönner in diesem seltsamen Geschäft bleiben. Du sollst haben, was du wolltest!

Es kann wohl sein, daß seine Hände es waren, die sich damals in Venedig auf meine Schultern legten. Er hat es zwar nicht mit klaren Worten gesagt, der alte Henker; er ließ nur die Möglichkeit aufblitzen wie einen Dolch und verbarg dann rasch sein Geheimnis wieder in der Manteltasche. Quäle dich nur damit ab, so dachte er wohl, zittre davor, daß sich das Spiel wiederholen könnte.

Und er hatte nicht unrecht, als er von jenem anderen Gesetz und der anderen Ordnung sprach; auch ich könnte ein Lied davon singen, es ist nicht lang und hat auch eine Pointe. Selbst Messer Bragadin ist kein Engel, wenn es sich um das Staatswohl handelt und darum, jemandem für den Preis eines Menschenlebens gefällig zu sein. So ist die Welt, langsam lernst auch du es. Man sammelt Erfahrungen, durchschaut die Listen und Künste und kommt zu dem Schluß, daß ein Kartenspiel wohl kaum das verwegenste und auch nicht das verworfenste Geschäft ist. Es gibt andere, die mit der feierlichen Hülle von Ehrbarkeit und Würde verdeckt werden und die um nichts besser sind.

Hüte dich, Giacomo! Hüte dich vor dieser Nacht. Und hüte dich vor morgen früh, wenn du dich beim ersten Hahnenschrei im Schneetreiben auf den Weg machst. Das Geschäft ist viel zu ausgeklügelt, als daß es ungefährlich und harmlos sein könnte: der hohe Herr, der greise Liebhaber, der den Rivalen nicht erwürgt, sondern durch ihn die Liebe und jede Erinnerung an sie ersticken will... nimm dich in acht! Ich sehe noch Licht in den Ställen, und in deiner Tasche klingen noch ein paar Dukaten; wie wäre es, wenn du rasch deine Sachen packtest, das warme Vögelchen, die sechzehnjährige Therese, mit dir nähmest und statt Maskerade und Vertrag noch diese Nacht mit ihr verschwändest, dem Gesetz deines Lebens und der Vernunft gehorchend, die dich selten getäuscht haben?

Ja, das wäre klüger, als den Morgen abzuwarten. Dann mögen sie tanzen und sich amüsieren; und der Graf von Parma kann seinen Eselskopf tragen, seinen Schatz hüten und sich den Kopf darüber zerbrechen, wie er die Erinnerung in Francescas Herzen ausrotten könnte. Sei vernünftig, Giacomo! Wie, du zögerst? Du bleibst? Du hast die Rolle übernommen, und sie verpflichtet dich? Du kannst diesem Spiel, das zugleich erniedrigend und gefährlich ist, nicht entfliehen, einer Komödie, in der echte Tränen und echtes Blut fließen und die Lakaien vielleicht einen richtigen Toten hinaustragen werden.

Fühlst du das leise Zittern, das deinen Körper erfaßt, flammt schon die Leidenschaft in dir, die der Verstand nicht mehr zu zügeln vermag? Fühlst du schon, daß du nicht anders kannst und deine Rolle zu Ende spielen mußt? Der eifersüchtige Kavalier hat richtig gerechnet, als er den Künstler in dir weckte, und du weißt auch bereits, daß du diesem Ruf folgen wirst, selbst dann, wenn der Graf von Parma am Ende des Stücks nicht nur die Erinnerung, sondern auch die Darsteller aus der Welt schafft.

Rebelliere nicht dagegen, wehre dich nicht länger: Du mußt bleiben. Du kannst deine Rolle und deine Kunst nicht lassen; dein ganzes Leben war Gefahr. Du kannst nicht anders leben, schick dich darein. Du brauchst die Gefahr und bist es gewohnt, daß in jedem Augenblick deines Lebens hinter dem Bettvorhang ein Arm erscheinen und dir den Dolch zwischen die Rippen stoßen kann; du brauchst das, wonach sich der wohlbehütete Bürger vergeblich sehnt und wovon er träumt, wenn er in seiner Schlafmütze neben der Ehehälfte schnarcht, während du im Keller fröstelst, auf Hausdächern herumirrst oder mit Mordbuben um dein Leben kämpfst und das erlebst, wovon die Tugendhaften nur zu träumen wagen: die Flucht aus dem Alltag, das Abenteuer! Gehorche deinem Gesetz und deiner Natur, und drücke dich nicht von hier!

Und nun an die Arbeit, alter Junge! Klatsche dreimal, damit man Wasser in den silbernen Krügen bringt, Balbi soll sich auf die Beine machen und ein Kostüm, eine Maske und einen Mantel besorgen, Giuseppe soll kommen und mir das Gesicht in Ordnung bringen, und ich will mit der kleinen Therese sprechen; sie muß heute nacht heimlich ihr Bündel schnüren und mich im Morgengrauen am Rand der Stadt erwarten. Ich will sie mit mir nach München nehmen, und dort werde ich sie dem Ersten Geheimschreiber des Kurfürsten zur Frau geben. So ist alles geordnet. Tröste dich, du kannst nichts anderes tun. Die Rechnung des Grafen von Parma stimmt. Er hat mich richtig eingeschätzt und jede Möglichkeit erwogen. Er wußte, daß ich in dieser Nacht bleiben und mein Gastspiel vollenden würde, wenn es auch noch so gefährlich ist und mich vielleicht den Hals kostet, so daß die Schönen von Bozen einen ergreifenden Trauerchor an meiner Bahre anstimmen können. Du hast richtig gerechnet, du kluger und habsüchtiger Greis, der du eigensinnig daran glaubst, daß du mit Gold und Macht, mit Weisheit und Voraussicht bis zum letzten Augenblick über deine Welt herrschen wirst. Hüte auch du dich! Hüte dich, denn es sind Menschen, mit denen du dein ausgeklügeltes Puppenspiel aufführen läßt.

Wußte ich jemals am Abend, was mir der nächste Morgen bringt? Habe ich mich je darum gekümmert? Mein Leben ist zur Hälfte vollendet, doch ich habe noch nichts bereut: Ein Messer drang mir zwischen die Rippen, der Giftbecher wurde mir gereicht, ich war allein auf der Welt, ohne Freund, ohne Geliebte, ohne einen Pfennig – und ich liebe trotz allem das Leben. Ich habe kein Haus und keine Wohnung, keinen Ring und keine Uhr, es gibt kein Möbelstück, das mir gehört, und nichts auf der Welt, was mich bindet. Beneidest du mich nicht,

Graf von Parma? Dein Leben ist nichts als Gebundenheit: Geburt und Rang, Name und Titel, Besitz und Vermögen, Liebesnöte und Eigensucht schlagen dich in tausend Fesseln – jetzt, da dein Leben »beinahe« zu Ende ist, wie du in eitler Albernheit ständig wiederholtest, als könnte die abergläubische Kraft des Wortes den Lauf der Dinge hemmen.

Beneidest du mich nicht? Ich reise mit den Strahlen des Mondes, flüchtige Wolken sind meine Begleiter, und auf den Flügeln des Windes überschreite ich die Grenzen der Länder; ich kenne kein Leid des Abschieds und keine Pein der Erwartung.

Doch nun genug, mach dich bereit, Junge! Das Leben ist noch nicht zu Ende, und auch von »beinahe« ist nicht die Rede. Hüte dich, Graf von Parma, ich fürchte den kommenden Morgen nicht. Die Zeit ist reif für Träne und Schwur, Kuß und Tod – und das Schicksal nimmt seinen Lauf! Du wirst heute nacht gut bedient sein und sollst dein Meisterwerk haben. Doch es wird kein auswendig gelernter Text sein, sondern ich werde improvisieren, wie es einem Dichter obliegt. Fürchtest du nicht, kluger Greis, daß die Vorstellung zu gut gelingen könnte?

Denn der Brief ist vielversprechend, und der Zauber seines Inhalts ist vielleicht stärker als der ausgeklügelte Plan, der dein Teuerstes für den Rest deiner Tage bewahren soll. Fürchtest du nicht, daß die menschlichen Leidenschaften das berechnete Maß sprengen könnten und daß auch der erfahrenste Künstler sich irren kann? Daß aus dem Spiel Wirklichkeit wird, aus dem Kuß ein unzerreißbares

Band, aus dem Blut ein sprudelnder Bach, mit dem das Leben verströmt?

Wir sind durch Vertrag gebunden, jawohl! An die Arbeit also! Du mit dem Eselskopf in deinem Palast, und ich in der Maske, die so vollkommen sein wird, daß mich niemand erkennt als sie, die mich sehen will.

Balbi, Therese, seid ihr reisebereit? ... He, Balbi! Jetzt spitz die Ohren! Wie spät ist es? ... Bald Mitternacht? Bist du betrunken? Du riechst nach Knoblauch, deine Mundwinkel glänzen vor Fett, und deine Augen sind trüb vom Veroneser Wein ... Also merk gut auf! Es ist soweit, eine wunderbare Wendung steht bevor. Unsere Zeit in Bozen ist abgelaufen, deine Bitten haben Gehör gefunden; bei Morgengrauen reisen wir ab. Sag dem Wirt, er möge die Rechnung und die Pferde bereithalten. Du packst deine Sachen und nimmst Abschied von den Küchenfeen und von deinen ausgeplünderten Freunden – doch nein, es ist klüger, du schweigst diese Nacht noch. Morgen kannst du von München aus deine verliebten Abschiedsbriefe schreiben. Du packst dein Bündel, gehst auf dein Zimmer und erwartest den Morgen. Man soll die besten Pferde bereithalten, sprich mit dem Postmeister, sorg für eine geschlossene Kutsche, für Decken und Wärmflaschen. Jeder muß auf seinem Posten sein. Sag den Leuten, daß es am Morgen Gold oder Schläge gibt, für jeden nach seinem Verdienst. Frag nicht viel! Halt den Mund, achte auf jedes Geräusch, und wenn ich dich rufe, nimm dein Bündel auf den

Rücken, und troll dich in den Wagen zum Kutscher. Das ist keine Bitte, Balbi, sondern ein Befehl; denn wir sind vor Venedig noch nicht ganz sicher, und Messer Grande wäre hocherfreut, dich wieder in seine Arme zu schließen. Jammere nicht! Ob ich schlechte Nachrichten habe?

Du wirst es erfahren, hundert Meilen von hier, wenn die Zeit dafür gekommen ist. Eile jetzt in die Stadt, und besorge ein Maskenkostüm. Was für eins? Ein Maskenkostüm für einen Ball, Dummkopf, ein besonderes, für einen Edelmann, eines, das Aufsehen erregt und zugleich unkenntlich macht.

Was sagst du? Es sind schon alle vergriffen in Bozen? Einfaltspinsel, was ich suche, ist kein alltägliches Kostüm, kein Pierrot oder Domino, kein persischer Prinz und Sterndeuter, kein Ritter aus dem Morgenland, kein Pascha mit Turban und Dolch und auch kein Possenreißer. Das ist alles alltäglich und langweilig. Suchen wir etwas Neues. Soll ich als Ritter erscheinen, als französischer Ritter, der eben vom Hof Ludwigs kommt? Oder als Schriftsteller, Doktor und Gelehrter, mit schwarzgeränderter Brille, weißer Halskrause und schwarzem Mantel? Nein, auch das ist nicht gut. Wir müssen etwas Besonderes finden! Fällt dir nichts ein? Verlangen die Küchenmägde nicht, daß du sie mit deinem knoblauchduftenden Witz unterhältst?

Halt, nun hab ich's! Küchenmägde! Ein himmlischer Einfall! Ruf sofort Therese! Bringt mir einen Frauenrock und ein Hemd, ein Schönheitspflaster, eine Haube und eine weiße Seidenmaske… Was gaffst du? Jawohl, ich werde mich als Frau verkleiden. Lach nicht so dumm! Es ist die beste Maske für mich! Dazu gehört noch ein Fächer, der Busen wird mit Federn aus dem Polster gefüllt. Beeil dich also. Weck die Leute im Haus! Macht Ordnung im Zimmer, öffnet die Fenster, bringt süßen Wein in Glaskrügen für den Tisch und kaltes Huhn mit Salat, auch Schinken und Käse, weißes Brot, Silber und Porzellan, und alles vom Feinsten und Besten!

He, Wirt! Wo steckst du, alter Kuppler, Mörder der Wanderburschen und reisenden Kaufleute! Her mit dir, und hör meine Befehle! Schürt das Feuer im Kamin, bereitet das Bett, überzieht die Kissen und Decken mit feinstem Linnen und Spitzen, werft Ambra auf die Glut, stellt zwei Lehnstühle vor den Kamin, deckt auf dem kleinen Tisch aus Ebenholz, besorgt Blumen, Blumen um jeden Preis, rote Rosen – ja, jetzt im November, im Schnee! Woher?... Das sind nicht meine Sorgen. Aus den Gewächshäusern des Grafen, wenn es nicht anders geht! Halt – noch etwas! Das Brot röstet in dünnen Scheiben, und legt die Butter auf frischgefallenen Schnee! Und nun an die Arbeit! Der Kutscher soll jetzt schon beginnen, den Wagen mit heißen Flaschen zu wärmen. Gebt den Pferden Hafer, und putzt die Geschirre auf Hochglanz. Bei Morgengrauen stehe jeder auf seinem Posten. Bereitet warme und kalte Speisen für die Reise, vergeßt nicht den Wein, und nehmt von allem das Beste. Und nachts soll hier Ruhe herrschen wie im Grab, wie unter der Erde, wo auch du deinen Platz finden sollst, wenn du nicht rasch und pünktlich meine Befehle befolgst!

Du kennst mich noch nicht, ich bin furchtbar in meinem Zorn! Ich habe die mächtigsten Gönner und Freunde, du hast wohl gesehen, wer schon vor der Tür meines Zimmers stand! Hundert Dukaten bekommst du, wenn alles geschieht, wie ich es befehle! Sag den Mägden und dem Küchengesinde, daß am frühen Morgen ein Goldregen auf sie niedergeht, wenn jeder diese Nacht auf seinem Posten bleibt und seine Pflicht tut! Und alles muß geräuschlos und ohne Aufsehen geschehen, verstehst du? Schließt die Fenster, es ist jetzt genug gelüftet, besprengt das Bett mit Rosenöl, und zieht die Vorhänge zu.

Da sind ja die Blumen! Woher hast du sie? Sie waren im Zimmer der Dame aus Bergamo? Wir wollen ihr morgen – vergiß das nicht – noch schönere schicken, einen ganzen Korb mit hundert Rosen! Ja, du kannst decken, bringt die Speisen herauf! Gut, daß du da bist, Giuseppe, rasch den Frisiermantel, leg mir rote Schminke auf die Wangen, gleichmäßig, rechts und links, und auch auf die Lippen ein wenig; das Schönheitspflaster unter den rechten Backenknochen und Reispuder auf das Haar! Und jetzt die Haube! Wir sind fertig! Ist Mitternacht schon vorbei?

Geht nun alle! Bis zum Morgengrauen will ich keine Seele sehen. Therese, nur du bleibst hier, mein Kind! Schließ mir den Rock auf den Hüften, richte die Strumpfbänder über den Knien, borg mir das seidene Tuch, das ich dir gestern geschenkt habe, leg es mir über die Schultern! Sitze ich gut so – mit übergeschlagenen Beinen? Jetzt sehe ich erst, wie wenig ich von der Haltung und den Bewegungen der Frauen weiß. Hält man den Fächer so? Gefalle ich dir? Meine Nase ist zu groß? Die Maske wird sie verdecken! Komm näher, Kleine, setz dich auf meine Knie, es schadet nichts, wenn du meine Rockfalten zerdrückst. In München bekommst du schönere Röcke, aus Seide und Samt, so viele du nur willst.

Du wunderst dich? Ich habe es mir nie anders gedacht! Willst du denn hier verblühen, kleine Schneerose, in dieser Schenke, in den Armen betrunkener Reisender? Du kommst mit uns, auch Balbi wird mitgenommen, doch er wird uns bald wieder verlassen. Wir reisen nach München, bevor noch der Tag anbricht... Warum weinst du? Küß mich, wie du es immer tust, mit geschlossenen Augen, langsam und mit geöffnetem Mund! Warum zitterst du? Sei ruhig, Kind, bereite dich auf die Reise vor und auf dein Schicksal, das wunderbar sein wird: Geld im Überfluß, eine schöne Wohnung, Wagen und Pferde, das alles wirst du in München haben; deine Dienerin wird dir am Abend Schuhe und Strümpfe ausziehen und das seidene Schlafhemd überwerfen. Du schüttelst den Kopf? Soll ich dich hier zurücklassen? Ich reise in aller Frühe, mein Kind, diese Nacht wird noch dem Maskenball geopfert, und in der Dämmerung brechen wir auf; du sollst meine Begleiterin und mein Stubenkätzchen werden, und du wirst wie eine Dame leben. Lächelst du schon? Geh jetzt auf dein Zimmer, bete, schlafe, bereite alles vor. Im Morgengrauen erwarte mich vor der Stadt beim steinernen Kreuz, dort, wo der Weg nach Norden und Westen abzweigt. Deine Hände lassen wir auch in Ordnung bringen. Und wasch das Haar und das Gesicht mit Kamillentee, nimm auch diese Salbe dazu. Geh jetzt und denk darüber nach. Aber denk nicht zuviel. Gute Nacht, mein Kind! Morgen beginnt ein neues Leben für dich – in meinen Armen, unter den schützenden Flügeln meines Mantels! *Addio, bambina mia, cara fanciulla.* Uff! Sind alle fort?

Ich kann nun gehen. Noch rasch die Maske! Alte Freundin aus weißer venezianischer Seide, verhülle noch einmal mein Gesicht, wie schon so oft in gefährlichen und verworrenen Augenblicken des Lebens! Noch einen Blick in den Spiegel... Das Schönheitspflaster ist ein wenig verrutscht, noch etwas Rot auf die Lippen und einen Hauch vom Ruß der Kerzenflamme unter die Augen... So, nun ist die Maske vollkommen! Vergiß nicht, auf deine Stimme zu achten, laß mehr den Fächer und die Augen sprechen!

Und hier ist alles am Platz: das kalte Huhn, der Wein im geschliffenen Krug, die Blumen in der Marmorvase, der Rosenduft auf den Bettkissen, und auch die Vorhänge sind zugezogen... So ist es gut. Noch ein Scheit Holz in den Kamin... Doch etwas fehlt noch, es will mir nicht einfallen... Was war es nur, etwas Wichtiges, das ich nicht vergessen wollte, wichtiger als die Blumen und der Wein... Halt – nun weiß ich's – der Dolch! Komm an meine Brust, treuer Kamerad! An meinen Busen in den Ausschnitt des Kleides, zwischen die Federn; ein gutes Versteck, nur Frauen können den Dolch so im Busen verbergen und dann im Gefühl der Sicherheit zum Stelldichein eilen.

Gehen wir also! Nun? Was hält dich noch? Sieh in den Spiegel, deine Verkleidung ist wundervoll, und hier ist für alles gesorgt, in wenigen Augenblicken kann das Spiel beginnen, wie es mit dem Grafen vereinbart ist. Warum zögerst du noch, was soll das Herzklopfen? Was lähmt deinen Willen und raubt dir die Kraft des Entschlusses? Sei ruhig, mein Herz, und laß das wilde Schlagen! Du fürchtest die Liebe! Dir bangt vor dem Gefühl, das deine Freiheit bedroht! Du fürchtest die Fessel, der du seit deiner Kindheit zu entrinnen suchtest!

Sei getrost, das Gesetz deines Lebens ist stärker! Vielleicht stehen dir ein paar schlimme Tage bevor, doch dann werden das Kartenspiel und neues Erleben die Erinnerung auslöschen. Morgen ziehst du weiter mit deiner Küchenmaid, es ist nicht das erste und wird nicht das letzte Mal sein. Das Leben geht weiter, wie du es gewohnt bist und wie es anders nicht sein kann. Laß alle Empfindsamkeit. Die Träne, die du vergießt, könnte der Schminke auf deinem Gesicht und dem Schönheitspflaster schaden.

»Sehen muß ich Dich«... Ein schöner Brief. Ich habe nie einen schöneren bekommen. Diese Frau greift in mein Schicksal wie keine bisher, eine andere Kraft und eine tiefere Sehnsucht sind hier am Werk! Nun rasch die Maske, den Mantel... Wie still es geworden ist! Nur der Wind heult!

Wer klopft?

Die Vorstellung

Die Tür öffnete sich, und die Kerzen begannen im Luftzug zu flackern. Ein junger Mann mit Maske stand auf der Schwelle, in Frack, seidenen Kniebundhosen und Schnallenschuhen, den Degen an der Seite, den Dreispitz in der Hand. Er trat ein und sagte mit einer hellen Stimme, die das Zimmer mit der Frische und frohen Laune der Schneelandschaft zu erfüllen schien: »Ich bin es, Giacomo!«

Er schloß behutsam die Tür hinter sich und ging mit ungeschickten Schritten durch das Zimmer, wie jemand, der noch nicht ganz mit seinem Kostüm vertraut ist. Er verbeugte sich nach Männerart und sagte in unbefangenem Ton: »Ich habe vergebens auf dich gewartet, und so bin ich selbst gekommen.«

»Weshalb bist du gekommen?« fragte der Mann etwas heiser hinter seiner Maske.

»Weshalb? Ich habe es doch geschrieben. Weil ich dich sehen muß.«

Sie sagte es schlicht, ohne besondere Betonung, als wäre es die einzig mögliche Erklärung und die natürlichste Antwort, die eine Frau einem Mann geben kann. Und als er schwieg, fragte sie besorgt: »Hast du denn meinen Brief nicht bekommen?«

»Doch«, erwiderte er, »dein Gatte, der Graf von Parma, hat ihn mir heute abend gebracht!«

»Oh!« sagte sie leise wie ein Vögelchen und verstummte.

Sie lehnte den schlanken, knabenhaften Körper an den Sims des Kamins, ergriff den Degen mit beiden Händen. Die Maske auf ihrem Gesicht sah starr, mit leerem Ausdruck zu Boden. »Ich habe es gefühlt«, sagte sie. »Ich wartete auf deine Antwort und ahnte schon, daß mit dem Brief etwas geschehen war. Ich schreibe nämlich sehr selten. Um die Wahrheit zu sagen, es war der erste Brief meines Lebens.«

Sie neigte den Kopf zur Seite, ein wenig verschämt, als hätte sie das tiefste Geheimnis ihres Lebens verraten. Dann begann sie hinter der Maske zu lachen. »Oh!« sagte sie nochmals. »Wie sehr bedaure ich, daß der Brief in seine Hände geraten ist. Ich hätte es mir denken können. Was glaubst du – ob der Reitknecht noch lebt, der es übernommen hat, ihn zu bestellen? Es täte mir leid, wenn ihm etwas geschehen wäre, er war noch jung und konnte während des Reitens so traurig und sehnsüchtig auf mich schauen; er hatte auch eine große Familie zu erhalten. Hat der Graf den Brief persönlich überbracht?... Der Arme. Es muß ein schwerer Weg für ihn gewesen sein. Er ist so stolz und verschlossen, ich kann mir denken, was er gefühlt hat, als er sich mit dem Brief auf den Weg machte, in dem ich schreibe, daß ich dich sehen muß. Hat er gedroht, oder hat er dir Geld angeboten? Sag es mir, Liebster.«

Die Maske sah jetzt starr und leblos in das Licht.

»Er hat gedroht und hat auch Geld angeboten. Doch er ist nicht deshalb gekommen. Er hat nur den Brief überbracht und mir seinen Inhalt ausführlich erklärt. Dann haben wir einen Vertrag geschlossen.«

»Und was habt ihr vereinbart?«

»Er sagte, ich solle dich heute nacht mit meiner besonderen Kunst, dem Abenteuer, erfreuen und mich darin als Meister bewähren. Er bot mir Geld und auch einen Brief, der mich schützen und ungefährdet über die Grenzen geleiten würde. Er sagte, die Liebe hätte dich krank gemacht, Francesca, und ich solle dich heilen. Eine Nacht nur ist uns gewährt, damit wir alle Wonnen und alle Enttäuschungen der Liebe erfahren. Dann soll ich, dem Ruf meines Schicksals folgend, in fremde Länder reisen, du aber würdest, von deiner Krankheit genesen, erhobenen Hauptes in dein Heim zurückkehren, um deinem Gatten für den Rest seiner Tage Wärme und Glück zu spenden. Er sprach ruhig und geduldig und sagte noch, ich möge dich trösten, aber auch kränken, damit am Morgen zwischen uns alles für immer zu Ende sei.«

»Er sagte, du sollest mich kränken?«

»Ja. Doch beim Abschied bat er mich noch, ich möge dabei nicht zu hart sein.«

»Er liebt mich eben.«

»Ja, er liebt dich«, sagte der Mann, »doch es ist leicht zu lieben, wenn das Leben zu Ende ist, ›beinahe‹ zu Ende, wie er sich ausdrückte und mehrmals wiederholte; das Wort schien eine besondere Bedeutung für ihn zu haben.«

»Liebster, glaub mir, es ist niemals leicht zu lieben.« Man konnte ihre Lippen hinter der Maske nicht sehen, aber man ahnte, daß Francesca lächelte.

»Doch, für ihn ist es leicht«, beharrte der Mann.

»Und dann habt ihr einen Vertrag geschlossen?«

»Ja.«

»Und wozu verpflichtet er dich?«

»Zu dem Abenteuer dieser Nacht, das du erleben wolltest und das unsere Sehnsucht erfüllen wird. Was bisher Gedanke und Wunsch war, soll jetzt Wirklichkeit werden. Wir haben ja beide die Macht der Liebe verspürt. Das ist zugleich ein großes Geschenk und ein großes Leid. Ein Geschenk, weil ich dich auf meine besondere Art wirklich liebe, und ein Leid, weil diese Liebe niemals froh und beschwingt sein wird ... Wir werden einander in dieser Nacht ›erkennen‹, wie es in der Bibel heißt; doch am Morgen mußt du aus deinem Traum erwachen und mich für immer verlassen. Mein Schatten soll nicht auf euer Ehebett fallen, wenn sich der Graf von Parma über dein Kissen beugt. Die Erinnerung an mich soll verblassen und langsam völlig erlöschen. Dafür soll ich mich einsetzen, und das muß ich in dieser Nacht mit Worten und Küssen, mit Tränen und Schwüren nach allen Regeln der Kunst vollbringen.«

Er schwieg und wartete gespannt auf die Antwort.

»Dann vollbringe es, Giacomo«, sagte sie ruhig. Ihre Maske blickte gleichgültig ins Leere.

»Vollbringe es«, sagte die Stimme noch einmal. »Worauf wartest du? Beginn doch, der Augenblick ist da! Ich bin sogar zu dir gekommen, und du mußt nicht mehr in den Sturm hinaus, denn um Mitternacht hat sich ein Sturm erhoben, der den Schnee vor sich her treibt und zu Bergen türmt. Doch hier ist es still und wohlig warm. Wie ich sehe, ist das Bett bereitet, und es duftet nach Rosen und Ambra. Und der Tisch ist sorglich und mit erlesenen Dingen für zwei Personen gedeckt. Mitternacht ist vorbei, und es ist Zeit, daß wir endlich beginnen.«

Sie setzte sich an den gedeckten Tisch, streifte die Handschuhe ab, hauchte auf ihre Nägel, rieb die kalten Hände und wartete ruhig und höflich auf den Beginn der Mahlzeit.

»Wie wirst du es wohl machen?« fragte sie dann erwartungsvoll, als der Mann sich nicht rührte. »Wie fängt man es an, jemanden zu verführen, der aus eigenem Antrieb gekommen ist, weil er liebt? Ich bin so neugierig, Giacomo, wirst du gewalttätig oder listig und höflich sein? Es ist nicht leicht, was du auf dich nimmst! Denn im Grunde sind wir nicht mehr allein: Auch seine Gedanken sind in diesem Zimmer anwesend, so daß wir eigentlich zu dritt hier sitzen. Er wußte natürlich, daß du mir gleich zu Beginn alles sagen und seinen Besuch und euren Vertrag nicht verschweigen würdest. Vielleicht weiß er sogar, wie du nach diesem Anfang fortfahren wirst. Ich weiß es nicht, und ich bin sehr gespannt, nach allem, was ich gehört habe. Beginne also!«

Beide schwiegen eine Zeitlang. Dann sagte die Maske in Männerkleidung mit einer kindlichen Stimme, die langsam zur vollen Frauenstimme wurde: »Sonst könnte auch ich beginnen... Denn ich bin nicht hier, weil er es wollte, und auch nicht, weil du es gewollt hast. Ich bin aus eigenem Willen hier, in Maske und Männerkleidung, als hätte ich mich zum Scherz und Vergnügen so verkleidet – und das ist vielleicht gut so. Beginne also mit deinem Meisterstück! Denn das ist es doch, was ihr beide, der Mann, den ich liebe, und der Mann, der mich liebt, besprochen habt?... Gehorche ich jetzt nur seinem Befehl, wenn ich hier bin? Und werden wir beide, du und ich, einander nur deshalb ›erkennen‹ und kränken, weil er es befahl? Ist dies alles, was er sich ausgedacht hat, und alles, was du auf dich nahmst? Anderes, Klügeres ist euch nicht eingefallen – zwei so weisen und bedeutenden Männern? Er hat dir meinen Brief erklärt? Ich glaube, es ist ihm nicht ganz gelungen, Liebster! Denn als ich die ersten zusammenhängenden Worte, die ich im Leben schreiben durfte, endlich zu Papier gebracht hatte, erschrak ich fast darüber, was Worte alles zu sagen vermögen, wenn sie richtig gewählt und verständig aneinandergereiht sind. Vier Worte waren es nur, und auf ihren Befehl legtest du Frauenkleider an, er aber verließ seinen Palast und stieg als Briefbote die steilen Treppen empor, vier Worte nur, einige Tropfen Tinte, und wie viel hat sich schon ereignet! Trotz allem glaube ich nicht, daß er den Brief völlig verstanden hat. Ich will ihn dir selbst erklären, Giacomo, wenn ich auch nicht so klug bin wie ihr. Meinst du, daß ich zu jenen Frauen gehöre, die um eines Abenteuers und einer Laune willen nachts ihr Heim verlassen, um einen Mann aufzusuchen, der dem Kerker entsprungen ist? Kennst du mich so wenig? Glaubst du, ich hätte das Schreiben erlernt, nur um zu einem scherzhaften nächtlichen Stelldichein einführende Worte schreiben zu können? ... Hast du dir vorgestellt, ich würde zwischen zwei Musiknummern und zwischen zwei Tänzen zu einem flüchtigen Abenteuer in das Zimmer eines fremden Mannes eilen und dann rasch wieder zurückhuschen und mich zwischen die tanzenden Paare mischen? Oder sollte ich in kindlicher Einfalt einem Trugbild gefolgt sein, als ich die Worte niederschrieb, die dir und dem Grafen zu verstehen gaben, daß ich dich sehen muß? Vielleicht bin ich gar nicht so verträumt und kindlich, Giacomo! Vielleicht habe auch ich einen Plan ausgeklügelt und den Reitknecht in die Falle geschickt? Vielleicht habe auch ich einen Vertrag geschlossen – wenn mit niemand anderem, so mit mir selbst und mit meinem Schicksal? Vielleicht weiß auch ich, warum ich heute diese Treppe hinaufgestiegen bin – und nicht nur der Graf von Parma? Was meinst du, Liebster, weshalb schrieb ich den Brief, weshalb sandte ich ihn heimlich durch den Reitknecht, weshalb legte ich Männerkleider an, und warum bin ich jetzt hier? Ich will es dir sagen! – Weil ich kein flüchtiges Abenteuer bin und kein Gegenstand eines Vertrags. Auch nicht das Liebchen, das für eine Nacht zum Geliebten schleicht, oder die junge Frau, die an der Seite des alternden Gatten von den Küssen heißerer Lippen träumt, die Leichtfertige, die sich im Schneetreiben auf den Weg macht, um sich für ihre Entbehrungen schadlos zu halten. Ich bin weder ein Gänschen noch eine Dirne, Giacomo!«

»Ich weiß es, Francesca. – Wer bist du also?«

»Ich bin das Leben, Liebster!«

Der Mann trat zum Kamin, beugte sich nieder und legte zwei Scheite auf das Feuer. In dieser gebeugten Haltung fragte er: »Und was ist das Leben, Francesca?«

»Gewiß nicht das, wozu der Vertrag dich verpflichtet«, erwiderte die Frau ruhig. »Auch nicht unsere jetzige Lage, da wir in Verkleidung und Maske im Zimmer eines Gasthofs stehen, als wollten wir ein Singspiel aufführen. Du willst wissen, was das Leben ist? Ich konnte viel darüber nachdenken. Denn nicht nur du, Giacomo, mußtest im Kerker schmachten, auch ich habe in diesen Jahren in einem Kerker gelebt, wenn ich auch nicht auf Stroh liegen mußte. Das Leben, Liebster, ist die Fülle: Wenn ein Mann und eine Frau sich finden, weil sie zusammengehören, so wie der Regen zum Meer gehört, die beide zu einem Ganzen zusammenfließen, weil jeder Teil die Vorbedingung des anderen ist. Aus solcher Vereinigung entsteht Harmonie, und darin besteht das Leben! Harmonie ist äußerst selten unter den

Menschen. Du hast kein Verständnis dafür, weil du glaubst, daß dir anderes vom Schicksal bestimmt ist. Ich dagegen suche diese Fülle, da ich weiß, daß ich keine andere Aufgabe auf dieser Welt zu erfüllen habe. Deshalb bin ich hergekommen. Ich habe lange gebraucht, bis mir dies zur Gewißheit wurde, doch nun weiß ich es. Ich weiß auch, daß du nichts Vollkommenes auf der Welt vollbringen kannst ohne mich; selbst Frauen vermagst du nicht auf vollkommene Art zu verführen ohne mich! Beginnst du nun zu verstehen? Ich bin das Leben für dich, Liebster, die einzige Frau, die es vermag, aus deinem Leben ein Ganzes zu gestalten. Ohne mich bist du weder ganz Mensch noch ganz Künstler, Spieler und Reisender, wie auch ich keine wahre Frau bin ohne dich. Wäre es nicht so, dann hätte ich den Grafen von Parma jetzt nicht verlassen, ihn, der mich liebt und mich alles erleben läßt, was die Welt an Schönheit zu bieten vermag: Macht und Glanz, Kunst und Wissen und auch das ernste und traurige Antlitz der Liebe; denn die Liebe hat tausend Gesichter, und auch der Graf von Parma verkörpert eines davon. In diesem Augenblick trägt er den Eselskopf, denn meine Liebe zu dir hat ihn tief verletzt, und er ist zu Tode betrübt. Und er weiß, daß dies alles nicht anders sein kann, deshalb duldet er, daß ich bei dir bin, und trägt stolz seine Maske. Doch weder dieses Bewußtsein noch der Vertrag können ihm helfen. Er hat gewalttätig gelebt und wird in Anmaßung sterben. Könnte ich ihm helfen, ich hätte ihn nie verlassen, denn auch mich bindet ein Vertrag, und man hat mich dazu erzogen, Verpflichtungen einzuhalten. Ich bin Toskanerin, Giacomo«, setzte sie stolz hinzu.

»Ich weiß es, Liebste«, sagte der Mann, und es war wie ein Lächeln in seiner Stimme. »Das ist mir heute abend in diesem Zimmer schon einmal gesagt worden.«

»So?« fragte Francesca gedehnt, »ich weiß, du hast in letzter Zeit viel Besuch empfangen. Das wird wohl immer so bleiben. Stets werden viele Menschen um dich sein, Männer und Frauen. Es wird mir nicht leichtfallen, Liebster, doch ich will mich daran gewöhnen.«

»Wann willst du dich daran gewöhnen, Francesca? In dieser Nacht empfange ich keine Besucher mehr.«

»In dieser Nacht? ... Nein, später, im Leben.«

»Im Leben, das wir zusammen verbringen sollen?«

»Nun ja, Liebster. Hast du denn anderes für uns gedacht?«

»Ich weiß es nicht«, sagte der Mann und setzte sich in seinem Frauenrock in den Lehnstuhl ihr gegenüber, »denn davon steht nichts im Vertrag.«

»Der Vertrag enthält doch nur Worte. Es steht in dem anderen Vertrag, den wir beide, ohne daß wir Worte gebrauchten, geschlossen haben. Dich werden immer Männer und Frauen umgeben, und das wird für mich sicher nicht angenehm sein. Doch ich werde es schon ertragen«, setzte sie mit einem leichten Seufzer hinzu.

»Und wann«, fragte der Mann geduldig, wie man mit einem Kind oder mit einem Geisteskranken spricht, »wann, denkst du, soll dieses Leben, von dem du jetzt sprichst, beginnen, Francesca?«

»Es hat doch schon begonnen, Liebster«, entgegnete sie lebhaft. »Es hat in dem Augenblick begonnen, als ich den Brief an dich schrieb und der Graf ihn dir überbrachte. Du sprichst wie zu einem Kind mit mir. Ich bin schon lange kein Kind mehr. Ich bin eine Frau, die etwas mit großer Bestimmtheit weiß und entsprechend handelt. Du möchtest erfahren, was ich so sicher weiß? – Ich will es dir sagen: daß ich zu dir gehöre, Giacomo, und daß auch du zu mir gehörst, wenn auch viele Menschen und besonders Frauen dich immer umgeben werden. Das weiß auch der Graf von Parma, deshalb hat er so rasch den Vertrag mit dir geschlossen, und deshalb hast auch du dich beeilt, auf diesen Vertrag einzugehen. Denn du fürchtest dich vor mir, du fürchtest ein Leben, das Ganzheit wäre. Ich fürchte es nicht«, sagte sie lebhaft.

»Und wie denkst du dir unser Leben?« fragte der Mann.

»Es wird nicht leicht und nicht ohne Sorgen sein. Es gibt Menschen, die sich nach Harmonie und Vollendung sehnen. Du gehörst nicht zu ihnen. Du wirst mich oft verlassen, und ich werde nicht glücklich sein im alltäglichen Sinne, wie es die meisten Menschen verstehen. Doch mein Leben wird einen Inhalt haben, wenn es auch schwer und schmerzvoll sein wird. Ich kann alles, Giacomo, weil ich dich liebe. Ich bin stark wie ein Ringer und klug wie der Papst, weil ich dich liebe! Ich werde die Kunst des Schreibens beherrschen und mich mit den Feinheiten des Kartenspiels vertraut machen; wir werden gemeinsam die Karten bezeichnen, bevor du dich auf den Weg zu den scheinheiligen Tugendwächtern machst, und ich will daheim auf dich warten, bis du ihre Börsen erleichtert hast und mit den schwerverdienten Dukaten heimkehrst. Wir wollen sie wieder unter die Leute bringen und der Welt zurückgeben, denn das Geld bleibt doch niemals bei dir. Und ich werde in Paris die Schönste sein und den Polizeichef erobern, so daß dir nichts geschehen kann; und mein Schutz wird noch wirksamer sein als der Geleitbrief des Grafen von Parma. Ich werde schlau sein wie die Spione der Inquisition, und solltest du einmal Heimweh haben, so reise ich nach Venedig, gebe mich dem Dogen hin und bitte für dich um Gnade, damit du heimkehren und noch einmal Messer Bragadin oder die schöne Nonne sehen kannst, der du in Murano einen Palast eingerichtet hast. Ich will auch Kochen lernen, Liebster, ich habe schon manches gelernt und weiß, welche Speisen dir zuträglich sind. Und ich will für dich zur Kupplerin werden und dir jene berühmte Giulia unentgeltlich zuführen, für deren Gunst der Herzog von Norfolk hunderttausend Dukaten bezahlte und die sich dir grausamerweise im letzten Karneval in Venedig versagt hat. Ich habe auch Nähen, Waschen und Bügeln gelernt, denn wir werden auf unseren Reisen häufig in Geldnöten sein und mit schlechteren Gasthöfen vorliebnehmen müssen, als es der »Hirschen« ist. Ich will dafür sorgen, daß du, Geliebter, stets im reinen, frisch gebügelten Hemd unter die Menschen gehen kannst, auch dann, wenn unsere Mahlzeit nur aus getrocknetem Fisch besteht. Und wenn wir Geld im Überfluß haben und du mich mit Samt, Seide und Juwelen überhäufst und mir eine Loge in der Oper von London mietest, dann will ich so schön sein, daß aller Augen auf mir ruhen. Du sitzt dann neben mir, wir sehen gleichgültig auf die Menge hinab, und ich will meinen Blick auf niemanden richten als nur auf dich; denn jeder soll wissen, daß die schönste Frau nur dir allein gehört. Das wird dich freuen, denn du bist grenzenlos eitel. Alle Welt soll wissen, daß die Gräfin von Parma ihren Gatten und ihr Schloß verlassen hat, um mit dir leben zu können, daß sie ihre Juwelen und all ihren Besitz von sich geworfen hat, um dein Lager zu teilen; daß sie mit dir über die Landstraßen zieht und in baufälligen Hütten mit dir nächtigt und kein Auge für andere Männer hat. Du kannst mit mir tun, was du willst, du kannst mich an Ludwig von Frankreich verkaufen, für seinen Harem in Versailles; und wenn ich in den Armen fremder Männer liege, gehöre ich doch nur dir. Dies alles vermag ich, weil ich dich liebe, Giacomo! Wenn du es verlangst, Liebster, will ich auch tugendhaft sein, in einem Haus mit vermauerten Fenstern leben und meine Wohnung niemals verlassen. Und du kannst dir keine Erniedrigung ausdenken, die ich nicht ertragen wollte – aus Liebe zu dir! Martere mich, schlag mich mit Ruten, spann mich auf die Folter, wenn dich danach gelüstet! Ich kenne alle Zärtlichkeiten und Reizmittel, alle Liebestränke und alle Geheimnisse der Freudenhäuser des Orients. All das hab ich gelernt, weil ich dich liebe! Ist das genug?«

»Es ist zuwenig«, sagte der Mann.

»Es ist zuwenig? Ja, du hast recht – es ist zuwenig. Du solltest nur wissen, daß es nichts gibt, was du von mir nicht fordern kannst, nichts, was ich dir verweigern würde. Denn es gibt zwei Schauplätze, an denen die Liebe zweier Menschen sich abspielt: das Bett und die Welt. Und wir werden auch in der Welt leben. Es genügt daher nicht, wenn ich alles erfülle, was deine Begierden und Launen von mir fordern; ich muß auch wissen, was dich in Wahrheit glücklich macht. Darum will ich stark und klug, tugendhaft und verworfen, geduldig und einsam sein, um das Geheimnis deines Glücks zu ergründen. Und wenn ich es gefunden habe, muß ich auch dich davon überzeugen, doch nicht durch Worte; denn diese, so wahr und so treffend sie auch sein mögen, können ein Geheimnis nur aufdecken, bringen jedoch keine Lösung. Nein, ich muß so leben und handeln, daß dir dieses Geheimnis auch ohne Worte offenbar wird und du den Mut findest, nach dieser Erkenntnis zu leben; denn Feigheit und Unwissenheit sind die Ursachen allen Unglücks. Ich muß ergründen, warum du ein Glück fürchtest, das die Vollkommenheit, die Wahrheit und das Leben bedeutet. Ich will so leben, daß du auch ohne Worte erkennst, weshalb alles so sein mußte:

die Einsamkeit, die Lebensgier, die Frauen, die Karten und die Heimatlosigkeit… Und wenn du alles erkannt hast, wird dein Leben leichter und besser sein. Was soll nun werden?… Ich habe keinen Plan, Giacomo. Und wenn du mich jetzt auch verläßt, so wisse, daß ich ewig auf dich warten werde, bis du dich eines Tages auf mich besinnst und wieder zu mir zurückkehrst. Du kannst jetzt von mir gehen, wie du es schon einmal getan hast, als du geflüchtet bist, nicht vor dem Grafen von Parma, sondern vor der Macht des Gefühls und vor der Erkenntnis, daß ich die Frau bin, die dir das Schicksal bestimmt hat. Doch du bist vergebens geflohen, denn nun stehen wir uns wieder gegenüber und erwarten den Augenblick, da wir die Maske abnehmen können. Denn wir tragen noch immer die Masken, Liebster, und wir müssen noch viele ablegen, um unser wahres Gesicht zu erkennen. Es ist kein Zufall, daß wir uns nach so langer Zeit mit der Maske vor dem Gesicht begegnen. Beeil dich nicht, sie fortzuwerfen, denn darunter findest du eine andere aus Fleisch, Haut und Knochen, die ebenso künstlich ist wie die aus Seide. Es müssen noch viele Masken fallen, bis dein wahres Gesicht zum Vorschein kommt. Doch ich weiß, daß ich es eines Tages erkennen werde, weil ich dich liebe. Du hast mir einst einen Spiegel geschenkt, einen venezianischen Spiegel, von dem man sagt, daß nur er den Menschen ihr wahres Gesicht zu zeigen vermag. Du schenktest mir diesen silbergerahmten Spiegel, dazu einen Kamm mit silbernem Griff. Seitdem sind Jahre vergangen, doch ich halte täglich den Spiegel und den Kamm in den Händen, ordne das Haar und sehe in mein Gesicht. Man muß oft und lange in den Spiegel blicken, ehe man sein wahres Gesicht erkennt. Und dieser Spiegel ist nicht bloß eine glatte, schimmernde Fläche, er ist auch tief, wie die Seen im Gebirge; wer aufmerksam hineinblickt, sieht plötzlich in eine Tiefe, in der sein Antlitz versinkt. Und jeden Tag fällt eine neue Maske von dem Gesicht, das sich in diesem Spiegel betrachtet. Mit dem Spiegel hat irgendwo und irgendwann die Erkenntnis begonnen, als sich der Mensch zum erstenmal über die Wasserfläche beugte und ihm sein Antlitz aus der Unendlichkeit entgegensah. Da wurde er unruhig und begann zu fragen: Wer ist das?... Auch der kleine Spiegel, den du mir aus Venedig gebracht hast, zeigte mir mein wahres Gesicht: Denn eines Tages erkannte ich, daß dieses Gesicht, das ich für das meine hielt, nur eine Maske war und daß sich dahinter ein anderes verbirgt, das dem deinen gleicht. Und darum will ich jetzt nicht schwören, so wild mein Herz auch in diesem Augenblick schlägt; denn ich kenne nun mein Gesicht und weiß, daß es dem deinen gleicht und daß wir zusammengehören. Ist das genug?«

»Es ist zuwenig«, sagte der Mann.

»Es ist zuwenig?... Nein, Giacomo, nun bist du nicht aufrichtig. Du weißt selbst, wieviel es bedeutet, wenn zwei Menschen erkennen, daß sie füreinander bestimmt sind. Es gab eine Zeit, da kannte ich mich noch nicht: Das war in Pistoia, im alten

Garten, wo ich einsam und triebhaft heranwuchs wie eine unkultivierte Pflanze. Damals machtest du mir schon den Hof, mehr zum Scherz und zum Zeitvertreib, doch wir wußten beide, daß sich hinter den leichten Worten ein tieferes Gefühl verbarg. Du nanntest mich ›Heiderose‹ und ›wilde Nessel‹, wie dies Verliebte am Anfang tun, wenn sie noch mit Worten spielen und nicht den Mut haben, einander beim wirklichen Namen zu nennen. Als ich dich zum erstenmal sah, im großen Saal des Hauses in Pistoia – du hattest den Auftrag, meinem Vater den Brief des Kardinals zu zeigen, ihr tauschtet höfliche Worte, und du logst mit großer Gewandtheit –, da wußte ich mehr von dir als später, wenn Gespräch und Scherz dein wahres Wesen verhüllten. Du warst damals feige, Giacomo, zu feige, um das zu tun, was das Herz dir befahl, und das war deine größte Sünde. Alles, was dir die Welt nicht verzeiht, deinen Charakter, deine Schwächen, die schlimmen Neigungen, die zügellose Selbstsucht, alles will ich verstehen, nur diese Sünde kann ich dir niemals verzeihen. Warum hast du es geduldet, daß der Graf von Parma mich kaufte wie ein Kälbchen auf dem Markt von Florenz? Warum hast du zugelassen, daß ich mit ihm in seine Schlösser und in fremde Städte zog, wenn du doch wußtest, daß nur du der Erwählte meines Herzens warst? Als ich in meiner Hochzeitsnacht in der Morgendämmerung erwachte, streckte ich meine Hand aus und suchte nach dir. Ich fragte mich immer wieder: Warum fürchtet er weder Dolch noch Kerker, weder Gift noch Schande, und warum bangt ihm vor mir und vor dem Glück?... So quälte ich mich. Doch dann verstand ich. Und jetzt weiß ich, was ich zu tun habe. Darum lernte ich schreiben und noch vieles mehr, und ich lernte alles, weil ich dich liebe! Doch versteh mich recht: Ich will nicht zärtlich flüstern: ›Ich liebe dich‹, ich will es dir wie eine Anklage zurufen: hörst du, Giacomo? Ich liebe dich! Ich lade dich vor wie ein Richter! Ich liebe dich und will dich zu neuem Leben erwecken, ich reiße dich aus deiner Bahn und zerschlage das Gesetz, dem du unterworfen bist. Denn ich bin stärker als alle, weil ich dich liebe! Es ist mir vom Schicksal bestimmt, dich zu lieben. Und ich liebe dich, seit ich dich vor fünf Jahren im alten Garten von Pistoia sah, wo du mich ›wilde Nessel‹ nanntest und dich meinetwegen duelliert hast und dann schmählich geflohen bist. Ich weiß, daß du dich noch immer fürchtest, aber schlag die Augen nicht nieder hinter der Maske. Denn ich lasse dich nicht, du hast deinen Vertrag mit dem Grafen vergebens geschlossen. Du gehörst zu mir, und ich gehöre zu dir, wie der Mörder zu seinem Opfer, wie der Sünder zur Sünde, wie der Künstler zu seinem Werk – und wie jeder zu seinem Schicksal! Ich will dich lehren, mutig zu sein im Kampf gegen dich selbst, im Kampf für uns und für unsere Sache. Ist das genug?«

»Es ist zuviel«, sagte der Mann.

»Zuviel«, seufzte die Frau und schwieg. Sie legte das maskierte Gesicht in die Hände und starrte in das prasselnde Feuer.

Beide schwiegen und lauschten dem Knistern der Flammen. Dann sank sie langsam, den Degen beiseite schiebend, vor ihm auf die Knie, hob die Arme empor und nahm behutsam und zärtlich sein von der Maske verdecktes Gesicht in ihre Hände.

So flüsterte sie: »Verzeih, wenn meine Liebe zu stark ist, Giacomo. Ich weiß, es ist eine große Sünde, doch du mußt verzeihen. Nur wenige Menschen können eine absolute Liebe ertragen, die immer auch absolute Pflicht und Verantwortung ist. Sie ist meine einzige Sünde gegen dich, Giacomo, verzeih sie mir. Darüber hinaus werde ich nie mehr etwas von dir erbitten. Und ich will alles tun, um dir die Last zu erleichtern. Fürchtest du das Erwachen, die Langeweile, die eines Tages mit ihrem Würgegriff deinen Hals umklammern könnte? Fürchte dich nicht davor, Liebster, denn diese Langeweile wird abwechslungsreich und froh sein und einen Sinn haben – den, daß ich dich liebe. Du weißt nicht und kannst es nicht wissen, wie es ist, wenn man jemanden liebt. Ich muß dir die Liebe erklären, denn du kennst sie nicht. Fürchtest du deine Begierden, dein Trachten nach Neuem, fürchtest du die Frauen, die dir aus jedem Fenster und jeder Kutsche entgegenlächeln, und fürchtest du, ihnen dann nicht folgen zu können, weil du an mich gekettet bist? ... Wer weiß, Giacomo, ob du auch Lust haben wirst, ihnen zu folgen, wenn ich dich liebe! Doch wenn du einmal aus Neugier und Langeweile von mir gehst, so will ich mich bescheiden und auf dich warten. Denn eines Tages wirst auch du der Welt überdrüssig sein, nachdem du von allem gekostet hast, wirst mit Ekel erwachen und dich erinnern, daß ich irgendwo auf dich warte. Und ich erwarte dich, wo du es willst: in einem Haus auf dem Land, in das ich mich zurückziehen werde, wenn der Graf von Parma gestorben ist, oder in einer großen Stadt, oder hier in Bozen. Wo immer ich mein Bett bereite, wird auch für dich ein Kissen liegen. Und wenn die Sonne scheint, will ich zum Himmel blicken und denken: Jetzt sieht auch er hinauf und freut sich. Und ich will lange leben, um warten zu können, bis du nach Hause kommst.«

»Nach Hause – wo ist das, Francesca?« fragte die Maske. »Ich habe kein Haus und kein Heim.«

»Doch – bei mir«, sagte die Frau. »Wo ich schlafe, dort ist dein Heim.«

Ihre Hände strichen zärtlich und so behutsam über die Maske, als berührten sie einen Gegenstand aus Glas. »Siehst du«, sagte sie, und jetzt lag ein Ton in ihrer Stimme, der ein Lächeln auf ihre Maske zu zaubern schien, »da knie ich nun vor dir wie ein Ritter und Kavalier, der seine Dame mit Bitten bestürmt und sie verführen will; und du sitzt schweigend in Frauenkleidern vor mir, weil die Laune des Schicksals für diese Nacht unsere Rollen vertauscht hat. Zögerst du noch immer, Giacomo, fürchtest du nicht, daß unsere Zeit abläuft und diese Nacht vergehen könnte, ohne daß du den Vertrag erfüllt hast? Willst du nichts mehr von mir wissen, Liebster? Wie unheimlich bist du, wenn du so schweigst! ›Zuwenig‹, sagtest du, und ›zuviel‹, als ich dir alles anbot, was eine Frau dem Mann anbieten kann, den sie liebt. Sieh, wie die Flamme im Kamin jetzt emporzüngelt, als wollte sie sprechen. Vielleicht will sie sagen, daß man in einer Leidenschaft untergehen muß, um in der Liebe neu zu erstehen und ein Ganzes zu werden. Alles, was war, muß in unserer Liebe verbrennen, damit wir neu beginnen und neu aufbauen können. Du wirst in meiner Liebe geläutert, und ich werde rein in deinen Armen, als hätte mich nie ein Mann berührt. Schweigst du noch immer? ... Wäre es wirklich unmöglich, dich aus deiner Bahn zu reißen? Ist das Gesetz deines Lebens stärker als ich? Muß die Kraft meiner Liebe an deinem Charakter zerbrechen? Sieh mich hier knien, ich zähle jetzt zwanzig Jahre, und du weißt, daß ich schön bin. Mein Körper ist ohne Fehler, und in meinem Gesicht findest du alles vereint: Leidenschaft und Ruhe, Andacht und Verstehen, Heiterkeit und Ernst, darum bin ich schön. Alles andere ist vergänglich und eitel. Doch ich gefalle nicht dir allein, Giacomo. Meine Schönheit ist nicht nur ein Geschenk, sie ist auch ein Verhängnis: Wohin ich gehe, erwecke ich Leidenschaften, und wie der Rutengänger die in der Tiefe sprudelnden Quellen, so fühle ich das Verlangen der Männer, die mir begegnen. Ich wollte dir meine Schönheit als Geschenk darbringen wie massives Gold, und du weißt nichts anderes zu sagen als ›zuviel‹ und ›zuwenig‹. Fürchtest du nicht, Giacomo, daß auch ich Geheimnisse haben könnte? Daß auch ich Dinge erzählen könnte, die dein Blut in Wallung brächten?

Sieh, Liebster, ich will nichts anderes als durch das Opfer der Liebe uns beide erlösen und dann mit dir leben – und wär's in der Hölle! Doch wenn du deiner Natur gehorchen mußt, dann könnte auch ich schwach werden und dir gestehen, daß die Flamme, die in mir brennt, seit ich dich kenne, unlöschbar war; daß ich deine feige Flucht nicht verwinden konnte und daß noch andere Männer mich geküßt haben, ehe ich mich dem Grafen von Parma hingab. Dann könnte ich dir berichten, wohin die Pein gekränkter Liebe mich, die Fünfzehnjährige, damals trieb und wie es war, als ich mich nach deiner Flucht dem Gärtner, jenem großen, kräftigen Mann, den du ja kanntest, an den Hals warf. Willst du diese Geschichte hören? Und alles übrige, was dann noch folgte, als Monate und Jahre vergingen, ohne daß eine Nachricht von dir kam, und als jene Flamme schrecklicher in mir wütete als das Feuer der Hölle? Soll ich dir von jenem Palast am Ufer des Arno erzählen, der am Eingang zur Ponte San Trinita steht und wo du mein Nachtkleid und meine Morgenschuhe, meinen Spiegel und meinen Kamm finden kannst? Willst du Beweise dafür? Soll ich dir schildern, wie es zugeht, wenn eine Frau, die dem geliebten Mann alles geben wollte, was ein junger Körper und eine junge Seele zu geben haben, in ihrer Liebe enttäuscht wird und dann lodert wie eine Fackel, deren geheime Flamme alles verzehrt, was sie berührt – so daß selbst die Macht und die Klugheit des Grafen von Parma nicht ausreichen, sie zu ersticken? Und soll ich dir sagen, wie es ist, wenn eine Frau in der Umarmung von zehn, zwanzig und hundert Männern die Zärtlichkeit suchen muß, die sie nur bei dem einen und einzigen finden wollte, den sie liebt und der sie verließ? Willst du Beweise dafür, Giacomo? ... Willst du die Namen von Edelleuten, Reitburschen, Komödianten, Spielern und Musikanten wissen, die alle besser und menschlicher waren als du?«

»Das ist nicht wahr«, sagte der Mann heiser.

»Nicht wahr?« fragte sie gedehnt. »Und wenn ich es dir beweise? Wenn ich dir die Namen und die Adressen gebe, genügt dir das?«

»Es genügt«, sagte der Mann.

Er erhob sich, griff mit einer raschen Bewegung an seine Brust und zog den Dolch aus dem Ausschnitt des Kleides.

Doch die Frau verharrte unbeweglich in ihrer knienden Stellung und sagte mit ruhiger Stimme: »Ach, der Dolch! – Er ist deine Antwort, die einzige, die du geben kannst, wenn man dich kränkt. Leg ihn beiseite, Giacomo, mit dieser geistlosen Antwort änderst du nichts. Laß den Dolch, und rühre auch nicht an die Maske! Warum willst du sie ablegen? Das Gesicht, das sich dahinter verbirgt, kann mir nichts sagen. Ich habe dir geschrieben, daß ich dich sehen muß, und nun habe ich dich gesehen! Ich wollte nicht nur ein Gesicht sehen, sondern einen Mann. Den Mann, für den ich bestimmt war und der mich verkauft und feige verlassen hat. Und nun hör mich an: Ich muß in mein Haus, zu meinen Gästen und in mein halbiertes Leben zurückkehren.

Du aber zieh in die Welt und lebe nach deinem Gesetz. Plündre die Börsen habgieriger Spieler, belüg die Frauen, greif nach jedem Rock, der dir begegnet, und vergnüg dich in jedem Bett, an dem du vorbeikommst! Doch was du auch tun und treiben magst – immer wird der Gedanke dich quälen, daß ich dir bestimmt war und daß du mich verraten hast! Und du wirst wissen, daß mein Körper dir niemals gehören wird und daß ihn jeder besitzen kann, den es danach gelüstet. Ich wollte mit dir leben wie die Menschen im Garten des Paradieses, als es noch keine Sünde auf Erden gab. Ich wollte dich von deinem Schicksal erlösen, Giacomo! Und es gibt keine Leiden, keine Entbehrung und keine Schmach, die ich nicht mit dir geteilt hätte. Das alles wußtest du und hast doch geschwiegen! Wisse nun auch, was dich erwartet: Dein Leben wird ewige Unrast sein, niemals wirst du das Glück einer selbstlosen Liebe genießen, und der Gedanke an deinen Verrat wird dich bis an dein Ende verfolgen. Und wisse, daß selbst die Phantasie entarteter Künstler nicht ausreicht, das auszumalen, was für mich zu jeder Stunde Wirklichkeit werden kann. Denn auch die Rache ist Glück, Giacomo! In meiner Liebe bin ich dir unterlegen, doch in der Rache will ich stärker sein als du. Und nun leg den Dolch beiseite, oder, wenn dir das lieber ist, gib ihn mir zur Erinnerung an diese Nacht! Ich will ihn treu bewahren, und ich reiche dir meinen Degen dafür, trage die schlanke Waffe mit dir in die Welt! Und jetzt wollen wir uns trennen, jeder kehrt zurück auf seinen Platz, weil dein Herz nicht stärker sein konnte und wollte als das unselige Gesetz deines Lebens. Ich danke dir für diese Nacht, Giacomo«, sagte die Frau und erhob sich, »ich werde sie niemals vergessen. Denn was wir beide erlebt haben, kann die Zeit nicht ungeschehen machen. Nicht nur die Liebe, auch die Rache ist ewig, wie jedes wahre Gefühl.«

Sie nahm den Degen ab und hängte den Dolch, den ihr der Mann wortlos reichte, an die goldene Kette an ihrem Gürtel.

»Es dämmert schon«, sagte sie mit unschuldiger Kinderstimme. »Ich muß jetzt gehen. Wie still es ist, und auch der Wind ist eingeschlafen. Sogar das Feuer ist erloschen, als wollte es auf seine Art sagen, daß jede Leidenschaft einmal zu Asche wird. Doch ich glaube nicht daran. Du fühlst wie ich, daß wir uns in dieser Nacht begegnet sind und uns erkannt haben, freilich nicht so, wie die Bibel es meint. Die Nacht ist zu Ende, und der Vertrag ist besiegelt. Du kannst dem Mann, der mich liebt und auf mich wartet, sagen, daß du Wort gehalten hast. Ich muß mich in mein Schicksal fügen, denn ich weiß, daß die einzige Macht, die mir über dich noch verbleibt, die Rache ist. Nimm dieses Geständnis und dieses Versprechen mit dir auf den Weg, der langwierig sein wird und sicher auch abwechslungsreich. Doch zum Abschied noch eine Bitte: Ich habe dir einen Brief geschrieben, den ersten in meinem Leben, und wenn du einmal fühlen solltest, daß du ihn ganz verstanden hast, dann sei nicht feige und antworte mir auf diesen Brief. Oder fürchtest du die Antwort?«

»Du weißt wohl«, sagte der Mann langsam, mit heiserer Stimme, »wenn ich dir noch einmal im Leben antworten sollte, dann wird es nicht mit Tinte und Feder geschehen.«

Die Frau zuckte die Achseln und sagte mit einem sanften Lächeln: »Ich weiß es, und ich will auf die Antwort warten.«

Sie ging zur Tür, doch in der Mitte des Raumes blieb sie stehen und sagte in freundlichem, fast bittendem Ton: »Das Spiel ist zu Ende, Giacomo. Alles ist so geschehen, wie du es wolltest. Und sicher ist alles nach einem geheimen Gesetz so geschehen. Du sollst aber wissen, daß alles auch so gekommen ist, wie ich es wollte: Ich habe dich gesehen, getröstet und auch gekränkt.«

Sie wandte sich noch einmal um, sah in den Spiegel, drückte mit einer leichten Bewegung den Dreispitz auf die Perücke und fragte vertraulich und besorgt: »Ich hoffe, ich habe dich nicht zu sehr gekränkt?«

Und ohne eine Antwort abzuwarten, ging sie mit schnellen Schritten aus dem Zimmer und schloß die Tür hinter sich.

Die Antwort

Im Zimmer war es kalt geworden, und die Kerzen waren tief herabgebrannt. Er warf den Frauenrock ab, zog das Mieder aus, riß die Maske vom Gesicht und schleuderte die Perücke zu Boden. Dann ging er in den Schlafraum, trat zum Waschtisch, goß aus einem silbernen Krug Wasser in seine Hände und begann sich sorgfältig zu waschen.

Er wusch sich Schminke und Reispuder vom Gesicht, löste das Schönheitspflaster und rieb sich den Ruß aus den Augenbrauen. Das eiskalte Wasser brannte an seiner Gesichtshaut und erfrischte ihn. Er fuhr mit den Fingern durch das Haar, rieb sein Gesicht mit dem groben Handtuch ab, entzündete neue Kerzen und musterte, über den Spiegel gebeugt, sorgfältig sein Gesicht, ob nicht noch ein Rest von Schminke daran haftete. Das Gesicht war blaß, voller Bartstoppeln, und unter den Augen lagen dunkle Schatten wie nach einer durchschwärmten Nacht. Er warf alles, was Maske und Verkleidung war, in eine Ecke und kleidete sich mit raschen und sicheren Bewegungen an.

Draußen läuteten die Glocken. Er zog ein warmes Hemd, grobe Strümpfe und sein Reisekleid an, warf den Radmantel über die Schultern und sah sich im Zimmer um. Die Speisen und Getränke standen unberührt auf dem mit Damast und Silber gedeckten Tisch; nur der Schnee war in seiner Schale geschmolzen, und die Butterstücke schwammen im Wasser. Er griff nach dem Huhn, riß es entzwei und begann gierig, es mit lautem Schmatzen zu verzehren. Die Knochen warf er auf den Teller, wischte die fettigen Finger am Tischtuch ab, setzte die Kristallflasche mit dem goldgelben Wein an die Lippen und leerte sie, den Kopf zurückgeworfen, in langen Zügen.

Dann wischte er mit dem Handrücken über den Mund, ließ die Flasche fallen, so daß sie mit lautem Scheppern auf dem Fußboden zerschellte, und rief mit heiserer Stimme: »Balbi! Therese!«

Der Mönch trat sofort ein, als hätte er schon auf sein Stichwort gewartet. Er stand reisefertig auf der Schwelle, im groben braunen Tuchmantel, in genagelten Schuhen und mit dem Reiseranzen, den er sorgsam und zärtlich, wie eine Mutter den Säugling, an sich preßte. Therese folgte ihm auf dem Fuß und eilte, ohne sich umzusehen oder zu fragen, durch das Zimmer, kniete sich vor den Scherben der Kristallflasche auf den Boden und begann sie behutsam in ihre Schürze zu sammeln.

»Ist alles bereit?« fragte er den Mönch.

»Es wird schon angespannt«, antwortete Balbi.

»Hast du gepackt?« wandte er sich an Therese.

»Nein, Herr«, sagte das Mädchen mit sanfter, ergebener Stimme. »Ich gehe nicht mit Euch.«

Sie stand mit den Scherben in der Schürze regungslos vor dem Kamin; die weit geöffneten blauen Augen sahen ruhig auf den Mann.

»Warum willst du nicht mitkommen?« fragte er verwundert und warf den Kopf zurück. »Ich sorge für deine Zukunft.«

»Weil Ihr mich nicht liebt«, antwortete das Mädchen in schülerhaftem Ton, als ob sie eine Lektion aufsagte.

»Glaubst du, daß ich eine andere liebe?«

»Ja.«

»Und wen liebe ich?« fragte er neugierig, als forschte er ein Kind aus, das ein Geheimnis kennt.

»Jene Frau«, antwortete das Mädchen, »die vorhin als Mann verkleidet von hier fortging.«

»Bist du dessen sicher?« fragte er überrascht.

»Ganz sicher.«

»Woher weißt du es?«

»Ich fühle es. Ihr liebt keine andere und werdet auch niemals eine andere lieben. Darum gehe ich nicht mit Euch. Verzeiht mir, Herr.«

Sie rührte sich nicht.

Balbi stand wortlos in der Tür. Er verschränkte die dicken Finger über dem Bauch und blickte neugierig, daumendrehend und mit den Augen blinzelnd in das Zimmer.

Der Mann trat zum Mädchen und strich ihm zart und gedankenvoll über Haare und Stirn. »Warte«, sagte er. »Geh noch nicht fort. Vielleicht sprechen Engelsstimmen aus dir.«

Er öffnete den Mantel, setzte sich in den Lehnstuhl, zog Therese auf seine Knie und blickte ihr ernst und aufmerksam in die Augen.

»Setz dich, Balbi«, sagte er dann, »setz dich dorthin zum Tisch. Du findest dort Feder, Streusand und Papier. Und schreib, was ich dir diktieren werde.«

Der Mönch nahm schwerfällig Platz, entzündete eine Kerze, prüfte die Feder bei ihrem flackernden Licht und sah abwartend zur Decke empor.

»Schreib jetzt: ›Eure Hoheit!‹ – Achte auf deine Schrift, ich werde langsam diktieren. Bist du bereit? Beginnen wir also: ›Ich verlasse die Stadt bei Morgengrauen und begehre weder Geld noch Entlohnung; was ich als Gegenleistung für meine Dienste erbitte, ist lediglich eine Gefälligkeit: Ich bitte Eure Hoheit, noch einmal die Rolle des Boten zu übernehmen und der Gräfin von Parma zu sagen, daß ich alle Mächte des Himmels beschwöre, uns beide, sie und mich, vor jeder Begegnung jetzt und für alle Zukunft zu bewahren. Die Gräfin möge mich, wenn sie an Gott glaubt und ihr Leben liebt, unter allen Umständen meiden und darauf achten, daß wir einander nicht noch einmal ins Gesicht sehen müssen – weder mit noch ohne Maske. Dies ist alles, was ich erbitte. Denn nach dem ewigen Gesetz der Natur werde ich Eure Hoheit voraussichtlich überleben. Ihr werdet nach menschlichem Ermessen schon lange in der Gruft Eurer Väter ruhen, wenn Francesca und ich noch unter den Lebenden weilen. Die Frau aber, die wir beide, jeder auf seine besondere Art, geliebt haben, wird dann ohne Führung sein. Deshalb bitte ich Euch, ihr zu sagen, daß sie mich fliehen solle wie die Pest und die Sünde, damit sie ihre Seele errette. Mein Reisewagen steht vor der Tür, in einer Stunde verlasse ich die Stadt, und am Abend bin ich schon jenseits der Grenze. Die Gräfin von Parma wird Euch in einer vertraulichen Stunde berichten, daß ich den Vertrag erfüllt habe. Zwar nicht genau so, wie es vorgesehen war und wie ich es mir gedacht hatte, doch das Wichtigste ist das Ergebnis: Ich habe mein Wort eingelöst, und die Gräfin ist im ersten Lichtstrahl des neuen Tages unberührt und genesen in ihr Heim zurückgekehrt. Sie hat mich wie eine böse Krankheit überstanden und wird nun an der Seite ihres Gatten ohne mich weiterleben. Denn wenn ich nicht einem Mordanschlag oder anderem Unheil zum Opfer falle, dann lebe ich vielleicht noch lange, und jeder Tag dieses Lebens kann Francescas Seele in Gefahr bringen. Das ist es, was ich sagen wollte. Es war der Wunsch Eurer Hoheit, die Gräfin aus den Fesseln der Liebe zu befreien. Dies ist nun geschehen, und ich kann meiner Wege gehen. Ich sage nicht, daß ich es leichten Herzens tue, auch nicht, daß ich stolz und zufrieden fortziehe wie jemand, der seine Pflicht erfüllt hat und mit dem klingenden Lohn in der Tasche eilig das Land verläßt, um sich in den Dienst neuer Aufgaben zu stellen. Ich habe mein Herz geprüft und kann nur sagen, daß ich die geheimnisvolle Macht, die mich an die Gräfin bindet, heute stärker fühle denn je. Es scheint, daß sich die Menschen vergeblich bemühen, zu lösen, was die Götter verbunden haben. Darum möge sie ihre Seele behüten und dafür sorgen, daß wir uns nie wieder im Leben begegnen. Das Feuer erlischt, sagte sie vor kurzem, und alle Leidenschaft wird zu Asche. Doch unser Herz kennt eine Leidenschaft, die nicht der Zauber des Augenblicks entfacht und die auch nicht Selbstsucht und Ehrgeiz schüren: Es gibt eine unvergängliche Flamme, die weder Erfüllung noch Gewohnheit und Langeweile zu ersticken vermögen. Dieses Feuer haben Menschenhände einst vom Himmel geraubt – und nun neiden es ihnen die Götter. Diese Flamme wird in meinem Herzen niemals erlöschen, was immer das Schicksal für mich bereithält und wie sehr ich auch meinem Gesetz unterworfen sein mag. Das alles konnte ich Francesca nicht mitteilen, weil ich mein Wort halten und den Vertrag erfüllen mußte. Doch Ihr könnt der Gräfin von Parma einst sagen, daß der Darsteller, der seine Rolle getreu zu Ende spielt und die Worte nicht ausspricht, die in seinem Herzen brennen, auf seine Weise auch ein Held sein kann. Nichts wäre mir leichter gewesen, als meiner Leidenschaft nachzugeben, das Geschenk eines Körpers und einer Seele entgegenzunehmen und es mit Körper und Seele zu erwidern, sodann die Frau zu entführen, die für mich die einzige und wahre ist. Doch weil das Wahre nur lebt, solange der geheimnisvolle Schleier der Sehnsucht es verhüllt, wollte ich diesen nicht lösen und das verborgene Antlitz nicht dem Licht der Wirklichkeit aussetzen. Ich selbst aber muß nun in die Wirklichkeit zurückkehren, die ich bis zum Überdruß kenne und von der es keine Erlösung gibt. Zwei Dinge nur können uns helfen, sie zu ertragen: Verstand und Gleichmut. Wir Männer haben die Wirklichkeit kennengelernt und auch die Wahrheit erkannt. Doch einem jungen, leidenschaftlich fühlenden Herzen kann man nicht zumuten, das zu verstehen; deshalb wollen wir ihre Anklagen und ihre Rache wortlos ertragen. Und bevor ich im Nebel verschwinde, der jetzt die Berge und Städte und unser Schicksal verhüllt, bitte ich sie zum Abschied noch einmal, meine Wege zu meiden, wenn sie ihr Seelenheil retten will. Denn Güte, Erfahrung und Verständnis sind nur Mittel, durch die wir unsere Herzen eine Zeitlang zu lenken vermögen, doch in der Tiefe walten dunkle Kräfte, die man nicht ungestraft herausfordern kann. Und wenn einmal in späterer Zeit der wundertätige Balsam des Vergessens das liebeskranke junge Herz getröstet hat und dann in einer stillen Stunde von mir die Rede sein sollte, dann sagt ihr, daß ich den Degen, den sie mir statt des Dolches übergab, mit kaltem Blut und sicherer Hand führen werde. Denn meine Hand hat nur einmal im Leben gezittert: als mich Einsicht und Mitleid davon zurückhielten, die Arme begehrlich nach ihr, der Einzigen und Wahren, auszustrecken. Und wenn Ihr auf dem Sterbebett nach dem letzten Wort sucht, so sagt ihr das, was zugleich Euer Abschied und mein Bekenntnis sein wird: ›Nur du in alle Ewigkeit.‹«

Er stand auf, stellte das Mädchen zu Boden und sah benommen um sich. Dann nahm er den Degen vom Tisch und steckte ihn an den Gürtel. »Schreib es ins reine«, sagte er zu Balbi.

Er trat zum Fenster, stieß die Flügel weit auf und rief in hartem Befehlston in den Nebel des Hofs hinunter: »Die Pferde!«

Dann warf er den Radmantel über die Schulter und verließ das Zimmer. Unten erwachte der Hof, Pferde wieherten, und Räder rasselten über das Pflaster. Das Mädchen eilte mit den Scherben in der Schürze dem scheidenden Gast nach, als wäre ihr etwas eingefallen. Nur der Mönch blieb im Zimmer zurück. Er schrieb mit sorgenvoller Miene und gerunzelter Stirn.

Als er sein Werk beendet hatte, legte er den Gänsekiel fort und sprach die letzten Worte mit hochgezogenen Brauen und gespitztem Mund laut und feierlich vor sich hin: »Nur du in alle Ewigkeit!«

Dann warf er sich im Lehnstuhl zurück und brach in schallendes Gelächter aus.

Nachwort

In den Gesichts- und Charakterzügen meines Helden glaubt der Leser gewiß, das eigenartige Profil Giacomo Casanovas zu erkennen, des berüchtigten Abenteurers aus dem 18. Jahrhundert.

Es würde mir schwerfallen, diese Meinung zu widerlegen, die in mancher Augen vielleicht auch einen Vorwurf enthält. Mein Held hat eine verzweifelte Ähnlichkeit mit jenem zu allem entschlossenen, heimatlosen und letzten Endes vielleicht doch unglücklichen Glücksjäger, der sich am 31. Oktober 1756 um Mitternacht an einer Strickleiter von den Bleikammern Venedigs in die Lagune hinabgelassen hatte und in der Gesellschaft eines ausgestoßenen Mönchs namens Balbi aus dem Gebiet der Republik in Richtung München geflohen war. Zu meiner Rechtfertigung sei bemerkt, daß mich an der Lebensgeschichte meines Helden nicht das romanhafte Geschehen interessierte, sondern der romanhafte Charakter.

Darum wurden aus seinen berühmten *Erinnerungen* nur der Zeitpunkt und die Umstände seiner Flucht übernommen. Alles, was der Leser sonst noch entdecken mag, ist Erfindung.

Sándor Márai

Inhalt

PIPER

Sándor Márai

Die Nacht vor der Scheidung

Roman. Aus dem Ungarischen von Margit Ban. 220 Seiten. Gebunden

»Die Verhandlung kann nicht stattfinden, weil ich heute meine Frau getötet habe. Und ich bin gekommen, weil ich dir alles erzählen will.« – Mit dieser verzweifelten Eröffnung beginnt das nächtliche Gespräch zwischen dem Richter und seinem späten Gast. Erschöpft ist Christoph Kömüves mit seiner Frau von einer Gesellschaft heimgekehrt. Und als sei die tiefe Unruhe, die an diesem Abend auf ihm lastet, nur eine unerklärliche Vorahnung gewesen, erhält er überraschend Besuch von einem Gefährten aus Jugendzeiten: Imre Greiner, dessen Ehe mit der schönen, verwöhnten Anna Fazebas er am folgenden Morgen würde lösen müssen, bittet ihn zu sprechen. Kömüves ist dem Freund seit Jahren nicht mehr begegnet. Doch der angesehene Arzt kommt ohne Umschweife zur Sache, und er sucht Antwort auf eine Frage, die nur der Richter ihm geben kann.

»Ein genialer Erzähler, in dem der Reichtum der k.u.k.-Monarchie noch einmal zum Leben erwacht.«
Die Zeit

01/1336/01/R

PIPER

Sándor Márai

Wandlungen einer Ehe

Roman. Aus dem Ungarischen von Christina Viragh.
461 Seiten. Gebunden

Für den Abend des Galadiners wählte ich eine reinseidene weiße Robe, legte die Blaufuchs-Stola um, steckte mir das Veilchensträußchen mit dem lila Band in den Ausschnitt – dem gleichen Band, wie ich es kürzlich in der Brieftasche meines Mannes gefunden hatte. Ich war so schön an jenem Abend, daß selbst er, mein Mann, es bemerkte, als er zufällig meinen Blick im Spiegel streifte. Lázár, der Schriftsteller, geleitete mich in den festlich erleuchteten Wintergarten und sprach mich auf meine außergewöhnliche Ausstrahlung an: Sind Sie verliebt? Ja, antwortete ich. In meinen Mann. Und ich habe mir vorgenommen, ihn heute abend zurückzuerobern.
Am Vorabend zum Zweiten Weltkrieg stellen sich drei Menschen unterschiedlicher gesellschaftlicher Herkunft dieselben Fragen nach der Existenz echter Gefühle, nach emotionaler Nähe und kultureller Verwurzelung.

01/1277/01/R

PIPER

Sándor Márai

Das Vermächtnis der Eszter

Roman. Aus dem Ungarischen von Christina Viragh.
165 Seiten. Serie Piper

Am Morgen des Tages, an dem Lajos zurückkehren soll, geht Eszter in den Garten, um Dahlien zu pflücken, die sie in Vasen auf der Veranda und im Salon arrangiert. Zwanzig Jahre ist es her, daß er mit seinem unverschämten Charme, seiner betörenden, so unberechenbaren Präsenz die ganze Familie in Bann geschlagen hatte: ihren Bruder Laci, die Schwester Vilma und am leidenschaftlichsten sie selbst – Eszter. Bis heute ist Lajos ihre einzige große Liebe geblieben, und bis heute ist sie unheilbar verletzt darüber, daß er damals spontan Vilma und nicht sie geheiratet hat. Nun aber taucht er wieder auf, dieser verführerische Lügner im weißen Leinenanzug, und mit ihm drei geheimnisvolle Briefe, die eine schreckliche Wahrheit zutage fördern …

01/1074/01/R

PIPER

Ernö Zeltner
Sándor Márai

Ein Leben in Bildern. 229 Seiten. Gebunden

»Die Arbeit ist Heimat, also Kerker und Glück zugleich – wo mir alles verhaßt und zugleich süß und wunderbar bekannt und vertraut ist.« Heimat war für Sándor Márai auch und vor allem die ungarische Sprache, an der er auch nach Jahrzehnten im Exil festhielt und die für ihn ebenso Insel der Freiheit wie Isolation bedeutete. 1900 als Sohn eines angesehenen Anwalts geboren, gab er schon früh seiner Leidenschaft für die Literatur nach: Seinen ersten Gedichtband veröffentlichte er mit 18. Als Student in Berlin begeisterte er sich für zeitgenössische Autoren wie Kafka und Trakl. Anfang der zwanziger Jahre ging Márai mit seiner jungen Frau, der Jüdin Ilona Matzner, nach Paris; seine kreativste Phase jedoch erlebte er im Budapest der Zwischenkriegszeit: Er veröffentlichte mehr als 20 Romane und zahlreiche Feuilletons. Nach der Emigration 1948 abgeschnitten von seiner europäisch-intellektuellen Welt, verbrachte Márai die zweite Hälfte seines Lebens bis zu seinem Freitod 1989 in zunehmender Vereinsamung.

01/1131/01/R

PIPER

Sándor Márai/Tibor Simányi

Lieber Tibor

Briefwechsel. Übersetzung aus dem Ungarischen von Tibor Simányi. 330 Seiten. Gebunden

Groß war er, schlank und vornehm. »Signor Conte« nannten ihn seine Freunde in Posillipo. Der malerische Vorort von Neapel war eine der ersten Stationen des Exils, das Sándor Márai zusammen mit seiner Frau Lola und Sohn János um die halbe Welt führte. Hier traf er den Journalisten und Historiker Tibor Simányi – wie er ein Ungar im Exil. Márai, bekannt für seine vorsichtige, fast unnahbare Art, befreundete sich mit Simányi und blieb bis zu seinem Tod in engem, meist brieflichem Kontakt mit ihm. Er gehört zu den wenigen Vertrauten, die in Márais ergreifenden letzten Tagebucheintragungen noch erwähnt werden.
Zwei Jahrzehnte umfaßt die nun erstmals veröffentlichte Korrespondenz, in der das Antlitz Europas und die geistige Skyline Amerikas sichtbar werden. Das Unmittelbare der Briefe macht ihren besonderen Reiz aus; sie sind von frappierend zeitloser Gültigkeit.

01/1076/02/R

PIPER

Shan Sa

Die Go-Spielerin

Roman. Aus dem Französischen von Elsbeth Ranke.
252 Seiten. Serie Piper

»Das Dunkel des Salons ist schattig wie ein Kaisergrab: Die schwarzen Lackmöbel atmen einen schweren Duft, die Risse in der Mauer zeichnen geheimnisvolle Fresken. Das Bett unter der purpurroten, goldbestickten Seide ist ein ewiges Flammenmeer. Ich muß hinaus auf den Platz der Tausend Winde. Der Unbekannte erwartet mich schon, unsere Partie fortzusetzen.«
Mandschurei 1937: In den Wirren der japanischen Invasion widersetzt sich eine junge aristokratische Chinesin dem traditionellen Weg, der ihr von der Familie vorgegeben ist, und schließt sich einer Gruppe chinesischer Rebellen an. Während sie auf ihren großen Einsatz wartet, perfektioniert das junge Mädchen ihre Fähigkeit zu Konzentration und Kalkül beim täglichen Go-Spiel. Bis sich ein als Mandarin verkleideter japanischer Leutnant – ein Spion – unter die Go-Spieler mischt und mit ihr ein leidenschaftliches, besessenes Duell aufnimmt – in das sich beide über Wochen und Monate immer tiefer verstricken. Ein Duell, das in einer Tragödie gipfelt, wie sie nur auf eine große Liebe folgen kann.

01/1107/02/R